천위성 天威星 쌍편雙鞭 호연작呼延灼

천부성天富星 박천조撲天雕 이응李應

천우성天佑星 금창수金槍手 서녕徐寧

천폭성天暴星 양두사兩頭蛇 해진解珍

천곡성天哭星 쌍미갈雙尾蝎 해보解寶

지용성지용성地勇星 병울지病尉遲 손립孫立

지위성地威星 백승장百勝將 한도韓滔

지영성地英星 천목장天目將 팽기彭玘

지축성地軸星 굉천뢰轟天雷 능진凌振

지미성地微星 왜각호矮腳虎 왕영王英

지혜성地慧星 일장청一丈青 호삼랑扈三娘

지락성地樂星 철규자鐵叫子 악화樂和

지기성地羈星 조도귀操刀鬼 조정曹正

지고성地孤星 금전표자金錢豹子 탕룽湯隆

지전성지全星 귀검아鬼臉兒 두흥杜興

지단성地短星 출림룡出林龍 추연鄒淵

지각성地角星 독각룡獨角龍 추윤鄒閏

지수성地數星 소울지小尉遲 손신孫新

지음성地陰星 모대충母大蟲 고대수顧大嫂

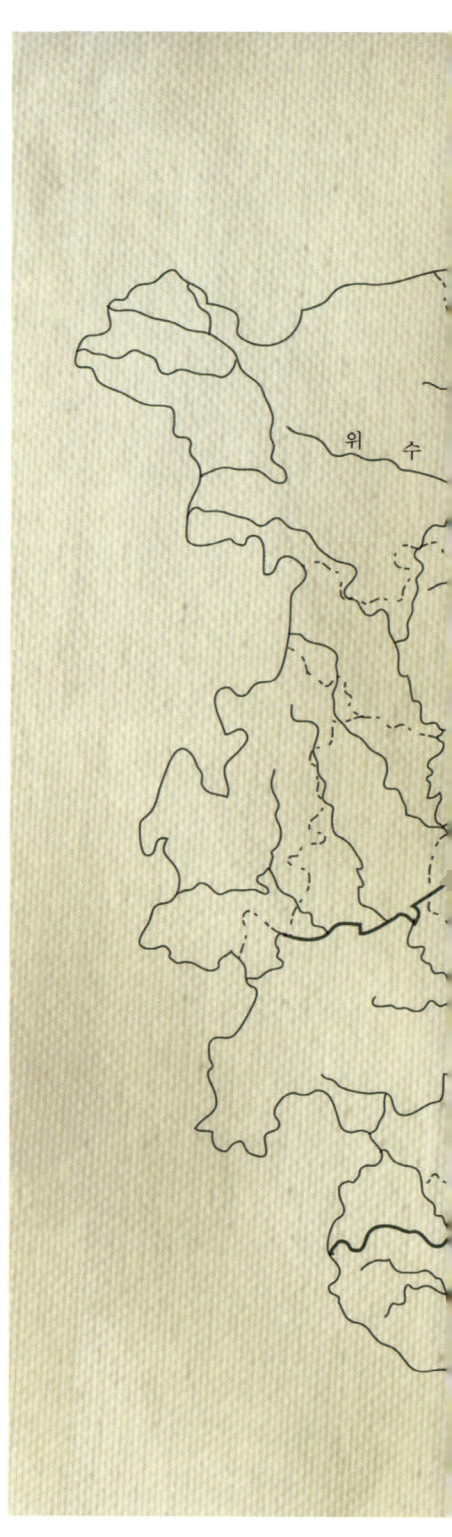

『수호전』의 배경이 된 북송시대의 중국 지도.
빨갛게 표시된 곳이 소설의 주무대다.

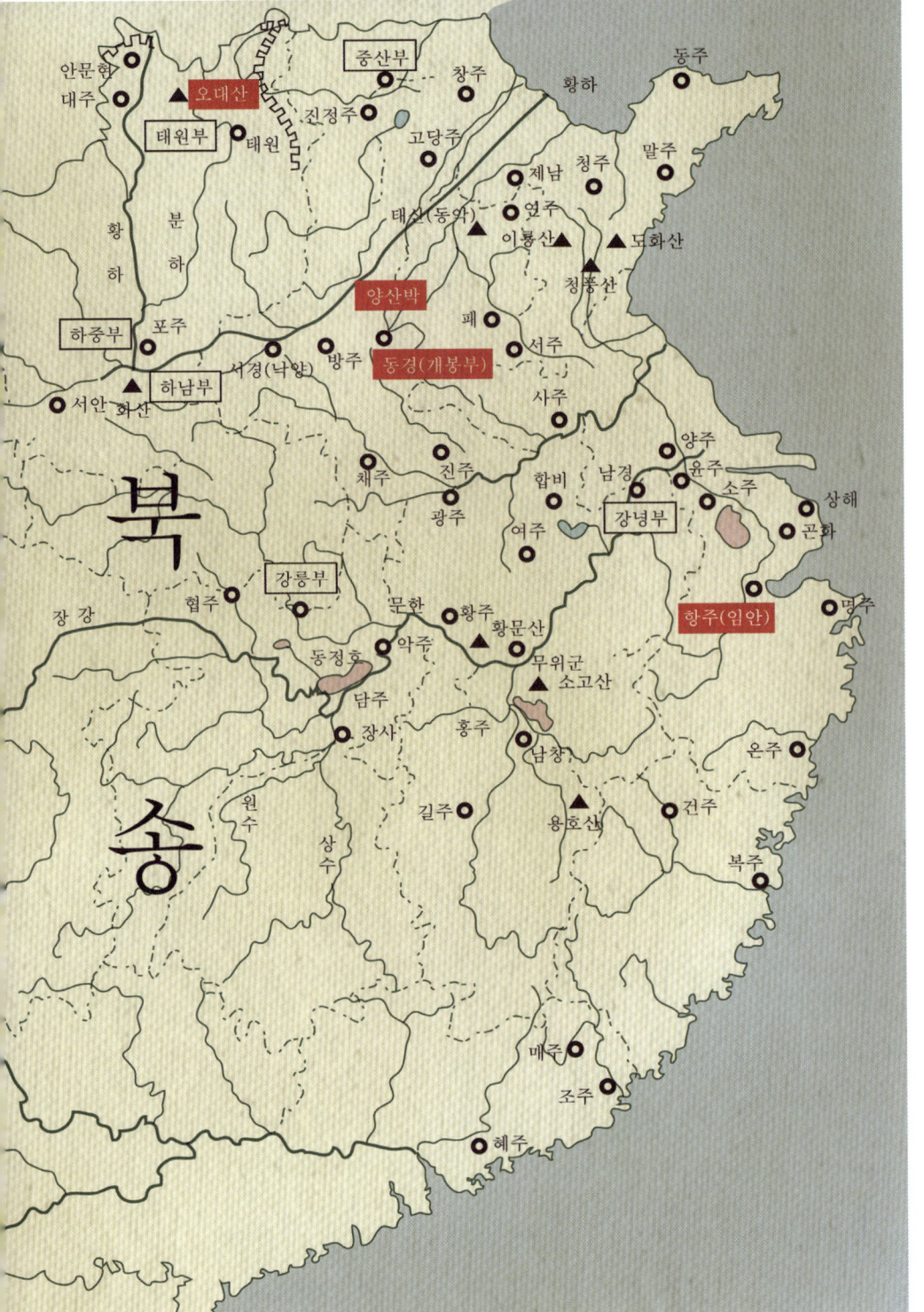

인간 본성의 모든 것이 펼쳐진다

수호전

5

시내암 지음

방영학·송도진 옮김

글항아리

차례

九 축가장
제46회 축가장으로 진군 _035
제47회 축가장을 다시 공격하다 _061
제48회 등주에서 온 원군 _077
제49회 축가장, 드디어 함락되다 _104

十 고당주
제50회 뇌횡과 주동 _129
제51회 시진이 수렁에 빠지다 _156
제52회 이규가 나진인을 공격하다 _179
제53회 고당주를 격파하고 시진을 구하다 _209

十一 호연작전
제54회 연환마 _235
제55회 구겸창 _256
제56회 도망간 호연작 _280

十二 풍운 양산박
제57회 영웅들이 양산박으로 모이다 _305

1권

황석영 추천 서문: 『수호전』에서 만나는 사람들은 누구인가 _001
옮긴이 서문 _027
김성탄 서문 _037
송사강宋史綱 _041
송사목宋史目 _047
『수호전』을 읽는 법讀第五才子書法 _053
관화당 소장 고본 『수호전』서貫華堂所藏古本『水滸傳』序 _071

설자楔子_079

一 노지심전
제1회 불량태위 고구 _103
제2회 자비의 손길 _145
제3회 오대산 _170
제4회 도화산 _204
제5회 사진과 노지심 _227

二 임충전
제6회 뜻밖의 불행 _249
제7회 다가오는 음모 _273
제8회 필부匹夫 _289

2권

제9회 눈꽃과 불꽃 _033
제10회 투명장投命狀 _050

三 양지전
제11회 유배 _073
제12회 대결 _091
제13회 탁탑천왕 조개 _108
제14회 7명의 도적 _126
제15회 생신강 _147
제16회 이룡산 보주사 _172

四 송강전
제17회 지키는 사람 없는 무법천지 _199
제18회 양산박 _220
제19회 위험한 방문 _244
제20회 염파석 _268
제21회 도망 _292

3권

五 무송전
제22회 호랑이와의 사투 _027
제23회 반금련 _049
제24회 독살 _105
제25회 복수 _125
제26회 십자파에서의 대결 _155
제27회 뜻밖의 인연 _173
제28회 맹주도孟州道를 제패하다 _189
제29회 비운포飛雲浦 _205
제30회 피로 물든 원앙루 _228
제31회 용두사미龍頭蛇尾 _251

六 화영·진명전
제32회 청풍채 _283
제33회 화영과 진명 _303

七 효웅梟雄
제34회 양산박으로 _331

4권

제35회 강호를 떠돌다 _042
제36회 심양강 _064
제37회 말썽꾸러기 _089
제38회 다가오는 위험 _119
제39회 급습 _155
제40회 누가 두령인가? _175
제41회 천서天書 _201
제42회 호랑이 네 마리를 잡다 _226

八 양웅 · 석수전
제43회 양웅과 석수가 만나다 _259
제44회 절세미녀 반교운 _287
제45회 양산박 가는 길 _319

6권

제58회 노지심과 사진 _034
제59회 조개의 최후 _055

十三 북경성
제60회 북경 옥기린 _081
제61회 사지에 빠진 노준의 _110
제62회 북경을 공격하다 _142
제63회 다시 북경으로 _163
제64회 송강이 등창에 걸리다 _184
제65회 북경 대명부, 드디어 함락되다 _204

十四 양산박 108두령
제66회 능주의 성수장군, 신화장군 _225
제67회 조개의 원수를 갚다 _250
제68회 양산박의 주인 _274
제69회 송강, 두령 자리에 오르다 _292
제70회 천강성天罡星 지살성地煞星 _309

九 축가장

제 4 6 회

축가장으로 진군[1]

그때 양웅이 그 사람을 부축하고 일으키며 석수와 인사를 시켰다. 석수가 물었다.

"이분은 누구십니까?"

"이 형제는 두흥杜興이라는 사람으로 대대로 중산부中山府[2]에 살았다네. 생김새가 괴이하고 못생겨 사람들이 귀검아鬼臉兒[3]라고 부른다네.

1_ 제46장 박천조가 사람을 살리려고 두 번 편지를 쓰다撲天雕兩修生死書. 송 공명이 처음 축가장을 공격하다宋公明日一打祝家莊.
2_ 중산부中山府: 송대에는 중산부가 없었다. 한漢대에 중산군中山郡이 있었으며, 지금의 허베이성河北省 탕현唐縣과 딩저우定州일대다.
3_ 귀검아鬼臉兒: 얼굴이 귀신처럼 생긴 것이 아니라 못생기고 이상하게 생겼다는 의미.

작년에 계주로 장사하러 왔다가 동료 장사꾼을 한 방에 때려죽여 계주부 감옥에 갇혔지. 내가 그의 무예가 출중한 것을 보고 온 힘을 써서 구해줬는데 오늘 여기서 만날 줄은 생각지도 못했네."

두흥이 양웅에게 물었다.

"은인께서는 어떤 공무로 여기에 오셨습니까?"

양웅이 귓가에 대고 목소리를 낮춰 말했다.

"내가 계주에서 사람을 죽여 할 수 없이 양산박에 가서 한패가 되려고 하네. 그런데 어젯밤 축가점에서 묵다가 같이 온 시천이라는 녀석이 객점에 있는 신계晨鷄[4]를 훔쳐 먹고 바로 점원과 싸움이 일어나고 말았어. 결국 성질을 이기지 못해 그 객점을 모두 불 질러버리고 우리 세 사람이 그날 밤 도망쳤어. 쫓아오는 놈들을 막을 수 없어서 우리 둘이 몇 놈을 찔러 눕혀버렸지. 하지만 시천이란 놈은 뜻하지 않게 잡초더미에 숨어 있던 놈들이 뻗은 갈고리에 붙잡혀버리고 말았네. 우리 두 사람만 정신없이 여기까지 도망왔고, 길을 묻다가 아우를 우연히 만나게 된 걸세."

"은인께서는 진정하십시오. 제가 시천을 구해 돌려보내겠습니다."

"아우, 잠시 앉게나. 한잔 하세."

세 사람이 앉아 술을 마시기 시작했다. 두흥이 말했다.

"소인은 은인의 은혜 덕분에 계주를 떠나 이곳에 이르게 되었습니다.

4_ 신계晨鷄: 새벽을 알리는 닭.

여기서도 한 대관인의 호감을 얻어 집안 집사 일을 보게 되었습니다. 매일 들고 나는 돈이 수천수만인데도 제게 맡기실 정도로 신임이 두터워 고향으로 돌아갈 생각도 못하고 있습니다."

"그 대관인이 누구신가?"

"이곳 독룡강獨龍崗 앞에는 세 개의 언덕이 있는데, 언덕마다 마을이 늘어서 있지요. 가운데가 축가장이고 서쪽은 호가장扈家莊이라 하며 동쪽은 이가장李家莊입니다. 이 세 곳 장원에 있는 마을에 모두 1~2만의 군마가 있습니다. 그중에서도 축가장 호걸들이 가장 뛰어나며 우두머리는 가장인 축조봉祝朝奉5이고 그의 아들 세 명을 '축씨삼걸祝氏三傑'이라 부릅니다. 장남은 축룡祝龍이고 차남은 축호祝虎, 막내는 축표祝彪라 합니다. 또한 '철봉鐵棒' 난정옥欒廷玉이라 부르는 사범이 있는데, 이 사람은 1만 명도 당해내지 못할 만큼 용맹스럽다고 합니다. 장원에는 뛰어난 장객만도 1000~2000명은 된다고 합니다. 서쪽 호가장의 주인은 호태공扈太公으로 '비천호飛天虎' 호성扈成이라 불리는 아들이 있는데 그 또한 대단하다고 합니다. 그보다는 '일장청一丈靑'6 호삼랑扈三娘이라 하는 딸이 진짜 영웅이라 할 수 있습니다. 일월쌍도日月雙刀를 사용하는데 특히 말 위에서 사용할 때 솜씨가 더 훌륭하다고 합니다. 그리고 이곳 동

5_ 조봉朝奉: 송나라 관등 중에 조봉랑朝奉郞, 조봉대부朝奉大夫가 있었다. 그러므로 송나라에서 조봉은 사대부나 지식인에 대한 존칭이다. 남송 이후에는 부호나 점주에게 사용했다.

6_ 일장청一丈靑: 본래는 호리호리한 은비녀의 속칭이다. 작자가 호삼랑의 별명으로 사용함으로써 그녀의 신체가 늘씬하다는 것을 나타내고 있다.

쪽 마을에 바로 제 주인 되는 이응李應이라는 분이 계십니다. 순철로 만든 점강창點鋼槍7을 사용하고, 등에 감추어둔 다섯 자루의 비도飛刀는 백 보 이내의 사람을 모두 맞출 수 있어 그야말로 신출귀몰합니다. 이 세 마을이 생사를 함께하기로 결의하여 좋은 일이든 나쁜 일이든 서로 돕고 구원하기를 맹세했습니다. 지금 양산박 호걸들이 양식을 털러 오는 것을 두려워하여, 이 세 마을이 막을 준비를 하고 있습니다. 소인이 두 분을 장원으로 모시고 갈 테니, 이 대관인을 만나면 시천을 구원해 줄 편지를 써달라고 부탁하십시오."

양웅이 또 물었다.

"자네가 말하는 이대관인이 강호에서 '박천조撲天雕'라 불리는 이응이 아닌가?"

"예, 바로 그분입니다."

석수가 말했다.

"강호에서 독룡강에 박천조 이응이라는 호걸이 있다고 하더니 이곳에 계셨구먼. 정말 대단한 장부라 들었는데 한번 가서 만나보세."

양웅이 주보를 불러 술값을 계산하려 하자 두흥이 말리고 제 돈으로 술값을 치렀다. 세 사람은 시골 주점을 나왔고, 두흥이 양웅과 석수를 데리고 이가장으로 갔다. 양웅이 살펴보니 정말 커다란 장원이었다.

7_ 점강창點鋼槍: 철을 연마하여 만든 창이다. 백번 연마한 강철이라도 닿기만 하면 뚫릴 정도로 날카롭다고 하여 점강이라 했다.

바깥쪽은 넓은 물길이 두르고 있고 물가 벽에는 석회가 발라져 있었으며 수백 그루의 아름드리 버드나무가 곧게 자라고 있었다. 문밖에는 조교弔橋8가 있어 장원 문과 이어져 있었다. 장원 문을 지나 대청 앞에 이르니 양옆으로 늘어선 선반 20여 개에 번쩍이는 병장기가 가득 꽂혀 있었다. 두흥이 말했다.

"두 분 형님은 여기서 잠시 기다리십시오. 소인이 들어가 대관인께 만나 뵙기를 청하겠습니다."

두흥이 들어간 지 얼마 되지 않아 이응이 안에서 나오는 것이 보였다. 두흥이 양웅과 석수를 데리고 대청 위에 올라 인사했다. 이응이 얼른 답례하고 대청에 앉기를 청했다. 양웅, 석수가 두세 번 사양하다가 비로소 앉았고 이응이 술을 내오게 하여 대접했다. 양웅, 석수 두 사람이 재차 절하며 간청했다.

"대관인께서 제발 축가장에 서신을 보내시어 시천의 목숨을 구원해 주십시오. 그렇게만 된다면 죽어도 잊지 않을 것입니다."

이응이 글방 선생을 불러 상의하고 서신 한 통을 써서 명휘名諱9를 기입하고 인장을 날인한 뒤 부副 집사에게 주고, 빠른 말 한 필을 준비해 급히 축가장에 가서 시천을 데려오게 했다. 부 집사는 서찰을 받고 말에 올라 달려나갔다. 양웅과 석수가 감사 인사를 마치자 이응이 말

8_ 조교弔橋: 성과 성 밖 사이에 해자를 만들고 성문에 다리를 놓아 그곳으로만 다닐 수 있게 만든 다리. 출입을 통제하거나 적이 쳐들어올 때 성안에서 다리를 들어올려 출입을 막음.
9_ 명휘名諱: 손윗사람이나 존경하는 분의 이름. 산 사람은 명名이라 하고, 죽으면 휘諱라 한다.

했다.

"두 분 장사께서는 안심하시오. 소인의 편지가 갔으니 풀려날 게요."

양웅과 석수가 다시 한번 감사했다.

"후당으로 가셔서 잠시 술이나 마시며 기다립시다."

두 사람이 안으로 들어가니 아침밥을 대접했다. 식사를 마치고 차를 마시는데 이응이 창 쓰는 법 몇 가지를 물었다. 양웅과 석수가 조리 있게 잘 대답하자, 이응이 속으로 매우 기뻐했다.

사시쯤 되어 부 집사가 돌아오자 이응이 후당으로 불러 물었다.

"가서 데리고 온 사람은 어디에 있는가?"

"소인이 직접 축조봉을 만나 뵙고 편지를 드렸더니 처음에는 풀어주려고 했습니다. 그런데 축씨 삼형제가 나온 뒤 도리어 화를 내더니 결국은 답장도 주지 않고 사람도 풀어주지 않았으며 오히려 그 사람을 관청으로 끌고 가야겠다고 합니다."

이응이 놀라면서 말했다.

"우리 세 마을이 생사의 결의를 맺었거늘 편지까지 보냈으면 당연히 풀어줘야지, 어찌 이런 일이 일어난단 말인가? 반드시 네가 말을 잘못하여 이렇게 된 것이로다! 두 집사가 다시 한번 다녀와야겠다. 직접 축조봉 어른을 만나 자세한 이유를 말씀드리거라."

"소인이 가기를 원하지만 나리께서 친필로 편지를 써주시면 그쪽에서 당연히 풀어줄 것입니다."

"네 말이 맞다."

이응은 급히 편지지를 가져오게 하여 직접 편지를 쓰고, 겉봉에 이름이 새겨진 인장을 날인하여 두흥에게 줬다. 마구간에서 빠른 말을 끌고 나와 안장과 고삐를 갖추고 채찍을 쥐며 장원 문을 나왔다. 말에 올라 채찍질하며 축가장으로 달려갔다.

"두 분은 안심하시오. 내가 직접 편지를 썼으니 잠시 뒤면 풀려날 것이오."

양웅과 석수가 깊이 감사하고 후당에서 술을 마시며 기다렸다.

날이 점점 저무는데도 두흥이 돌아오지 않았다. 이응은 속으로 의심이 생겨 다시 사람을 마중 보냈다. 이윽고 장객이 보고했다.

"두 집사가 돌아왔습니다."

"몇 사람이 돌아왔느냐?"

"집사 혼자 달려 돌아오고 있습니다."

이응이 고개를 갸우뚱하며 말했다.

"참으로 이상하구나! 전에는 이놈들이 이렇게 골치 아프게 굴지 않았는데 오늘은 무슨 까닭으로 이러는가?"

대청 앞으로 나가니 양웅과 석수도 따라 나왔다. 두흥이 말에서 내려 장원 문으로 들어오는데, 얼굴이 벌겋게 달아올라 이를 악물고 입술을 실룩거리며 한참 동안 말을 하지 않았다. 이응이 물었다.

"자세히 말해보거라. 무슨 일이 있었느냐?"

두흥이 마음을 가다듬고 대답했다.

"소인이 어르신의 서찰을 전해주려고 들어가다가 마침 그곳 세 번째 중문에 앉아 있던 축룡, 축호, 축표 삼형제와 우연히 마주쳤습니다. 소인이 세 사람에게 인사를 했는데 갑자기 축표가 '너는 또 무엇하러 왔느냐?'라고 소리질렀습니다. 이에 소인이 몸을 굽혀 '이가장 어른의 편지를 드리러 왔습니다'라고 했습니다. 그러자 축표 그놈이 얼굴색을 바꾸더니 '네 주인은 참으로 사람의 도리를 모르는구나! 아침나절에도 제멋대로 어떤 놈을 시켜 편지를 보내 양산박 도둑 시천이란 놈을 풀어 달라고 하더니, 지금 내가 주부 관아로 끌고 가려던 참인데 또 보내왔느냐?'라며 욕을 퍼부어댔습니다. 소인이 간곡하게 '이 시천이란 사람은 양산박 도적이 아니라 계주에서 온 장사꾼으로 이가장 어른을 만나러 왔습니다. 또한 실수로 축가장 객점을 불 질렀는데, 내일 이가장 어른이 이전과 같도록 배상해드리겠습니다. 체면을 생각해서라도 굽어살펴 너그러이 용서해주십시오'라고 간청했는데도, 그 축가 삼형제가 '안 돼! 어림없다' 하면서 소리를 질러댔습니다. 소인이 다시 '이가장 어른께서 친히 쓰신 편지가 여기 있으니 관인께서 읽어보십시오'라고 말했더니, 축표가 편지를 받아서 열어보지도 않고 갈기갈기 찢어버렸습니다. 그러고는 고래고래 소리를 지르며 저를 장원 문 밖으로 밀어냈습니다. 축표와 축호가 노기등등하여 '어르신 성질 건드리지 말아라. 너네 그……' 하면서 함부로 말하는데, 소인은 감히 하고 싶은 말도 다 못하고 그 짐승 같은 세 놈에게 무례한 취급만 당했습니다. 또 '너네 그 이가…… 이응을 잡아서 양산박 도적을 만들어 끌고 가겠다!'라고 지껄이고, 장객들에게 소인을 잡으라고 갑자기 소리지르기에 소인이 나는 듯이 말을 몰아 도망쳐왔습니다. 오는 길에 분통이 터져 죽는 줄 알았습니다! 저런 가증스런 놈들과 오랫동안 생사의 결의를 맺은 것 자체가 잘못이었습니다. 오늘 보니까 인의라고는 전혀 찾아볼 수 없는 놈들이었습니다!"

이응이 듣고서 마음속에 분노의 불길이 3000장丈이나 치솟아 도저히 참지 못하고 크게 외쳤다.

"장객, 빨리 내 말을 끌어와라!"

양웅과 석수가 달려들어 말리며 간청했다.

"대관인께서는 노여워하지 마십시오. 소인들 때문에 의리를 망치지 마십시오."

이응이 그 말을 순순히 들을 리가 없었다. 곧바로 방으로 들어가 앞뒤에 짐승 얼굴의 가슴 보호개가 달린 황금쇄자갑黃金鎖子甲10을 입고 진홍색 도포를 걸쳤다. 등에서 허리 아래까지 비도飛刀 다섯 자루를 꽂고 점강창을 들었으며 투구를 쓰고 장원 앞으로 나가 300여 명의 용맹스러운 장객을 불러 모아 점고했다. 두흥도 갑옷을 입고 창을 들고 말에 올라 20여 기의 마군을 이끌었다. 양웅과 석수 또한 가만있을 수 없어, 옷맵시를 꽉 동여매고 박도를 들고 이응의 말을 뒤따라 축가장으로 달려갔다. 날이 차츰 저물어갈 때 독룡강 앞에 이르러 군사들을 벌여 배치했다. 원래 축가장은 사방이 물길로 둘러싸인 독룡산 언덕 위에 자리잡고 있었다. 장원은 바로 언덕 위에 돌을 쌓아 지어졌는데, 3층의 성벽으로 높이가 2장 정도였다. 앞뒤로 두 개의 장원 문이 있고 각 문 앞

10_ 황금쇄자갑黃金鎖子甲: 황금을 사용하여 고리를 만들고, 쇠사슬처럼 연결하여 그물 형태로 만든 갑옷.

에 두 개의 조교를 설치했다. 또한 벽 안쪽 네 면은 모두 와포窩鋪11를 쳐놓았으며 사방에는 온통 창칼 같은 병기들이 꽂혀 있었다. 그리고 문루 위에는 전고(옛날 전투할 때 치던 북)와 징이 배치되어 있었다.

이응이 고삐를 당겨 말을 장원 앞에 세우고 크게 소리질렀다.

"축가 세 아들 놈아, 네놈들이 감히 이 어른을 비방했느냐!"

장원 문이 열리고 50~60기의 말이 한꺼번에 몰려나왔다. 축조봉의 셋째 아들 축표가 불붙은 숯처럼 붉은 말을 타고 선두에 서서 나왔다. 이응이 손가락질하며 욕했다.

"네 이놈! 입에 젖비린내가 미처 가시지도 않았고, 머리통에 배냇머리도 아직 자르지 않은 어린 놈아! 네 애비와 내가 생사의 결의를 맺고 마음을 합쳐 한뜻으로 마을을 지키자고 맹세했다. 네 집에 일이 있어 사람이 필요하면 최대한 빨리 보내줬고 물건을 가져가기를 원하면 주지 않은 적이 없었다. 내가 지금 평범한 사람 한 명을 두 차례나 편지를 보내 풀어달라고 했거늘 어찌 편지를 찢어버리고 내 이름을 욕되게 했느냐? 이것은 무슨 도리냐!"

축표가 말했다.

"우리 집안이 너희와 생사의 결의를 맺고 마음을 합쳐 뜻을 같이하기로 맹세했으니, 이것은 양산박 도적을 같이 잡고 산채를 쓸어버리려는 것이었다. 네가 도적들과 한통속이 된 것은 어찌 모반을 일으키려는

11_ 와포窩鋪: 방비나 경비의 목적으로 임시로 설치한 막사.

것이 아니겠느냐?"

이응이 소리질렀다.

"너는 어찌 그가 양산박의 무엇이라고 함부로 지껄이느냐? 네놈이 도리어 평범한 양민을 도적으로 몰아 죄를 씌우는 것은 무슨 죄인지 아느냐!"

"도적 시천이 이미 자백했으니 네가 여기서 쓸데없는 소리 지껄여도 소용없다! 썩 물러가거라. 당장 꺼지지 않으면 너도 도적으로 알고 붙잡아 관아로 끌고 가겠다."

이응이 도저히 참을 수 없어 크게 성내고 말을 박차며 창을 들고 축표에게 달려들었고, 축표 또한 말고삐를 풀고 이응을 맞아 싸웠다. 두 사람이 독룡강 앞에서 들어가면 물러나고 위로 치면 아래로 피하며 17~18합을 싸웠다. 축표가 당해내지 못하고 말 머리를 돌려 달아나자 이응이 말을 몰아 쫓아갔다. 축표가 말 위에서 창을 가로로 메고 왼손으로 활을 집고 오른손으로는 화살을 잡아 시위에 얹어 활을 힘차게 당긴 다음 힐끗 훔쳐보면서 가까워졌음을 가늠하고 등을 돌려 화살을 쏘았다. 이응이 급히 몸을 피했으나 팔에 화살이 꽂히고 말았다. 이응이 말에서 굴러떨어지자 축표가 곧바로 말을 몰아 달려들었다. 양웅과 석수가 위급한 상황을 보고 크게 고함을 지르며 박도를 잡고 달려오는 축표의 말 앞을 가로막자 축표는 하는 수 없이 급히 말 머리를 돌려 달아나려 했다. 양웅이 재빠르게 말 뒤쪽 넓적다리 위를 박도로 찌르자, 말이 고통스러움에 곤두세우고 뛰어올라 하마터면 축표가 말 아래로 떨어질 뻔했다. 그러자 말을 타고 따라오던 사람들이 축표를 구하려고 일제히 활을 쏘기 시작했다. 양웅과 석수는 몸을 보호할 갑옷이 없음을 알고 뒤로 물러났고, 두흥은 그전에 이미 이응을 구하여 말에 올라 먼저 달아났다. 양웅과 석수도 장객들을 따라 도망쳤다. 축가장 군사들이 2~3리 길을 뒤쫓다가 날이 저문 것을 보고 돌아갔다.

두흥이 이응을 부축하여 장원 앞에 돌아와 말에서 내려 함께 후당으로 들어와 앉았다. 가족들이 모두 나와 살펴보고 화살을 뽑고 갑옷을 벗기며 시중들었다. 상처에 금창약을 붙이고 후당에서 밤새 상의했다. 양웅, 석수가 두흥에게 말했다.

"우리가 괜히 대관인을 연루시켜 저놈들에게 모욕을 당한 데다 화살까지 맞으셨고, 시천 또한 함정에서 구출해내지 못했소. 우리 형제 두 사람이 양산박에 가서 조개, 송강 형님과 여러 두령에게 대관인의 원수를 갚고 시천을 구해달라 간청해야겠소."

양웅과 석수가 작별 인사를 하자 이응이 말했다.

"내가 열심히 애써보았지만 결국 이 지경에 이르렀으니 두 장사께 무척 죄송합니다."

두흥에게 약간의 금은을 내오게 했다. 양웅과 석수가 어떻게 받겠는가?

"강호의 상례이니 두 사람은 사양하지 마시오."

이응이 간곡하게 말하자 하는 수 없이 받고 이응과 작별했다. 두흥이 마을 입구까지 전송 나와 가는 큰길을 안내하고 헤어져 이가장으로 돌아갔다.

양웅과 석수가 길을 잡아 양산박으로 오는데, 멀리 새로 생긴 주점 깃발이 있어 부지런히 걸었다. 두 사람은 주점에서 술을 시켜 마시면서 가는 길을 물었다. 이 주점은 양산박에서 주변을 살펴보기 위해 새로 문을 연 주점으로 석용이 관리하고 있었다. 두 사람은 술을 마시면서 주보에게 양산박 가는 길을 물었다. 두 사람이 범상치 않음을 본 석용이 다가와 대답했다.

"두 분 손님께서는 어디에서 오셨습니까? 산에 가는 길을 어찌 물어보십니까?"

양웅이 말했다.

"우리는 계주에서 왔소이다."

석용이 문득 생각나는 게 있어 다시 물었다.

"혹시 석수라는 분 아니십니까?"

양웅이 대답했다.

"나는 양웅이고, 이 형제가 바로 석수올시다. 형씨께서는 어떻게 석수라는 이름을 아시오?"

석용이 황망히 말했다.

"소인은 알지 못합니다. 이전에 대종 형님께서 계주에서 돌아오시면서 여러 차례 형장에 대해 말씀하셔서 귀에 익습니다. 이렇게 산에 오르시게 되니 참으로 기쁩니다. 반갑습니다!"

세 사람이 인사를 마치자 양웅과 석수가 지난 일을 모두 석용에게 이야기했다. 석용은 즉시 주보를 시켜 정상적인 술을 내오게 하여 대접했다. 주점 뒤쪽에 있는 물가 정자의 창문을 열고 활을 힘껏 당겨 울리는 화살을 쏘았다. 반대편 포구 갈대 수풀에서 졸개가 배를 저어왔다. 석용은 두 사람을 배에 태워 압취탄 기슭으로 보냈다. 석용이 먼저 사람을 보내 산채에 알리니 대종, 양림이 산에서 내려와 맞이했다. 각자 인사를 마치고 함께 대채로 올라갔다.

호걸이 산채에 오는 것을 알게 된 여러 두령이 모두 대채에 모였다. 대종, 양림이 양웅과 석수를 조개, 송강과 여러 두령이 모인 대청으로 데려왔다. 조개가 두 사람의 행적을 자세히 묻자 양웅과 석수는 자신들의 무예를 이야기하고 한패가 되기를 요청했다. 두령들이 크게 기뻐하며 자리를 양보하여 앉게 했다. 이때 양웅이 입을 열었다. 대채에 몸을 의탁하여 한패가 되고자 하는 시천이란 사람이 있는데, 축가 객점에서 신계를 훔쳐서 다툼이 일어나자 석수는 불을 질러 그 객점을 태워버렸고 시천은 그만 잡히고 말았던 것을 말했다. 이응이 두 번이나 편지를 보내 풀어달라고 했는데, 축가 셋째 아들놈이 고집부리고 풀어주지 않았고, 게다가 이곳 양산박 호걸들을 잡겠다면서 온갖 욕지거리를 해대던 것을 설명했다. 그런 무례한 놈을 어찌 참고 보겠는가! 말이 모두 끝나지 않았음에도 여기까지 이르자 조개가 크게 성내며 소리질렀다.

"애들아, 이 두 놈을 끌어내 베고 나서 반드시 보고하라!"

송강이 급히 말리며 말했다.

"형님, 참으십시오. 두 장사가 천 리를 마다하지 않고 이곳까지 와서 도움을 요청하는데, 어찌 저들을 베어버리라 하십니까?"

"양산박 호걸들은 왕륜을 몰아낸 뒤 충의를 근본으로 삼아 널리 백성들에게 은덕을 베풀었고 어느 형제도 산을 내려가 이렇게 스스로 기세를 떨어뜨린 적이 없었다. 산채에 새로 왔거나 혹은 먼저 온 자라도 형제 모두가 호걸의 영예를 지켰다. 그런데 이 두 놈은 양산박 호걸들의 이름으로 닭을 훔쳐 먹었기 때문에 우리마저 연루되어 모욕을 당했다. 오늘 먼저 이 두 놈의 목을 베어가지고 가서 그놈들을 꾸짖어야겠다. 그리고 내가 직접 군마를 이끌고 그 마을을 소탕하여 기세를 바로 세워야 한다! 애들아, 당장 베어버리고 바로 보고해라."

송강이 설득했다.

"그렇지 않습니다. 형님께서는 이 두 아우가 말하는 것을 듣지 않으셨습니까? 그 고상조 시천이란 놈은 원래 그런 놈이라 그 축가 놈들을 건드려 이 지경이 된 것입니다. 어찌 이 두 아우가 산채를 욕되게 했습니까? 저도 저 축가장 놈들이 우리를 적대시한다는 말을 매번 듣고 있었습니다. 형님께서는 잠시 노여움을 거두십시오. 지금 산채의 군사는 많고 식량은 부족합니다. 우리가 그놈들을 찾아가려 하지 않았는데, 그놈들이 도리어 생트집을 잡았기 때문에 기세를 몰아 그놈들을 치는 게 좋겠습니다. 만약 쳐서 얻을 수 있다면 3~5년의 양식은 거뜬합니다. 우리가 그놈들에게 생트집을 잡은 것이 아니라 사실은 저놈들이 우리에게 무례한 짓을 한 것입니다. 다만 형님께서는 산채의 주인이신데 어찌 가볍게 움직이실 수 있겠습니까? 소생이 재주는 없으나 직접 군마를 이끌고 아우 몇 명과 함께 하산하여 축가장을 치겠습니다. 만약 그 마을을 소탕하지 못한다면 산채로 돌아오지 않겠습니다. 첫째는 산채의 기세를 세우고, 둘째는 동생들이 그들에게 당한 치욕을 씻고,

셋째는 산채에서 쓸 많은 양식을 얻을 수 있습니다. 그리고 마지막으로 이응을 산채로 데려올 수 있습니다."

오 학구가 말했다.

"공명 형님의 말씀이 옳습니다. 어찌 우리 스스로 수족 같은 사람을 죽일 수 있겠습니까?"

대종도 말했다.

"차라리 저를 베시더라도 인재 등용의 길을 끊어서는 안 됩니다."

여러 두령이 만류하자 조개도 하는 수 없이 두 사람을 용서했고 양웅, 석수 또한 사죄했다. 송강이 위로하며 타일러 말했다.

"아우들은 다른 마음을 품지 말게! 이것이 산채의 명령이니 어쩔 수 없네. 이 송강도 영을 어기면 참수를 당하고 감히 용서받을 수 없다네. 또한 근래에 철면공목 배선이 군정사를 하면서 공로에 대한 포상, 과실에 대한 형벌을 확립하여 규정을 세웠다네. 아우들은 용서해주기 바라네."

양웅과 석수가 감사하고 사죄하니 조개가 불러 양림 아래 자리에 앉게 했다. 산채에 있는 모든 졸개를 불러 새로 온 두령들에게 인사시키고, 한편으로 소와 말을 잡고 연회를 열어 축하했다. 양웅과 석수가 편안히 쉴 수 있는 가옥 두 채를 배정하고 각각 10명의 졸개를 배치하여 시중들게 했다.

그날 밤 잔치가 끝나고 다음 날 다시 술자리를 마련해 모여 축가장 일을 상의했다. 송강은 철면공목 배선을 불러 산을 내려갈 인원을 선발했고 여러 두령을 청하여 함께 축가장을 쳐서 그 마을을 완전히 소탕하려고 했다. 상의 끝에 조개 두령은 산채에 남아 오 학구, 유당과 완씨 삼형제, 여방, 곽성 등과 함께 대채를 보호하기로 했다. 또한 물가와 관문, 주점을 지키기 위해 배정된 인원은 움직이지 않기로 했다. 새로 온 두령 맹강은 선박 건조하는 일을 관장하게 하고 마린을 대신하여 전선戰船을 감독하게 했다. 산을 내려가 축가장을 치러 가는 두령들을 두 무리로 나누어 고시했다. 첫 번째 무리는 송강을 우두머리로 하여 화영, 이준, 목홍, 이규, 양웅, 석수, 황신, 구붕, 양림이 졸개 3000명과 마군 300명을 이끌고 준비를 모두 마친 후 산을 내려가 진군했다. 두 번째 무리는 임충, 진명, 대종, 장횡, 장순, 마린, 등비, 왕왜호, 백승으로 역시 졸개 3000명과 마군 300명을 이끌고 후방에서 지원하기로 했다. 금사탄과 압취탄 두 소채는 송만과 정천수가 지키면서 군량과 마초를 보급하게 했다. 조개가 전송하고 산채로 돌아왔다.

한편 송강과 두령들이 축가장으로 진군하여 독룡산 앞에 도달했다. 1리쯤 거리를 남겨두고 전군前軍은 일단 울타리 목책부터 세웠다. 송강이 중군 막사에 앉아 화영과 상의했다.

"내가 듣기로 축가장 안은 길이 매우 복잡하여 병사들이 들어가기 쉽지 않다고 한다. 먼저 두 사람을 보내 지형을 탐색하여 들어가고 나오는 길을 알아야만 비로소 쳐들어가 그들과 싸울 수 있을 것이다."

이규가 바로 말했다.

"형님, 내가 사람 죽인 지 무척 오래됐으니 내가 먼저 갈게."

"동생, 너는 가면 안 된다. 적진에 쳐들어가는 일이라면 너를 먼저 보내겠는데, 이번 것은 염탐하는 일이라 너를 쓸 수 없다."

이규가 웃으며 말했다.

"이런 거지 같은 장원 하나 쳐부수는 데 형님은 신경 쓸 것도 없어! 먼저 사람을 보내 염탐질할 것도 없이 내가 애들 200~300명 데리고 가서 이 거지 같은 장원에 있는 놈들 모두 박살내버리겠소."

송강이 빽 소리를 질렀다.

"네 이놈 입 닥쳐라! 저 구석에 처박혀 있다가 부르면 달려오너라."

이규가 나가면서 혼자 말했다.

"파리 몇 마리 때려잡는데 왜 이렇게 소란을 피우고 지랄이야!"

송강이 석수를 불러 말했다.

"동생이 저기에 가보았으니 양림과 함께 다녀와라."

"지금 형님께서 많은 군사를 이끌고 오셨는데 그들이 어찌 방비를 하지 않겠습니까? 우리가 어떤 사람으로 변장해 가면 좋겠습니까?"

양림이 말했다.

"나는 귀신 쫓는 법사로 변장해 몸에 단도를 감추고 손에는 방울을 들고 흔들며 들어가겠네. 자네는 방울 소리를 들으면서 내 주변에서 떨어지지 말게나."

"나는 계주에 있을 때 원래 장작을 팔았으니 땔나무 한 짐을 지고 들어가 팔겠소. 병기를 몸에 숨기더라도 다급하면 멜대도 무기로 쓸 수 있잖아요."

"그렇지, 좋네! 나와 자네가 계획을 세워 오늘 밤 준비하고 오경에 일어나 떠나세."

다음 날 석수는 땔감을 메고 먼저 들어갔다. 20리도 못 가서 길이

구불구불하고 복잡하여 사방으로 방향을 바꾸거나 꺾는 길목이 모두 비슷했고 나무들이 빽빽하게 들어 차 길을 알기 어려웠다. 하는 수 없이 땔감을 내려놓고 쉬면서 더 이상 가지 않았다. 뒤에서 방울 소리가 점점 가까워져 석수가 돌아보니 양림이 찢어진 삿갓을 쓰고 몸에는 낡은 법의를 걸쳤으며 손에는 방울을 들고 길에서 흔들며 다가왔다. 석수는 주변에 사람이 없음을 보고 양림을 불러 세워 말했다.

"이곳 길들이 굽이굽이 복잡하여 어디가 지난번 이응을 따라왔던 길인지 알 수 없네요. 그때 날은 어둡고 안내하는 자들은 익숙하게 길을 찾아갔으므로 우리가 자세히 살필 겨를이 없었어요."

"길이 굽었든 뻗었든 상관 말고 큰길만 골라 가면 되네."

석수가 다시 땔감을 지고 큰길만 바라보고 걸었다. 앞쪽에 마을 인가가 보이고 여러 채의 주점과 푸줏간도 있었다. 석수가 땔감을 메고 주점 문 앞에서 멈춰 쉬었다. 객점 안을 보니 창칼들이 문 앞에 꽂혀 있었다. 사람들이 누런 조끼를 입었는데 큰 글씨로 '축祝'자가 쓰여 있었고 왕래하는 사람들 역시 같은 모습이었다. 석수가 한 노인을 골라 인사하며 물었다.

"어르신, 이것은 무슨 풍습입니까? 왜 모두 문 앞에 창칼을 꽂아뒀습니까?"

"자네는 어디서 온 길손인가? 모르면 빨리 가던 길이나 가게."

"소인은 산동에 대추 팔러 온 길손인데 본전을 다 까먹어 고향으로 못 가고 이렇게 땔감을 메고 여기에 팔러 왔습니다. 이곳 마을 풍속과 지리를 모르겠습니다."

제46회 축가장으로 진군 ● 53

"빨리 가게나. 다른 곳으로 피하게. 여기서 조만간 큰 싸움이 날 걸세!"

"이렇게 좋은 마을에서 큰 싸움이라뇨?"

"길손, 자네 정말 모르는가? 그럼 내가 말해주지. 여기는 축가촌이라 부르네. 언덕 위에는 축조봉 어른의 저택이 있네. 양산박 호걸들과 사이가 나빠져 군마를 이끌고 싸우러 마을 어귀에 왔다네. 마을 길이 복잡하여 감히 들어오지 못하고 바깥에서 지금 주둔하고 있다네. 그래서 축가장에서 명령을 내려 집집마다 건장한 젊은이들이 싸울 준비를 하고 있고 명령이 하달되면 즉시 나가 호응하여 싸울 것이네."

"어르신, 마을에 사람이 몇 명이나 있습니까?"

"여기 축가촌에 1~2만 호의 인가가 있다네. 동쪽과 서쪽에 또 두 마을이 있는데 돕기로 했네. 동쪽 마을은 박천조 이응이라는 어른께서 계시고, 서쪽은 호 태공 장원이라 하는데 일장청 호삼랑이라 불리는 따님이 그중에 대단하다네."

"그렇게 대단한데 어째서 도리어 양산박을 두려워합니까?"

"여기에 처음 오는 사람은 길을 몰라 잡힐 게야."

"어르신, 어째서 처음 오면 잡힙니까?"

"이곳의 길은 옛사람이 말하기를 '대단한 축가장이여, 모두가 구불구불하여 돌고 도는 길이로구나. 들어오기는 쉬워도, 나갈 수가 없구나' 했다네."

석수가 듣고서 통곡하며 갑자기 몸을 던져 그 노인에게 절하며 사정했다.

"소인은 강호에서 본전을 모두 까먹어 고향으로 돌아갈 수 없는 사람입니다. 혹시 땔감이라도 팔고 나갈까 했는데 이제 싸움에 말려들었으니 달아나 벗어날 수도 없고 이 일을 어찌합니까? 할아버님, 불쌍히 여기시고 소인이 이 장작을 할아버님께 드릴 터이니 나가는 길 좀 일러주십시오!"

"내가 어떻게 자네 땔감을 거저 갖는단 말인가? 내가 사겠네. 일단 들어와 술과 음식을 조금 들게나."

석수가 감사를 표하고 땔감을 메고 그 노인을 따라 집 안으로 들어갔다. 노인이 백주白酒 두 사발을 걸러내 한 사발을 담아 석수를 불러 먹였다. 석수가 재배하며 감사하고 물었다.

"할아버지, 나가는 길을 가르쳐주십시오."

"자네가 마을에서 나가려면 백양나무 있는 곳에서 돌아가게. 길이 넓고 좁고를 따지지 말고 백양나무 있는 곳에서 돌아 나가면 바로 나가는 길이네. 그 나무가 없으면 모두 막힌 길이네. 만약 다른 나무에서 돌면 나가는 길이 아니라네. 그리고 만일 잘못 가게 되면 왼쪽으로 오든 오른쪽으로 가든 나갈 수 없다네. 게다가 막힌 길에는 땅속에 대 꼬챙이와 철질려鐵蒺藜12가 감추어져 있어 만일 잘못 가다가 밟으면 흔적이 남아 잡힐 테니 어디로 달아난단 말인가!"

12_ 철질려鐵蒺藜: 끝이 송곳처럼 뾰족한 서너 개의 발을 가진 쇠못으로, 전시에 적군이나 병마의 전진을 막기 위하여 흩어둔 장애물. 마름쇠라고 한다.

석수가 감사하며 물었다.

"할아버지 성함은 어떻게 되십니까?"

"이 마을 사람들은 대부분 축씨인데 나만 두 자 성인 종리鍾離이고 이곳 토박이라네."

"주신 술과 음식 잘 먹었습니다. 훗날 후하게 갚아드리겠습니다."

말하는 사이에 바깥에서 떠들썩한 소리가 들렸다.

"염탐꾼 한 놈을 잡았다!"

석수가 놀라 그 노인을 따라 나가보니 군사 70~80명이 손을 등 뒤로 결박한 사람 한 명을 끌고 오던 중이었다. 석수가 살펴보니 다름 아닌 양림이었다. 발가벗겨진 채 동아줄에 묶여 있었다. 석수가 속으로 '아이고' 했으나 모르는 척하고 슬그머니 노인에게 물었다.

"여기 잡혀온 사람은 누구입니까? 왜 저렇게 꽁꽁 묶었습니까?"

"자네는 저 사람이 송강 쪽에서 보낸 염탐꾼이라는 말을 듣지 못했나?"

"어떻게 잡았답니까?"

"이놈이 참으로 대담하지. 혼자 염탐하러 귀신을 쫓아내는 법사로 꾸며 마을로 들어왔다네. 길을 알지 못해 큰길로만 오다가 이리저리 헤매 막힌 길로 들어간 게지. 백양나무 있는 구불구불한 길의 비밀을 알기나 했겠나. 사람들이 저놈이 길을 헤매는 것을 보고 수상쩍어 장원 어르신한테 알리고 잡은 게지. 이놈이 또 칼을 뽑아 4~5명을 다치게 했다는군. 여기 많은 사람이 한꺼번에 달려드니 당해내지 못하고 잡혔다네. 어떤 사람이 저놈을 아는데 원래 금표자 양림이라는 도적으로……."

 말이 채 끝나기도 전에 앞에서 길을 비키라는 소리가 들렸다.

 "셋째 관인께서 순찰하러 오셨다!"

 석수가 얼른 벽 틈새에 몸을 숨기고 살펴보니 앞에 술이 달린 창 20쌍이 늘어서 있고 뒤에는 4~5명이 말을 타고 있는데 모두 활시위에 화살을 먹인 상태였다. 또한 3~5기의 회백색 초마哨馬[13]가 중간에 한 명의 젊은 장사를 둘러싸고 있는데, 눈처럼 하얀 말에 앉아 갑옷을 입고 무장했으며 활과 화살을 걸치고 앉아 손에는 은창을 잡고 있었다. 석수가 그를 알면서 모른 척하며 노인에게 물었다.

 "방금 지나간 상공은 누구십니까?"

 "이분이 바로 축조봉 어른의 셋째 아들로 축표라고 부른다네. 서쪽 마을 호가장의 일장청 아가씨를 아내로 맞이하기로 결정되었는데, 삼형제 중에서 그가 가장 대단하다네."

 석수가 감사드리며 말했다.

 "할아버지, 가르쳐주신 대로 길을 찾아가겠습니다!"

 "오늘은 이미 늦었고, 앞에서 혹여 싸움이라도 일어난다면 자네 목숨을 헛되이 잃어버릴 수 있네."

 "아이구, 할아버지 제발 살려주십시오!"

 "우리 집에서 하룻밤 쉬고 가게나. 내일 알아보고 아무 일 없으면 그

13_ 초마哨馬: 적의 상황을 정탐하는 기마병.

때 가게나."

석수가 감사하면서 그 집에 머물렀다. 문 앞에서 네다섯 차례 말을 타고 소식을 알리는 사람이 집집마다 문을 밀고 소리질러 당부하며 지나갔다.

"백성들은 오늘 밤 붉은 등 신호가 보이면 협력하여 양산박 도적들을 잡아 관가로 끌고 가 상을 청하자."

석수가 물었다.

"이 사람은 누구입니까?"

"이 관인은 이곳 포도 순간이네. 오늘 밤 송강을 잡기로 약속이 되어 있다네."

석수는 속으로 혼자 잠시 생각하더니 횃불을 얻어 들고 집 뒤로 가서 건초더미에서 잠을 잤다.

한편 송강의 군마는 마을 어귀에 주둔했으나, 양림과 석수가 돌아와 보고하지 않자 다시 구붕을 시켜 보냈더니 돌아와 보고했다.

"그곳의 소식을 들어보니 염탐꾼을 한 명 잡았다고 합니다. 소인이 길을 살펴보니 복잡하고 알기 어려워 감히 깊이 들어가지 못했습니다."

송강이 듣고서 분노하며 말했다.

"어찌 돌아와 보고하기를 기다렸다가 진격할 수 있겠소? 또한 염탐꾼 한 명 잡았다고 하는데, 틀림없이 두 형제가 사로잡혔을 것이오. 우리가 오늘 밤 군사를 움직여 쳐들어가 두 형제를 구해야겠소. 여러 형제의 의견은 어떤지 모르겠소?"

이규가 듣고서 얼른 말했다.

"내가 먼저 들어가 살펴보는 것이 어떻소?"

송강이 듣고서 즉시 군령을 전달하여 군사들을 모두 무장하게 했다. 이규, 양웅의 부대를 선봉에 세웠다. 이준으로 하여금 군사를 이끌고 뒤에서 엄호하고 왼쪽은 목홍, 오른쪽은 황신이 맡았다. 송강, 화영, 구붕 등이 중군이 되었다. 깃발을 흔들고 함성을 지르며 북 치고 징을 울리고 칼과 도끼를 휘두르며 축가장으로 밀고 들어갔다.

독룡강에 이르렀을 때는 해질 무렵이라 송강이 전군前軍에게 장원을 치라고 독촉했다. 선봉 이규는 벌거숭이로 두 자루의 강철 도끼를 휘두르며 불같이 달려나갔다. 장원 앞에 도달하여 보니 조교는 이미 높이 끌어올려져 있고 장원 문 안은 불빛 하나 보이지 않았다. 이규가 물로 뛰어들려 하자 양웅이 말리며 말했다.

"아니되오! 장원 문이 닫혀 있는 것을 보니 틀림없이 계략이 있을 것이오. 형님이 오기를 기다렸다가 따로 상의합시다."

이규가 참지 못하고 쌍도끼를 두드리며 물가를 사이에 두고 욕을 퍼부었다.

"거기 거지 같은 축씨 늙은 도적놈아. 너 나와라! 흑선풍 할아버지께서 여기 계신다!"

장원에서는 아무런 대답이 없었다. 송강이 이끄는 중군이 도착하자 양웅이 장원에 군사들이 보이지 않을 뿐만 아니라 아무런 인기척도 없다고 보고했다. 송강이 말을 멈추고 살펴보니 장원에 무기와 군사들이 보이지 않아 속으로 의심하다가 문득 깨닫고 말했다.

"내가 틀린 것 같다. 천서에 분명히 '적과 맞설 때는 서두르지 말라'

고 경계했는데, 내가 잠시 두 형제를 구할 욕심에 제대로 살피지 못하고 이렇게 밤새 군사를 몰아 왔구나. 예기치 않게 아주 깊이 들어와 장원 앞까지 도달했건만 적군이 보이지 않는구나. 분명 적에게 어떤 계책이 있을 것이다."

서둘러 삼군을 철수하도록 했다. 이규가 소리질렀다.

"형님, 군마가 여기까지 왔는데 물리다니요. 내가 앞장설 테니 너희는 나를 따르거라!"

그 말이 미처 끝나기도 전에 축가장에서 신호포 한 발이 허공으로 날아올랐고, 독룡강 위에서 수천 개의 횃불이 일제히 밝혀지면서 문루 위에서 화살을 비 오듯 쏘아댔다. 송강이 급히 지나온 길을 찾아 군사를 돌리는데, 두령 이준이 이끄는 후군이 소리를 질렀다.

"왔던 길이 모두 막혔습니다. 틀림없이 매복이 있을 겁니다!"

송강이 군마들에게 사방으로 나갈 길을 찾게 했다. 이규는 쌍도끼를 휘두르며 죽일 사람을 찾아다녔으나 적군이 한 명도 보이지 않았다. 독룡강 산 정상에서 또 한 차례 포가 날아왔다. 포성이 끊기기도 전에 사방에서 함성 소리가 진동하자, 송강은 눈이 휘둥그레져서 갈팡질팡 어찌할 바를 몰랐다.

제 4 7 회
축가장을 다시 공격하다[1]

송강이 말 위에서 살펴보니 사방이 매복한 군마들이라 졸개들에게 큰길을 찾아 달아나게 했으나, 삼군은 한군데 엉켜 막힌 채 움직이지 못하고 모두 당황하여 소리만 질러댔다. 송강이 물었다.

"어째서 비명만 지르느냐?"

"앞은 온통 구불구불한 길이고 나아가면 다시 제자리로 돌아옵니다."

"군마들에게 횃불을 들어 밝히고 집들이 있는 곳에서 길을 찾아 나

1_ 제47장 일장청이 혼자 왕왜호를 사로잡다一丈靑單捉王矮虎. 송 공명이 다시 축가장을 공격하다宋公明兩打祝家莊.

가거라."

또 얼마 가지 않아 전군이 다시 함성을 지르며 외쳤다.

"횃불로 밝히며 길을 찾았으나, 대 꼬챙이와 철질려를 뿌려놓고 도처에 녹각鹿角2을 가득 쌓아 길 입구를 막아놓았습니다!"

"설마 하늘이 나를 버리는 것은 아니겠지?"

황급한 사이에 좌군 가운데 목홍 부대 안에서 소동이 일어나더니 누군가 보고했다.

"석수가 돌아왔습니다!"

송강이 바라보니 석수가 칼을 들고 말 앞으로 달려와 말했다.

"형님, 제가 이미 길을 알아두었으니 당황하지 마십시오. 백양나무가 보이면 그 길이 넓고 좁고 관계없이 돌아 나가라고 몰래 삼군에게 군령을 내리십시오."

송강이 급히 군사들에게 백양나무에서 돌라고 재촉했다. 5~6리 길을 달아나는데, 앞에 군사가 점점 많아지는 것이 보였다. 송강이 의심이 들어 석수를 불러 물었다.

"동생, 어째서 앞에 적병이 갈수록 많아지는가?"

"등불로 신호를 보내는 것 같습니다."

화영이 말 위에서 잠시 살펴보고 손가락으로 가리키며 송강에게 말

2_ 녹각鹿角: 사슴뿔과 비슷한 잔가지 나무를 땅에 쌓아 적군의 전진을 저지시키는 장애물. 대 꼬챙이, 철질려, 녹각은 모두 길을 가로막는 데 사용했다.

했다.

"형님, 저기 나무 그림자 안에 등촉이 보이시죠? 우리가 동쪽으로 달리면 저 등촉이 동쪽을 가리키고, 서쪽으로 달리면 서쪽을 향해 잡아당깁니다. 저것이 신호인 것 같습니다."

"저 등불을 어떻게 한단 말이냐?"

"어려울 거 없지요!"

즉시 활을 집고 화살을 얹어 앞으로 말을 몰아 달리며 그림자를 겨냥하여 쏘니 붉은 등불이 떨어졌다. 사방에 매복해 있던 군사들이 붉은 등이 보이지 않자 모두 혼란에 빠졌다.

송강이 석수를 불러 길을 안내하게 하고 마을 어귀를 빠져나왔다. 그런데 앞쪽 산에서 함성이 끊이지 않고 그 일대가 횃불이 종횡으로 얽혀 어지러웠다. 송강이 전군을 멈추게 하고 석수에게 길을 알아보라 했는데, 얼마 지나지 않아 가서 알아본 뒤 보고했다.

"산채의 제2부대가 도착하여 복병을 물리치고 있습니다!"

송강이 듣고서 마을 어귀로 몰려가 협공하니 축가장 군사들은 사방으로 흩어져 달아났다. 임충, 진명 등의 부대와 만나 함께 마을 어귀에 주둔하니 날이 밝았다. 높은 언덕에 올라 울타리 목책을 세우고 군사를 점검했는데, 진삼산 황신이 보이지 않았다. 송강이 크게 놀라 까닭을 알아보았다. 지난밤 같이 갔던 군사가 알렸다.

"황 두령이 군령을 받고 길을 탐색하러 나갔습니다. 그런데 갑자기 갈대 수풀에 숨어 있던 복병이 갈고리로 황 두령이 탄 말 다리를 걸어 넘어뜨리고 적 5~7명이 달려나와 황 두령을 잡아가는 바람에 구할 수 없었습니다."

송강이 듣고서 크게 노하여 수행한 군사를 죽이려 했다. 임충, 화영이 송강을 만류했다. 여러 사람이 답답한 심정으로 말했다.

"장원은 쳐부수지도 못하고 도리어 두 형제만 죽게 생겼구나. 이 일을 어찌한단 말인가?"

양웅이 말했다.

"여기에는 마을이 세 개 있는데 모두 한통속입니다. 동촌에 있는 이 대관인은 이전에 축표 그놈한테 화살을 맞아 지금은 장원에서 상처를 치료하고 있습니다. 형님께서 그를 찾아가 협의하시는 것이 어떻겠습니까?"

"내가 잊고 있었구나. 그는 이곳 지리를 잘 알 것이다."

비단, 술 그리고 좋은 말 한 필을 골라 안장과 고삐를 준비시켜 직접 방문하러 갔다. 임충과 진명에게 울타리 목책을 지키게 하고, 송강은 화영, 양웅, 석수와 함께 군마 300명을 거느리고 이가장으로 향했다.

장원 앞에 도달하니 문루는 굳게 닫혀 있고 조교를 높이 당겨놓은 것이 보였다. 담장 안에는 많은 병사가 배치되어 있었고 문루 위에서는 벌써 북을 두드리고 있었다. 송강이 말 위에서 소리질렀다.

"나는 양산박 의사 송강이오. 다른 뜻은 없고 대관인을 뵈려는 것이니 지나치게 경계하지 마시오."

장원 문 위에서 두흥이 양웅과 석수가 있는 것을 보고 서둘러 장원 문을 열고 작은 배를 타고 건너와 송강에게 인사했다. 송강이 서둘러 말에서 내려 답례했다. 양웅과 석수가 가까이 다가와 아뢰었다.

"이 형제가 바로 저희 두 사람을 대관인께 안내한 귀검아 두흥이라고 합니다."

"두 집사이시군요. 수고스럽지만 이 대관인께 전해주십시오. '양산박 송강이 대관인의 명성을 오래전부터 들어왔지만 인연이 없어 찾아 뵙지 못했습니다. 축가장이 저희와 원수가 되었기 때문에 이곳을 지나게 되었습니다. 특별히 다른 뜻은 없고 변변찮은 비단과 명마, 술이라도 드리고 한번 뵙고자 합니다'라고 말씀해주시오."

두흥이 송강의 말을 받들고 다시 장원으로 건너가 대청 앞으로 갔다. 이응이 상처 입은 몸으로 이불을 덮고 누워 있다가 일어나 침상에 앉았다. 두흥이 송강이 만나 뵙고자 한다는 말을 전했다.

"그는 양산박에서 반란을 일으킨 사람인데 내가 어찌 그놈을 만나겠는가? 사사로이 만날 뜻도 없으니 네가 돌아가 '내가 병으로 침상에 누워 있어 움직일 수 없으니 만나기 어렵고 나중에 시간이 나면 찾아보겠다고 하고 가져온 선물은 삼가 받을 수 없다'고 말하거라."

두흥이 다시 건너가 송강에게 아뢰었다.

"제 어른께서 두령께 지극히 예를 표하시고 친히 영접해야 하나 상처가 깊으셔서 침상에 누워 계시니 만나 뵙기 어렵고, 후일 적당한 때에 방문하겠다고 하셨습니다. 가지고 오신 예물은 감히 받을 수 없다고 말씀하십니다."

"내가 어르신의 뜻은 알겠으나 축가장을 치다가 패배하여 만나 뵈려고 한 것입니다. 주인께서는 축가장에서 꼬투리를 잡을까 두려워 만나지 않으려 하시는군요."

"그렇지 않습니다. 정말로 병을 앓고 계십니다. 소인이 비록 중산中山 사람이나 여기에 온 지 오래되었고, 또한 이곳 사정도 잘 알고 있습니다. 중간에는 축가장이 있고 동쪽에는 이가장, 서쪽에는 호가장이 있는데, 이 세 마을이 생사를 함께하기로 맹세하고 일이 생기면 서로 구원하기로 되어 있습니다. 이번에 저희 주인께서 모질게 당하셔서 구원하러 축가장에 가지는 않을 것이지만, 아마 서쪽 마을 호가장은 도와주러 올 것입니다. 그의 장원에서 다른 사람은 별것 아니지만, 일월도日月刀 두 자루를 사용하는 여장군 일장청 호삼랑은 정말 보통이 아닙니다. 축가장 셋째 아들 축표가 아내로 맞이하기로 결정해서 조만간 혼인할 것입니다. 장군께서 축가장을 치시고자 한다면, 동쪽은 방비할 필요 없고 서쪽 길은 단단히 방어하셔야 할 겁니다. 축가장에는 앞뒤로 장원 문 두 개가 있는데, 하나는 독룡강 앞에 있고 다른 하나는 뒤에 있습니다. 앞문을 쳐서는 소용이 없고 반드시 양쪽을 협공하셔야 비로소 깨뜨릴 수 있습니다. 앞문은 중요하나 길이 구불구불 복잡하고 너비도 일정치 않아 찾기 어렵습니다. 그러나 백양나무가 있는 곳에서 돌면 바로 뚫린 길입니다. 만일 이 나무가 없다면 바로 막힌 길입니다."

석수가 말했다.

"그렇다면 지금 그들이 백양나무를 베어버리면 어떻게 해야 하는가?"

두흥이 대답했다.

"비록 나무를 베어낸다 하더라도 뿌리까지는 어떻게 할 수 없습니다. 그렇기 때문에 대낮에 군사를 내어 공격해야지 컴컴한 밤에 들어가서는 안 됩니다."

송강이 모두 듣고 두흥에게 감사한 뒤 일행은 진지로 돌아왔다. 임충 등이 맞이했고, 모두 대채에 모여 앉았다. 송강은 이응이 만나려 하지 않았던 것과 두흥이 말한 내용을 여러 두령에게 설명했다. 이규가 말참견을 했다.

"호의를 가지고 선물까지 보냈는데 그놈이 형님을 맞이하러 나오지도 않다니. 내가 300명을 데리고 가서 거지 같은 장원을 때려 부수고, 이놈 뒤통수를 잡아 형님께 끌고 올게!"

"동생, 네놈이 뭘 알겠니. 그는 부귀한 양민으로 관부가 두려운데 어찌 경솔하게 우리와 만나려 하겠느냐?"

이규가 웃으며 말했다.

"그놈이 어린애인가? 만나는 걸 무서워하게."

여러 두령이 모두 웃었다. 송강이 말했다.

"비록 이렇게 말하고 있지만 두 형제가 사로잡혔는데 목숨이나 부지하고 있는지 모르겠소. 여러 형제는 나와 힘을 합쳐 다시 축가장을 치러 갑시다."

두령들이 모두 일어나 말했다.

"형님의 명령을 누가 감히 거역하겠습니까? 누구를 선봉에 세우시겠습니까?"

흑선풍 이규가 말했다.

"그대들이 어린아이를 두려워한다면 내가 앞장서지."

송강이 말렸다.

"네가 선봉이 되면 불리하니 이번에는 쓸 수 없다."

이규가 고개를 숙이고 분을 삭였다. 송강이 마린, 등비, 구붕, 왕왜호 네 명을 뽑아 명했다.

"자네들은 나와 함께 선봉에 설 것이다."

두 번째 부대는 대종, 진명, 양웅, 석수, 이준, 장순, 장횡, 백승으로 물길로 싸울 준비를 시켰고, 세 번째 부대는 임충, 화영, 목홍, 이규로 둘로 나누어 호응하게 했다. 모든 군사의 배치가 끝나자 배불리 밥 먹고 무장한 뒤 말에 올랐다.

송강이 직접 선봉으로 앞장서서 출전하는데, 붉은 글씨로 크게 '수帥'라고 쓰인 깃발을 앞세우고, 네 명의 두령과 150기의 마군, 1000명의 보군을 이끌고 축가장으로 진격하여 독룡강 앞에 도달했다. 송강이 말을 세우고 축가장을 살펴보니 양쪽으로 하얀 깃발 두 개에 다음과 같은 글자가 또렷하게 수놓여 있었다.

'늪과 호수를 메워 조개를 생포하라!' '양산을 짓밟아 송강을 사로잡으리라!'

송강이 말 위에서 크게 성내며 맹세했다.

"내가 만약 축가장을 쳐부수지 못하면 영원히 양산박으로 돌아가지 않으리라!"

여러 두령이 보고서 모두 분노를 참지 못했다. 송강이 뒤쪽 군사들이 모두 도착했음을 알고, 두 번째 부대의 두령은 남아 앞문을 공격하도록 했다. 송강이 선봉 군사들을 직접 이끌고 독룡강 뒤쪽으로 돌아가 축가장을 살펴보니 뒤쪽은 모두 철옹성이라 빈틈이 없었다.

한참을 살펴보고 있을 때 서쪽에서 군사들이 함성을 지르며 몰려왔다. 마린, 등비는 축가장 후문에 남아 지키게 하고, 송강은 구붕, 왕왜호와 군사 절반을 이끌고 맞아 싸웠다. 송강이 독룡강 후문에서 내려오니 호가장 여장부 일장청 호삼랑이 기병 20~30기를 이끌고 몰려왔다. 푸른 갈기가 휘날리는 말을 타고 일월 쌍도를 돌리며 장객 300~500명을 이끌고 축가장에 호응하러 달려왔다.

송강이 말했다.

"호가장에 대단한 여장군이 있다더니 바로 이 사람인가보군. 누가 그녀를 상대하겠느냐?"

호색한 왕왜호가 여장군이라는 소리를 듣고 1합이면 사로잡으리라 생각하고 달려나갔다. 소리지르면서 말을 몰아 앞으로 빠르게 질주하며 손에 창을 들고 적을 맞이했다. 양군이 함성을 지르자 호삼랑이 말을 박차고 칼을 휘두르며 왕왜호와 싸우러 나왔다. 한 사람은 쌍칼에 능숙하고 다른 한 사람은 단창 솜씨가 출중했다. 두 사람이 10여 합을 싸웠다. 송강이 말 위에서 살펴보니 왕왜호의 창 쓰는 것이 점차 흐트러졌다. 원래는 왕왜호가 일장청을 처음 봤을 때 간절하게 사로잡고 싶었지만, 생각했던 것과는 정반대로 10합이 넘어가자 손발에 힘이 빠지고 창 쓰는 것도 어지러워졌다. 두 사람이 싸우다 서로 소강 상태에 접어들었을 때 왕왜호가 어떻게 해서라도 수작을 걸어보려고 했다. 일장청은 눈치가 빠른 사람이라 속으로 중얼거렸다.

'이놈이 무례하게!'

쌍칼을 위아래로 휘두르니 어떻게 감당할 수 있겠는가? 왕왜호가 대적하지 못하고 말을 돌려 달아나려 했다. 일장청이 말을 몰고 쫓아가 오른손의 칼을 안장에 걸쳐놓고 팔을 가볍게 뻗어 왕왜호를 말안장에서 끌어내리니, 여러 장객이 달려들어 때려눕히고 사로잡아 끌고 갔다.

구붕이 왕영이 잡히는 것을 보고 창을 들고 구하러 나왔다. 일장청이 칼을 차고 말을 몰아 나와 구붕을 맞이하여 두 사람이 싸우기 시작했다. 구붕은 원래 대대로 군대 자제 출신이라 창을 잘 다루었기에 송강도 속으로 갈채를 보냈다. 구붕의 창 쓰는 솜씨가 그토록 능숙해도 일장청보다 나은 것 없이 막상막하였다. 등비가 왕왜호는 잡혀가고 구붕은 여장군을 압도하지 못하는 것을 멀리에서 보고 말을 달려 철련鐵鏈(쇠사슬)을 휘두르며 크게 고함을 지르고 달려나갔다. 축가장에서도 한참 싸움을 살펴보다가 일장청이 실수라도 할까봐 불안하여 급히 조교를 내리고 장원 문을 열었다. 축룡이 직접 300여 명을 이끌고 송강을 잡으러 급히 말을 몰아 왔다. 마린이 보고서 쌍칼을 휘두르며 말을 몰아 달려오는 축룡을 멈춰 세우고 싸웠다. 등비는 송강이 잘못될까 두려워 주변을 떠나지 않았다. 양편에서 싸우는데 함성 소리가 잇달아 일어났다. 송강이 바라보니 마린이 축룡과 싸우는데 당해내지 못하고 있고, 구붕 역시 일장청을 이겨내지 못하자 당황하고 있는데, 이때 옆에서 군사들이 몰려오자 크게 기뻐했다. 벽력화 진명이 장원 뒤에서 싸운다는 소리를 듣고 달려온 것이다. 송강이 크게 소리쳤다.

"진 통제, 마린을 대신해 싸우시오!"

진명은 성질이 급한 사람인 데다 제자 황신이 축가장에 잡혀 언짢았던 터라 말을 박차 낭아곤狼牙棍3을 휘두르며 축룡에게 달려들었다. 축룡 또한 창을 세우고 진명을 맞이했다. 그 틈에 마린이 부하들을 데리고 왕왜호를 구하려 했는데, 그때 일장청이 구붕은 제쳐두고 마린을 맞아 싸웠다. 두 사람이 말 위에서 서로 쌍칼을 휘두르며 싸우자 마치 바람에 하얀 옥가루가 날리는 듯하고 눈 위에 옥 같은 꽃을 뿌리는 듯했다. 송강만 여기저기 바라보느라 눈이 어지러울 지경이었다.

한편 진명과 축룡이 10합 이상을 싸웠지만 축룡이 어찌 진명을 대적할 수 있겠는가? 장원 문 안에서 사범 난정옥樊廷玉이 쇠메를 가지고 말에 올라 창을 들고 달려나왔다. 구붕이 바로 난정옥을 맞이하여 싸웠다. 그런데 난정옥은 달려와 맞붙지 않고 창을 꽉 쥐고 옆으로 달아났다. 구붕이 뒤쫓다가 난정옥이 휘두른 쇠메에 정통으로 맞아 말에서 굴러떨어졌다.

"얘들아, 어서 사람을 구하거라!"

등비가 큰 소리로 외치고 철련을 휘두르며 난정옥에게 달려들었다. 송강이 다급하게 졸개들을 시켜 구붕을 구하여 말에 태웠다. 그때 축룡이 진명을 당해내지 못하고 말을 몰아 달아나자 난정옥이 등비를 제쳐놓고 진명을 막아서며 싸웠다. 두 사람이 10~20합을 싸웠는데 승패를 가리지 못했다. 난정옥이 짐짓 빈틈을 보이더니 대로가 아닌 황야로 도망가기 시작했다. 진명이 몽둥이를 휘두르며 쫓아가자 난정옥이

3_ 낭아곤狼牙棍: 단단하고 무거운 나무를 사용하여 만든 봉으로, 길이는 1.5미터 정도이고 상단은 대추 같은 타원형이며 쇠못이 박혀 있다.

잡초더미 사이로 달리며 진명을 유인했다. 진명은 계략인지 모르고 쫓아 들어갔다. 원래 축가장에서는 곳곳에 사람들을 매복시키고 기다리고 있었다. 진명이 오는 것을 보고 말을 걸어 넘어뜨리는 밧줄을 끌어당겼는데 사람과 말이 함께 뒤집히자 고함을 지르며 잡아 묶어버렸다. 등비는 진명이 말에서 떨어지는 것을 보고 황급히 달려와 구하려다가 올가미 밧줄을 보고 얼른 몸을 돌리려 했지만, 양쪽에서 '잡아라!' 하는 소리가 들리더니 여기저기에서 갈고리를 뻗어 당기는 바람에 말 위에서 그대로 사로잡히고 말았다. 송강이 보고서 '아이고' 신음 소리만 내고 구붕만 겨우 구해내 말에 태웠다.

마린도 하는 수 없이 일장청을 버리고 다급하게 달려와 송강을 보호하고 남쪽으로 달아났다. 난정옥, 축룡, 일장청이 앞다퉈 쫓아왔다. 아무리 둘러봐도 길은 없고 사로잡히기만 기다리고 있을 때 남쪽에서 군사 500여 명을 거느린 사나이가 나는 듯이 말을 몰고 달려왔다. 송강이 놀라 바라보니 바로 몰차란 목홍이었다. 동남쪽에서도 두 명의 호걸이 300여 군사를 몰아쳐 오는데, 하나는 병관삭 양웅이요 다른 한 명은 평명삼랑 석수였다. 동북 방향에서도 한 호걸이 큰 소리로 외쳤다.

"모두 물러서라!"

다름 아닌 소이광 화영이었다. 세 갈래 길로 군사들이 일제히 도착하자 송강은 크게 기뻐하며 모두 힘을 합쳐 난정옥과 축룡에게 달려들었다. 축가장에서는 멀리 상황을 살펴보다가 두 사람이 불리해지자 축호로 하여금 장원 문을 지키게 하고, 막내 축표가 사나운 말 한 필을 끌어내 장창을 들고 500여 군사를 이끌어 장원 뒷문으로 달려나와 함께 어우러져 혼전이 벌어졌다. 장원 앞에서는 이준, 장횡, 장순이 물에 들어가 해자를 건너려고 했으나 장원 위에서 어지럽게 화살을 쏘아대니 손쓸 수가 없었고, 대종과 백승은 성을 향하여 함성만 질러댔다. 송강은 날이 이미 어두워지는 것을 보고 급히 마린을 불러 먼저 구붕을 보호하여 마을 입구로 돌려보냈다. 또한 송강은 졸개들로 하여금 징을 울려 여러 호걸이 모이게 하고 싸우면서 물러났다. 형제들이 길을 잃을까 두려워 송강이 직접 말을 몰아 나갈 길을 찾았다.

바로 이때 일장청이 나타나 나는 듯이 달려들었다. 송강은 어찌할 바를 몰라 당황하여 말을 박차고 무조건 동쪽을 향하여 달아났다. 일장청이 바짝 뒤쫓는데, 말발굽 8개를 번갈아 내딛으며 질주하는 소리가 자바라를 제멋대로 두드리는 것 같았다. 어느새 마을 깊은 곳까지 쫓겨 들어오자 일장청이 손을 뻗어 송강을 사로잡으려 했다. 그때 산비탈 위에서 어떤 사람이 크게 소리질렀다.

"거기 죽일 년아, 우리 형님을 쫓아가는 거냐!"

다름 아닌 흑선풍 이규가 큰 도끼를 돌리면서 70~80명의 졸개를 이끌고 큰 걸음으로 달려나왔다. 일장청이 깜짝 놀라 말 머리를 돌려 숲 옆쪽으로 달아났다. 송강이 말을 멈추고 보니 숲 옆에서 기마병 10여명이 선두에 선 장사를 따르고 있었는데 바로 표자두 임충이었다. 임충이 말 위에서 크게 호통쳤다.

"거기 이년, 어디로 달아나느냐!"

일장청이 비도飛刀를 휘두르며 말을 몰아 임충에게 달려들었다. 임충이 장팔사모丈八蛇矛를 들고 맞아 싸웠다. 두 사람이 10합을 싸우지도 않았는데, 임충이 빈틈을 보이자 일장청의 두 칼이 치고 들어왔다. 임충이 사모로 막아내고 두 칼날이 비스듬히 들어오자 한꺼번에 쳐낸 다음, 말 두 마리가 교차하는 순간 긴 팔을 가볍게 뻗어 허리춤을 비틀어 낚아채고 일장청을 잡아당겨 산채로 잡아 겨드랑이에 끼고 말을 몰아 돌아왔다. 송강이 기뻐 어쩔 줄 몰라 환호하며 갈채를 보냈다. 임충이 군사들에게 일장청을 결박하게 하고 앞으로 달려와 말했다.

"형님, 다치신 데는 없습니까?"

"괜찮다네."

이규를 불러 빨리 마을로 가서 여러 두령을 돕게 했다.

"마을 어귀로 와서 상의하자고 해라. 날이 이미 어두워졌으니 계속 싸워서는 안 된다."

흑선풍이 본진의 군사를 이끌고 갔다. 임충이 송강을 보호하고 일장청도 말에 태우고 길을 찾아 마을 어귀로 왔다. 그날 밤 여러 두령이 형세가 이롭지 않음을 알고 모두 급히 마을 어귀로 돌아왔다. 축가장도 군사를 거두어 장원으로 돌아갔다. 온 마을에 죽은 자가 그 수를 헤아릴 수 없었다. 축룡은 잡아들인 사람들을 모두 죄수 수레에 가두고, 나중에 송강도 잡아 함께 동경으로 끌고 가 공로를 청하고자 했다. 호가장에서도 이미 사로잡은 왕왜호를 축가장으로 보냈다.

한편 송강은 대부대를 거두고 마을 어귀로 돌아와 울타리 목책을 세우고 우선 일장청을 처리했다. 20여 명의 노련한 졸개와 두목 4명을 불러 빠른 말 네 필을 타고 두 손이 묶인 일장청을 말에 태웠다.

"밤새 양산박으로 데려가 내 부친 송태공에게 맡기고 돌아와 보고하

라. 내가 산채에 돌아가 처리하겠다."

여러 두령이 모두 송강이 이 여자한테 마음을 두는 줄 알고 조심해서 보냈다. 먼저 부상당한 구붕을 수레에 태우고 산채에 가서 쉬게 했다. 일행이 모두 군령을 받들고 밤새 양산박으로 돌아갔다. 송강은 그날 밤 군막에서 답답해하며 밤새 한숨도 자지 않고 앉아서 아침을 기다렸다.

다음 날 정탐꾼이 보고했다.

"군사 오용 선생께서 삼완 두령들과 여방, 곽성 그리고 500군사를 이끌고 오셨습니다."

송강이 듣고서 진채를 나가 군사 오용을 맞이하여 중군 군막에 앉았다. 오용은 술과 음식을 가져와 송강에게 잔을 들어 축하했다. 다른 한편으로 잔치를 열고 삼군 장수들을 포상했다. 오용이 말했다.

"산채에 계시는 조 두령께서 우선 형님의 출병 상황이 불리하다는 말씀을 듣고 특별히 저 오용과 다섯 두령을 보내 싸움을 도우라 하셨습니다. 그런데 싸움의 승패가 어떻습니까?"

"한마디로 형편없소이다. 축가 그 무례한 놈들이 장원 문 위 양쪽에 백기를 세웠는데 거기에 '늪과 호수를 메워 조개를 생포하고, 양산을 짓밟아 송강을 사로잡으리라!'라고 쓰여 있소이다. 이 무례한 놈! 먼저 군사를 내어 공격했으나 지리적으로 불리하기 때문에 양림과 황신이 사로잡혔습니다. 하루가 지나 군사를 내었으나 일장청에게 왕왜호가 잡히고, 난정옥이 구붕을 다치게 했소. 게다가 진명과 등비는 말을 걸어 넘어뜨리는 밧줄에 걸려 잡혔소이다. 이처럼 패배했는데 만약 임 교두가 일장청을 사로잡지 못했다면 예기가 모두 꺾였을 것이오! 이제 어쩐단 말이오! 만약 내가 축가장을 쳐부수지 못하고 잡혀 있는 형제들을 구하지 못한다면 차라리 여기서 죽어버려야지 돌아가 조개 형님을 만나 뵐 면목이 없소이다!"

오 학구가 웃으며 말했다.

"저 축가장은 당장에라도 무찌를 수 있습니다. 이제 마침 기회가 제대로 맞아떨어져서 단시간에 격파할 수 있을 것으로 봅니다."

송강이 듣고서 대단히 놀라워하면서도 기뻐 서둘러 물었다.

"이 축가장을 어떻게 단숨에 쳐부술 수 있단 말이오? 기회가 어디서 온다는 것이오?"

오 학구가 웃으면서 차분하게 손가락 두 개를 접으며 설명했다.

제 4 8 회

등주에서 온 원군[1]

오 학구가 송강에게 설명했다.

"오늘 드디어 기회가 왔습니다! 이 사람은 석용을 통해 양산박에 가입하겠다는 사람인데 난정옥 그놈하고도 관계가 가장 좋고 양림, 등비하고도 매우 친한 사이입니다. 그가 형님이 축가장을 치는 데 불리함을 알고 곧 찾아와 한패가 되는 예로 계책을 올린다고 합니다. 닷새 안에 이 사람의 계책을 쓸 수 있을 것이니 좋지 않겠습니까?"

"잘되었구나!"

---

[1]_ 제48장 해진 해보 형제가 감옥에서 탈출하다解珍解寶雙越獄. 손립 손신이 감옥을 습격하다孫立孫新大劫獄.

송강이 듣고서 크게 기뻐하며 비로소 얼굴에 웃음꽃이 활짝 피었다.

원래 이 이야기는 송 공명이 처음 축가장을 칠 때 동시에 발생한 일이다. 산동 바닷가에 등주登州[2]라는 주군州郡이 있다. 등주성 밖에 산이 하나 있는데, 산 위에는 승냥이, 이리, 호랑이와 표범 같은 맹수들이 자주 출몰하여 사람을 다치게 했다. 이에 등주 지부가 사냥꾼을 소집하여 해당 관청에 장한문서杖限文書를 위임해 등주 산 위에 사는 호랑이를 포획하게 했고, 산 주변 마을의 이정에게도 호랑이를 잡으라는 공문을 내렸다. 장한 안에 잡아 관부로 보내지 못하면 용서 없이 칼을 채워 가혹하게 징벌했다.

한편 등주산 아래에 해진解珍, 해보解寶라는 사냥꾼 형제가 살았다. 형제 둘이 모두 순철로 만든 점강차點鋼叉[3]를 사용했는데 무예 실력이 등주에 사는 사냥꾼 중 최고였다. 해진의 별명은 양두사兩頭蛇(머리가 두 개 달린 뱀)라 하고, 해보는 쌍미갈雙尾蝎(꼬리가 두 개인 전갈)이라 불렀다. 두 사람의 부모는 모두 죽었고 결혼은 하지 않았다. 형 해진은 키가 7척이 넘었고 자줏빛 얼굴에 허리는 가늘고 우람한 체격이었다. 아우인 해보는 더욱 대단하여 키 또한 7척이 넘고 둥근 얼굴에 몸은 시커멓고 양 넓적다리에 비천야차飛天夜叉[4]를 문신했다. 한번 성이 나면 참지 못하

2_ 등주登州: 지금의 산둥성山東省 펑라이蓬萊.
3_ 점강차點鋼叉: 점강이란 담금질을 거친 강철을 말한다. 차는 삼지창처럼 생긴 무기.

고 나무를 뽑고 산을 뒤흔들 것처럼 미친 듯이 날뛰었다. 형제 둘이 해당 관청의 감한문서甘限文書5를 수령하고 집으로 돌아와 와궁과 독약 바른 화살 그리고 쇠뇌와 삼지창을 챙겼다. 표범 가죽 바지를 입고 호랑이 가죽으로 온몸을 감쌌으며 삼지창을 손에 들었다. 두 사람은 등주산에 올라 와궁을 설치하고 나무 위에서 하루를 기다렸으나 소용없자 와궁을 거두고 돌아갔다. 다음 날 건량乾糧을 휴대하고 다시 산 위에 올라 기다렸다. 날이 점점 어두워지자 형제는 와궁을 설치하고 나무 위로 올라가 오경까지 기다렸으나 역시 어떤 움직임도 없었다. 두 사람이 다시 와궁을 옮겨 서쪽 산기슭에 설치하고 날이 밝을 때까지 앉아서 기다렸으나 나타나지 않았다. 둘은 초조해하며 말했다.

"3일 안에 호랑이를 바치지 못하고 늦어지면 벌을 받을 텐데 어떻게 하지?"

두 사람이 사흘째 되는 날 사경쯤에 매복하고 기다리다 몸이 고단하여 서로 등을 기댄 채 잠이 들었다. 두 눈을 붙이고 막 잠들려 하는데 갑자기 와궁이 발사되는 소리를 들었다. 두 사람이 벌떡 일어나 삼지창을 잡고 사방을 살펴보니, 호랑이 한 마리가 독화살을 맞고 땅 위에서 뒹굴고 있었다. 두 사람이 삼지창을 들고 앞으로 달려나갔다. 그

4_ 비천야차飛天夜叉: 불경에서 하늘을 날 수 있는 야차신을 말한다. 또한 전설에 나오는 악귀다.
5_ 감한문서甘限文書: 관부에서 일정 기한 안에 반드시 완수해야 하는 출장 공무를 규정한 문서.

호랑이는 사람이 다가오자 화살을 맞은 채 달아나기 시작했다. 두 사람이 뒤쫓았으나 산을 반도 내려가지 못하고 독이 퍼졌는지 호랑이는 더 이상 견디지 못하고 한번 울부짖더니 데굴데굴 산 아래로 굴러떨어졌다.

해보가 말했다.

"됐다! 호랑이가 굴러떨어진 곳은 모 태공毛太公 장원의 후원이니 함께 그 집에 호랑이를 가지러 내려가죠."

형제 두 사람은 삼지창을 들고 산에서 내려와 모 태공 장원 문을 두드렸다. 날이 이미 밝았고 두 사람이 장원 문을 두드리니 장객이 태공에게 알렸다.

한참 지나 모 태공이 나왔다. 해진, 해보가 삼지창을 내려놓고 정중하게 인사했다.

"어르신, 오랜만에 찾아뵙습니다만 잠시 실례하겠습니다."

"자네들이 어쩐 일로 이렇게 일찍 찾아왔나? 무슨 할 말이 있는가?"

해진이 대답했다.

"어찌 감히 아무 일 없이 어르신 잠을 깨우겠습니까? 저희가 지금 관아에서 감한문서를 위임받아 호랑이를 포획하려던 참이었습니다. 3일을 기다렸다가 오늘 오경에 한 마리를 쏘았는데 생각지도 못하게 뒷산에서 어르신 후원으로 굴러떨어졌습니다. 번거롭더라도 호랑이를 가져가게 길을 빌려주시기 바라옵니다."

"그렇게 하게. 내 후원에 떨어졌다니 두 사람은 잠시 앉아 있게나. 배고프지는 않은가? 아침이나 먹고 가져가게나."

장객을 불러 조반을 차려주고 먹기를 권했다. 두 사람은 술과 밥을 먹고 일어나 감사하며 말했다.

"어르신의 대접에 감사드립니다. 성가시겠지만 가서 호랑이를 가져올 수 있게 안내 좀 해주셨으면 좋겠습니다."

"이미 내 장원 뒤에 있는데 뭐가 두려운가? 잠시 앉아 차 마시고 가도 늦지 않네."

해진, 해보가 감히 어른 말씀을 어길 수 없어 다시 앉았다. 장객이 차를 내와 마시게 했다.

"이제 자네들은 가서 호랑이를 찾아보세."

"어르신께 깊이 감사드립니다."

모 태공이 두 사람을 데리고 장원 뒤에 이르러 비로소 장객에게 열쇠를 가져오게 했으나 아무리 문을 열려고 해도 열리지 않았다.

모 태공이 말했다.

"이 후원은 오랫동안 사람이 드나들지 않아서 자물쇠가 녹이 슬어 열리지 않는 것 같으니 쇠망치를 가져와 부셔서 열거라."

장객이 몸에서 쇠망치를 꺼내 부숴 열고 모두 후원으로 들어갔다. 산 주변을 샅샅이 뒤졌으나 보이지 않았다. 모 태공이 말했다.

"자네 두 사람이 잘못 본 것 같네. 자세히 보지 못해 내 후원에 떨어졌다고 하는 것은 아닌가?"

해진이 말했다.

"우리 두 사람이 잘못 보다니요? 여기서 자란 사람들인데 어떻게 잘못 보겠습니까?"

"자네, 다시 잘 찾아보고 있으면 가져가게."

해보가 말했다.

"형님, 이리 와서 보시오. 이 일대 풀들이 모두 평평하게 누워 있습니다. 게다가 핏자국도 있는데요. 그런데 어째서 여기에 없다고 말씀하십니까? 틀림없이 어르신 장객이 들고 간 겁니다."

"자네 그런 소리 말게! 내 집에 있는 사람들이 후원에 호랑이가 있는지 어떻게 알겠으며 또 들고 갔겠나? 자네도 방금 자물쇠를 부수고 여는 걸 보지 않았나. 자네 두 사람도 같이 후원에 들어와 찾아놓고 어찌 그런 말을 하는가?"

해진이 말했다.

"어르신, 관아로 가져가게 그 호랑이를 제발 돌려주십시오."

"너희 두 놈이 정말 무례하구나! 선의를 베풀어 밥과 술까지 먹여줬는데 도리어 나한테 호랑이를 내놓으라고 떼를 쓴단 말이냐!"

해보가 말했다.

"우리가 무슨 떼를 쓴단 말입니까! 어르신 댁은 이정까지 맡고 있고 관부에서 감한문서까지 받았으나 능력이 없어서 잡지 못한 것이잖아요. 도리어 우리가 잡은 것을 어르신이 대신 가져가서 공을 청하고 우리 형제 두 사람은 몽둥이질을 당하라는 겁니까!"

"네놈들이 몽둥이질을 당하든 말든 나랑 무슨 상관이야!"

해진, 해보가 눈을 부릅뜨며 말했다.

"우리가 찾아봐도 되겠소?"

"우리 집이 네놈들 집과 같으냐? 또 내외(內外)라는 게 있는 법이야. 이런 거지 같은 놈들 좀 보게. 정말 무례하구나."

해보가 대청 앞으로 다가가 찾았으나 보이지 않자 화가 불같이 일어나 대청 앞에서 난동을 부리기 시작했다. 해진도 대청 앞으로 가 난간을 잡아당겨 꺾어버리고 부수며 들어갔다.

모 태공이 소리질렀다.

"해진, 해보가 대낮에 강도질한다!"

두 형제가 대청 앞의 탁자와 의자를 부수는데 장원 사람들이 모두 덤비려고 준비하는 것을 보고 급히 문밖으로 나와 손가락질하며 욕했다.

"네놈이 우리 호랑이를 가져가놓고 발뺌하는데, 관아에 가서 따져보자!"

그 두 사람이 욕을 퍼부어대고 있는데, 사람들이 말 2~3필을 이끌고 장원으로 달려오는 게 보였다. 해진이 모 태공의 아들 모중의毛仲義임을 알아보고 다가가 말했다.

"댁네 장객들이 내 호랑이를 가져갔소. 당신 부친이 나한테 돌려주기는커녕 우리 형제를 때리려 했소."

"이 촌놈들이 뭘 모르고 그런 것이고, 부친께서는 틀림없이 그놈들에게 속았을 것이네. 두 사람은 그만 화를 멈추고 나와 집 안으로 가서 찾아 돌려주면 되지 않겠는가."

해진, 해보가 감사 인사를 했다. 모중의가 장원 문을 열게 하고 두 사람을 들어가게 했다. 해진, 해보가 들어오기를 기다렸다가 얼른 장원 문을 닫게 하고 소리질렀다.

"잡아라!"

복도 아래 양쪽에서 20~30명의 장객이 달려나왔다. 공교롭게도 말 뒤에 데리고 온 사람들은 모두 공인이었다. 두 형제가 미처 손쓸 새도 없었다. 장객과 공인이 모두 달려들어 해진과 해보를 포박했다. 모중의가 말했다.

"우리 집에서 어젯밤 호랑이 한 마리를 쏘아 잡았는데 어찌하여 나한테 생떼를 부리는 것이냐? 기회를 틈타 우리 집 재산을 강탈하고 집안 기물까지 부수었으니 어떤 죄인지 아느냐? 관아로 끌고 가 너희같이 해가 되는 놈들은 없애버려야겠다!"

원래 모중의는 오경에 이미 호랑이를 관아로 끌고 갔고, 몇 명의 공인을 데리고 해진, 해보를 잡으러 온 것이었다. 두 사람은 상황이 어떻게 돌아가는지도 모른 채 그의 계략에 걸려들어 변명 한마디 할 수 없었다. 모 태공은 두 사람이 사용하는 삼지창을 장물로 삼고, 부서진 가재도구를 들고 해진, 해보를 발가벗긴 다음 뒷짐을 진 채 묶어 등주 관아로 끌고 갔다. 관청에는 왕정王正이라는 육안공목六案孔目이 있었는데 모 태공의 사위였으므로 도착하기도 전에 지부에게 일을 계책대로 아뢰어놓았다. 해진, 해보가 대청 앞으로 끌려오자 이렇다 할 심문도 없이 묶어 엎어놓고 때리며, 그들 둘이 '호랑이를 자기들 거라고 우기려고 각자 강차를 들고 들어간 김에 재물을 약탈하려고 했다'라는 자백을 강요했다. 해진, 해보는 고문을 견디지 못하고 결국 시키는 대로 자백했다. 지부는 두 사람에게 25근짜리 무거운 칼을 씌우고 못을 박아 감옥에 가두었다. 모 태공과 모중의는 장원으로 돌아와 상의했다.

"이 두 놈이 풀려나서는 안 된다! 한꺼번에 죽여서 후환을 없애야겠다."

부자 두 사람은 관아로 가서 공목 왕정에게 분부했다.

"자네가 내 대신 화근을 철저하게 뿌리 뽑아 이 사건을 마무리지어 주게. 나는 지부에게 뇌물을 주고 청탁을 하겠네."

한편 해진, 해보는 사형수를 가두는 감옥으로 끌려가다가 정자 안에서 절급과 마주쳤다. 그중 우두머리는 포길包吉이란 절급이었는데, 그는 이미 모 태공에게 은자을 받았고 왕공목에게 두 사람의 생명을 처리하라는 부탁을 받고는 정자 안에 와 앉아 있었다. 옥졸이 그 두 사람에게 말했다.

"어서 정자 앞으로 나와 무릎을 꿇어라!"

포 절급이 소리질렀다.

"너희 두 놈이 바로 무슨 양두사, 쌍미갈이라고 불리는 놈들이냐?"

해진이 대답했다.

"비록 다른 사람들이 소인의 별명을 그렇게 부르지만 사실은 선량한 사람을 해친 적이 없습니다."

포 절급이 다시 소리질렀다.

"이 짐승만도 못한 놈들! 이번에 내 손아귀에 떨어졌으니 네놈들을 '양두사'는 '일두사一頭蛇'로, '쌍미갈'은 '단미갈單尾蠍'로 만들어주마. 감옥에 다시 처넣어라!"

그 옥졸이 두 사람을 감옥으로 데리고 가다가 주변에 사람이 없자 조용히 물었다.

"당신 두 사람은 나를 알겠소? 나는 당신들 형님의 처남이오."

해진이 말했다.

"나한테 친형제는 우리 두 사람뿐이고 다른 형님은 없소이다."

"당신 두 사람은 손 제할孫提轄의 동생들이 아니오?"

해진이 대답했다.

"손 제할은 고종사촌 형님이오. 난 당신하고 만난 적도 없는데……혹시…… 악화樂和 외숙 아니시오?"

"맞소이다. 내가 바로 악화요. 원적은 모주茅州6이나 선조 때 이곳으로 왔지요. 누나가 시집가 손 제할의 처가 되었고, 나는 이곳 관아에 옥졸로 일하고 있소이다. 내가 노래를 잘해서 사람들이 모두 철규자鐵叫子 악화라고 부르지요. 매형이 내가 무예를 좋아하는 것을 보고 몇 가지 창 쓰는 법도 가르쳐줬지요."

원래 악화는 총명하고 영리한 사람이었다. 각종 악기를 배우면 바로 다룰 수 있었고, 일을 하는데 있어서도 처음을 알면 그 결과를 알았으며, 창봉 무예를 이야기하면 사탕이나 꿀같이 좋아했다.

해진, 해보가 호걸임을 알고 그들을 구해줄 마음이 있었다. 한 올 실을 꼬아서는 줄을 만들 수 없고, 한쪽 손바닥만으로는 소리를 낼 수 없듯이 겨우 사건의 전후 사정이나 알려줄 수밖에 없었다. 악화가 말했다.

6_ 모주茅州: 송대에 모주는 없었다. 고대에 모군茅郡이 있었고, 지금의 산둥성山東省 진샹金鄕이다.

"두 사람은 내가 하는 말을 잘 들으시오. 지금 포 절급이 모 태공의 금품을 받았으니 반드시 두 사람 목숨을 해치려고 할 것이오. 이제 두 사람은 어떻게 하면 좋겠소?"

해진이 말했다.

"당신이 이미 손 제할의 이야기를 꺼냈으니 제발 우리 소식이나 전해 주시오."

"내가 누구한테 소식을 전하면 되겠소?"

해진이 말했다.

"나한테 할아버지 쪽으로 누나가 하나 있는데, 손 제할 친동생의 처가 되었소. 동문 밖 10리패十里牌쯤에 살고 있소. 고모의 딸로 모대충母大蟲 고대수顧大嫂라고 불립니다. 주점을 열어 집 안에서 소도 잡고 도박장도 열고 있습니다. 20~30명이 덤벼도 그녀를 당해낼 수 없소이다. 매형인 손신孫新도 그녀를 이길 수 없소이다. 그 누나와 우리 형제가 가장 사이가 좋은데, 손신과 손립孫立의 고모가 내 모친이오. 그렇기 때문에 그 두 사람은 또 나의 고종사촌 형님이 되지요. 번거롭더라도 당신이 조용히 우리 소식을 알려주면 누나가 반드시 와서 나를 구해줄 것이오."

악화가 듣고서 당부했다.

"그렇게 할 터이니 두 사람은 안심하시오."

먼저 구운 떡과 고기와 음식을 감추고 옥문을 열어 해진과 해보에게 먹였다. 핑계를 대며 옥문을 잠그고, 다른 소절급에게 문을 지키게 한 다음 동문 밖으로 달려가 십리패로 향했다. 얼마 가지 않아 한 주점이 눈에 들어왔는데, 문 앞에는 소와 양 등의 고기를 걸어놓고 집 뒤채에는 사람들이 떼 지어 모여 도박을 하고 있었다. 주점 안에서 한 부인이 계산대 앞에 앉아 있는 게 보였는데, 금방 고대수임을 알았다. 악화가 앞으로 다가가 정중하게 인사하고 물었다.

"이 집 주인이 손씨 아닙니까?"

고대수가 황망히 대답했다.

"그렇습니다만 술을 사러 오셨습니까, 아니면 고기를 사시려고 합니까? 노름을 하시려거든 뒤에 가서 하시지요."

"소인은 손 제할의 처남인 악화라는 사람입니다."

고대수가 웃으며 말했다.

"악화 외삼촌이셨군요. 얼굴이 동서와 많이 닮았네요. 안으로 들어오셔서 차라도 드시지요."

악화가 안으로 따라 들어가 손님 자리에 앉았다. 고대수가 물었다.

"외삼촌께서 관아에서 일하시는 걸로 들었는데 먹고살기 바쁘다보니 만나 뵙지 못했습니다. 오늘 무슨 바람이 불었기에 여기까지 오셨는지요?"

"제가 일이 없는데 감히 와서 귀찮게 하겠습니까? 오늘 관아에 우연히 두 명의 죄수가 끌려왔는데, 비록 만난 적은 없지만 그들의 이름은 많이 들어왔습니다. 한 명은 양두사 해진이고 다른 사람은 쌍미갈 해보라고 합니다."

고대수가 말했다.

"두 사람은 내 동생이오. 무슨 죄를 저질렀기에 감옥에 갇힌단 말입니까?"

"그 두 사람이 호랑이 한 마리를 잡았는데, 이곳 부자인 모 태공이 가로채 자기가 잡았다고 억지를 부리며 두 사람이 도적질하여 가산을 강탈해갔다고 무고하여 관아로 끌려왔습니다. 그가 또 위아래 모든 관리에게 금품을 써서, 조만간 포 절급으로 하여금 감옥 안에서 두 사람의 목숨을 끝장내려고 합니다. 소인이 두 형제가 억울하게 당하는 것은 알지만 저 혼자서는 구해내기 어렵습니다. 첫 번째는 인척의 처지에 관련된 일이고, 두 번째는 의에 맞지 않는 일이라 특별히 그의 소식을 알리려고 왔습니다. 그들이 '누나만이 구할 수 있다'고 말하기에 이렇게 달려왔으니, 빨리 힘을 다해 애쓰지 않으면 구출하기 어려울 겁니다."

고대수가 듣고서 괴롭게 아이고 소리를 내더니 이내 하인을 불렀다.

"빨리 가서 둘째 주인을 찾아오거라."

하인이 간 지 얼마 되지 않아 찾았던 손신이 돌아와 악화와 대면했다. 손신은 원래 경주瓊州[7] 사람으로 군관의 자손이며 등주에 주둔하면서 그대로 눌러앉아 형제가 가정을 꾸리고 살았다. 손신은 키가 크고 건장하게 타고난 데다 형의 무예를 전부 배워 편鞭[8]과 창을 잘 다루었

7_ 경주瓊州: 지금의 하이난성海南省 충산瓊山.

8_ 편鞭: 채찍의 일종. 춘추전국시대에 성행했으며 구리나 철로 만든 경편硬鞭과 가죽을 엮어 만든 연편軟鞭이 있. 통상적으로 편이라 하면 경편을 말한다.

다. 사람들이 두 형제를 '울지공尉遲恭'9에 비유했는데, 그를 '소울지小尉遲'라 불렀다. 고대수가 있었던 일을 손신에게 모두 이야기하자 손신이 말했다.

"일이 이미 이렇게 되었다면 외삼촌께서는 먼저 돌아가시지요. 그 두 사람은 이미 감옥에 있으니 잘 보살펴만 주십시오. 우리 부부가 잘 상의해서 구원할 방법을 찾아내겠소이다."

악화가 말했다.

"제가 쓰일 곳이 있으면 힘을 다해 돕겠습니다."

고대수가 술을 내와 대접하고 은 부스러기 한 봉지를 내와 악화에게 주면서 말했다.

"외삼촌께서 감옥으로 가져가셔서 사람들하고 옥졸들에게 나누어주고 두 형제를 잘 돌보게 해주십시오."

악화가 감사하고 은량을 받아 감옥으로 돌아와 고대수를 대신해 사용했다.

한편 고대수와 손신은 상의했다.

"동생들을 구할 무슨 방법이라도 있소?"

"모 태공 그놈은 돈이 많고 권력도 있는 놈이라 두 형제가 나오는 것을 방해할 터이니 쉽지는 않을 거야. 두 사람을 죽이기로 작정했을 것

9_ 울지공尉遲恭: 선비족 출신으로 당나라의 명장이다. 이세민李世民을 도와 각종 전쟁에 참전하여 공을 세웠다. 중국 전통문화에서 울지공과 진경은 문신門神의 원형임.

이고 틀림없이 그놈 손에 죽을 거야. 감옥을 깨부수지 않는 한 그들을 구할 다른 방법은 없어."

고대수가 말했다.

"그럼 나와 당신이 오늘 밤에 갑시다."

손신이 웃으며 말했다.

"답답하기는! 구해만 놓으면 그만인지 알아? 감옥에서 구해내면 피할 곳도 찾아야지. 우리 형님과 두 사람이 도와주지 않으면 이 일은 턱도 없어."

"두 사람이 누구요?"

"바로 노름 좋아하는 추연鄒淵과 추윤鄒閏 두 숙질 말이지. 지금 등운산登雲山 골짜기에서 패거리를 모으고 도적질하고 있는데 나하고는 관계가 좋지. 만일 두 사람이 도와준다면 이 일은 쉽게 성공할 거야."

"등운산은 여기서 멀지 않으니 당신은 밤새 달려가 그 숙부와 조카 두 사람과 상의해보시오."

"내가 지금 가리다. 당신은 술과 밥과 음식을 풍성하게 준비해두게. 내가 가서 데려오리다."

고대수는 하인에게 돼지 한 마리 잡으라고 분부하고 여러 과일과 안주를 준비해 탁자 위에 벌여놓았다.

해질 무렵 손신이 두 호걸을 데리고 돌아왔다. 앞장선 이는 추연으로 원래는 내주萊州 사람으로 어려서부터 놀음을 좋아하는 건달 출신이었다. 그렇지만 사람됨은 후하고 충성스럽고 선량했으며 더욱이 무예 닦기를 좋아하여 기질이 비범하나 사람을 포용하려 하지는 않았다. 강호에서 그를 출림용出林龍이라 불렀다. 두 번째 호걸은 추윤으로 추연의 조카였다. 나이는 숙부와 비슷하여 거의 차이가 없었다. 신체가 장대하고 태어날 때부터 용모가 이상했는데 뒷머리에 혹이 하나 있었다. 평상시 사람과 다투다 성질이 나면 머리로 받아버렸다. 어느 날 계곡에 있는 소나무 한 그루를 머리로 받아 부러뜨리자 보던 사람들이 모두 놀라 얼이 빠진 일이 있었는데, 이에 그를 독각룡獨角龍이라 불렀다. 그때 고대수가 뒤채로 청하여 앉게 하고 그들에게 있었던 일들을 이야기해 주며 감옥에서 빼내올 방도를 상의했다. 추연이 말했다.

"내가 있는 곳에 비록 졸개 80~90명은 있으나 심복은 20여 명뿐이오. 내일 이 일을 실행하고 나면 그곳은 더 이상 안심할 수 없소이다. 나는 오랫동안 가려고 생각해둔 곳이 있는데 당신네 부부도 가려는지 모르겠소."

"그곳이 어디라도 당신네를 따라갈 테니 두 동생만 구해주시오."

추연이 말했다.

"지금 양산박은 크게 발전하고 있고, 송 공명은 쓸 만한 인재를 두루 불러 모으고 있소. 그 수하에 내가 아는 사람이 셋인데 한 명은 금표자 양림이고, 다른 하나는 화안산예 등비며, 또 다른 사람은 석장군 석용이오. 이들은 모두 양산박에서 도적이 된 지 오래니, 우리가 당신네 두 형제를 구해내면 모두 양산박으로 가서 한패가 되는 것이 어떻겠소?"

고대수가 말했다.

"아주 좋지요. 만약 가지 않겠다고 하는 놈이 있으면 내가 창으로 몸똥이에 구멍을 뚫어 죽이겠소!"

추윤이 말했다.

"그런데 한 가지 걸리는 게 있는데, 우리가 만약 그들을 구해낸다 해도 등주에 있는 군마들이 추격해올 텐데 그건 어찌하겠소?"

손신이 말했다.

"내 친형님이 그곳 군마 제할이오. 그 형님은 등주에서 워낙 대단한 사람이라 도적들이 여러 차례 성으로 몰려왔는데 모두 싸워 쫓아내 도처에 명성이 자자하오. 내가 내일 가서 그 형님더러 오시도록 청하면 따라주실 것이오."

추연이 말했다.

"그분이 도적이 되려고 하지 않으실까 걱정되오."

"나한테 좋은 방법이 있소이다."

그날 한밤중까지 술을 마시고 날이 밝을 때까지 쉬었다. 두 호걸은 집에 남게 하고 하인을 시켜 수레 한 대를 끌고 오게 했다.

"빨리 성안으로 가서 형님 손 제할과 형수 악대낭자樂大娘子를 찾아보고 '집안 큰형수가 병들어 위중하니 번거롭더라도 집에 오셔서 보살펴 달라'고 말하거라."

고대수가 또 하인에게 당부했다.

"내가 병이 깊어 위중하다고 말하고, 꼭 드릴 중요한 말씀이 있으니 반드시 오셔서 한번 만나 뵙기를 부탁한다고 하거라."

하인이 수레를 밀고 떠나자 손신이 문 앞에서 살피며 형을 기다렸다. 밥 먹을 시간쯤 되자 멀리서 수레가 오는 게 보였다. 수레에 악대낭자을 태우고 뒤에는 손 제할이 말을 타고 10여 명의 군졸을 이끌고 십리패로 왔다. 손신이 얼른 들어가 고대수에게 알렸다.

"형님과 형수님이 왔소."

고대수가 당부했다.

"이제 내가 하라는 대로 이렇게 하세요……."

손신이 밖으로 나와 형과 형수를 맞이했고 형수를 수레에서 내리게 하고 방으로 들어와 제수의 병을 살펴보게 했다.

손 제할이 말에서 내려 문 안으로 들어오는데 과연 확실히 건장한 대장부였다. 담황색 얼굴에 뺨까지 뻗은 수염에다 8척이 넘는 키였다. 그가 바로 병울지病尉遲라 불리는 손립孫立이었다. 강궁強弓을 잘 쏘며 사나운 말을 타고 장창을 사용하며 회전하는 물결 모양의 대나무 강편鋼鞭을 팔목에 걸고 있었는데, 등주 바닷가에 사는 사람들은 멀리서 보기만 해도 뒤로 주춤거리다 넘어지곤 했다. 병울지 손립이 바로 말에서 내려 문으로 들어가 물었다.

"동생, 제수씨가 무슨 병을 앓고 있느냐?"

"병의 증상이 이상합니다. 일단 안으로 들어오셔서 말씀하시지요."

손립이 들어오자, 손신이 하인에게 따라온 군사들에게 객점에서 술을 대접하게 했다. 하인이 말을 끌고 가자 손립에게 안으로 들어와 앉게 했다.

한참 있다가 손신이 말했다.

"형님과 형수님은 방으로 들어가서 보시지요."

손립이 악대낭자와 방에 들어가니 환자가 없었다. 손립이 물었다.

"제수씨는 어느 방에 있느냐?"

바깥에서 고대수가 추연과 추윤을 데리고 들어왔다. 손립이 물었다.

"제수씨, 어떤 병으로 아프십니까?"

"백부님, 제 병은 동생들을 구하지 못해서 생긴 병입니다."

"거참, 괴이하군요. 어떤 동생들을 구한단 말이오?"

"백부님, 성안에 사시면서 귀머거리인 척 벙어리인 척하시면서 못 들은 체하는 것은 아니지요! 그 두 사람이 저한테 형제면 아주버님의 형제가 아니라고 못하실 텐데요."

"난 무슨 영문인지 모르겠소. 그 두 형제가 누구요?"

"백부님이 여기 있고 오늘 일이 급하니 바로 말씀드리겠습니다. 등운산 아래 모 태공과 왕 공목이 해진, 해보를 모함하여 흉계를 꾸며 조만간 목숨을 빼앗으려고 합니다. 제가 지금 이 두 호걸과 상의했는데, 성으로 가서 감옥을 부수고 두 형제를 구한 다음 모두 양산박으로 가서 한패기 되기로 결정했습니다. 내일이면 저희 계획이 드러날 텐데, 그렇게 되면 먼저 백부님이 연루될 것이 두려워 그렇습니다. 하는 수 없이 병을 핑계로 백부님 내외분을 이곳으로 청한 것입니다. 백부님이 가시지 않더라도 저희는 양산박으로 갈 겁니다. 지금 천하에 무슨 도리가 있습니까! 달아나면 아무 일 없지만 그냥 계신다면 관아로 끌려가실 겁니다. 속담에 '불은 가까이 있는 마른 것부터 태운다'고 했습니다. 백부님이 저희를 대신해 관아로 끌려가 감옥에 갇히시면, 그때는 밥을 넣어주고 구해줄 사람이 아무도 없게 됩니다. 백부님 뜻은 어떠하십니까?"

"등주의 군관으로서 내가 어떻게 감히 이런 일을 저지르겠소?"

"백부님께서 원치 않으시면 오늘 백부님이 죽든가 내가 살든가 결판을 내야겠습니다!"

고대수가 몸에서 두 자루의 칼을 꺼내들었다. 추연, 추윤도 각자 단도를 뽑아들었다. 손립이 소리질렀다.

"제수씨 멈추시오! 서두르지 마시오. 내가 좀 더 깊이 따져볼 터이니 천천히 상의해봅시다."

곁에 있던 악대낭자는 놀라 한참 동안 소리도 내지 못했다. 고대수가 다시 말했다.

"백부님은 가지 않더라도 동서는 먼저 보내야 우리가 손을 쓰지요."

"이렇게 한다 해도 먼저 내가 집에 돌아가 짐 보따리를 싸고 허실을 살펴본 후 일을 진행합시다."

"백부님의 처남 되는 악화가 우리에게 몰래 소식을 전하기로 했소. 일단 한 사람은 가서 감옥을 부수고 나머지 한 사람은 바로 짐을 챙겨도 늦지 않소이다."

손립이 한숨 쉬며 말했다.

"당신들이 이미 이렇게 하기로 했으니 내가 어떻게 물러날 수 있겠소? 나중에 당신들을 대신해 관아로 끌려갈 수 없지 않겠소? 할 수 없지. 할 수 없어! 그럴 수는 없지! 모두 같이 상의해서 합시다."

먼저 추연에게 등운산 산채에 있는 재물과 말들을 수습하고, 그 20여 명의 심복을 데리고 객점에 모이게 했다. 추연이 가자 다시 손신에게는 성안으로 가서 악화에게 알려 약속하고 해진, 해보에게도 은밀하게 소식을 알렸다.

다음 날 등운산 산채에서 추연이 금은을 수습하고 그 심복들을 데리고 도우러 왔다. 손신의 집에 있는 7~8명의 심복인 하인들과 손립이 데리고 온 군졸 10여 명을 합쳐서 모두 40여 명이 모였다. 손신은 돼지 두 마리와 양 한 마리를 잡아 모든 사람을 배부르게 먹였다. 고대수는 날카로운 칼을 고기에 붙여 감추고 밥을 나르는 부인으로 변장하고 먼저 감옥으로 갔다. 손신은 손립을 따르고 추연은 추운과 함께 각자 하인을 데리고 두 길로 나누어 성으로 들어왔다.

한편 등주부 감옥 안에서 포 절급은 모 태공의 뇌물을 받고 해진, 해보의 목숨을 해치려 하고 있었다. 그날 악화가 수화곤을 들고 옥문 안에 있는 사자구獅子口10 옆에 서 있는데 방울 소리가 들렸다. 악화가 물었다.

"누구냐?"

고대수가 말했다.

"밥 나르는 사람이오."

악화가 이미 알아보고 문을 열어 고대수를 들어오게 했다. 다시 문을 닫고 복도 아래로 갔다. 포 절급이 정자 안에 있다가 보고서 소리질렀다.

10_ 사자구獅子口: 고대 감옥 안에 전설 속의 괴수 폐한狴犴을 그렸는데 모습이 사자를 닮았다고 하므로 감옥 문을 사자구라고 한다.

"이 부인은 누구냐? 감히 감옥 안까지 들어와 밥을 나르느냐? 예부터 '감옥은 바람도 통과하지 말아야 한다'고 했다."

악화가 말했다.

"이 사람은 해진, 해보의 누나인데 밥을 가지고 왔습니다."

포 절급이 다시 소리질렀다.

"들어가지 못하게 해라! 너희가 갖다주거라."

악화가 밥을 받아 감옥 문을 열고 들어가 두 사람에게 줬다. 해진, 해보가 물었다.

"외삼촌, 지난밤에 말한 일은 어떻게 됐소?"

"누님께서 들어오셨소. 앞뒤로 호응할 테니 기다리시오."

악화는 갑상匣床에 묶인 두 사람을 풀어주었다. 옥졸이 들어와 보고했다.

"손 제할께서 문을 두드리며 안으로 들어오려고 합니다."

포 절급이 말했다.

"그 사람은 군영을 관리하는 사람인데 내 감옥에 와서 무슨 일이 있다는 거냐? 열어주지 마라."

고대수가 서성거리다가 정자 쪽으로 갔는데 밖에서 또 소리질렀다.

"손 제할께서 급하게 문을 두드립니다."

포 절급이 분노하여 정자에서 나왔다. 그때 고대수가 크게 고함쳤다.

"내 동생들은 어디 있느냐?"

몸에서 시퍼런 날카로운 칼 두 자루를 꺼냈다. 포 절급이 보고서 뭔가 잘못됐음을 알고 정자 밖으로 달아났다. 해진, 해보는 쓰고 있던 칼을 들어올리고 감옥 안에서 뛰쳐나오다 포 절급과 맞닥뜨렸다. 포 절급이 미처 손쓸 새도 없이 해보가 쓰고 있던 칼끝에 맞아 두개골이 박살났다.

그때 고대수가 손을 들어 이미 3~5명의 옥졸을 찔러 죽이고, 일제히 함성을 지르며 감옥 밖으로 뛰쳐나왔다. 손립, 손신 두 사람은 감옥 문밖에서 기다리다가 네 명이 나오자 함께 주 관아 앞으로 달려나갔다. 추연과 추윤은 벌써 주 관아 안에서 왕 공목의 머리를 들고 나왔다. 일행이 크게 함성지르며 앞에서 걸어가고, 손 제할은 말을 타고 활을 당겨 화살을 걸친 채 뒤에서 압박했다. 거리의 집들은 모두 문을 걸어 잠그고 감히 나오지 못했다. 관아의 공인들도 손 제할을 알아보고 누구도 감히 앞으로 나와 저지하지 못했다. 모두 손립을 에워싸고 성문으로 달려가, 곧장 십리패로 와서 악대낭자를 부축하여 수레에 태우고 고대수는 말에 올라 도우러 갔다.

해진, 해보가 일행에게 말했다.

"모 태공 이 늙은 도적을 용서할 수 없습니다. 어찌하여 원수를 갚지 않고 그냥 가겠소!"

손립이 말했다.

"맞는 말이네."

동생인 손신과 외삼촌 악화에게 영을 내렸다.

"먼저 수레를 보호하면서 앞으로 가고 우리는 뒤따라가겠네."

손신, 악화가 수레를 에워싸고 먼저 갔다. 손립은 해진, 해보, 추연, 추윤과 하인들을 이끌고 모 태공의 장원으로 달려갔다. 마침 모중의와 태공이 장원에서 생신을 축하하며 술을 마시고 있어 전혀 방비하지 않고 있었다. 호걸들이 함성을 지르며 달려 들어가 모 태공, 모중의와 집안의 늙은이와 젊은이를 막론하고 모두 죽여 한 사람도 남기지 않았다. 침실을 뒤져 10여 포대의 금은 재물을 찾아내고 후원에서 7~8필의 좋은 말을 끌어와 그중 4필의 말에 실었다. 해진, 해보는 의복 몇 벌을 골라 갈아입었다. 장원에 불을 지르고 각자 말에 올라 일행을 이끌고 30리 길을 못 가서 수레 끄는 사람들을 따라잡아 합류했다. 도중에 농가에서 좋은 말 3~5필을 빼앗아 밤새 양산박으로 달려갔다.

이틀이 못 되어 석용이 열고 있는 주점에 이르렀다. 추연이 석용을 만나 양림, 등비 두 사람의 소식을 물었다. 석용이 말했다.

"송 공명께서 축가장을 치러 갔는데 두 사람도 같이 갔소이다. 두 차례나 패배하고 양림, 등비가 함께 축가장에 잡혔다는데 어떤지는 모르겠소. 축가장의 세 아들이 호걸인 데다 사범인 철봉 난정옥이 돕고 있어, 두 번이나 쳐도 그 장원을 쳐부수지 못하는 것으로 알고 있소이다."

손립이 듣고서 크게 웃었다.

"우리가 양산박에 들어가 도적이 되고자 하는데 작은 공로도 없소이다. 이번에 축가장을 무찌를 수 있는 계책을 올려 한패가 되는 보답으로 하려는데 어떻소?"

석용이 크게 기뻐하며 말했다.

"좋은 계책이 무엇인지 들려주시지요."

손립이 말했다.

"난정옥과 나는 같은 스승으로부터 무예를 배웠소. 내가 배운 창칼을 그도 알고 있고, 그가 배운 무예 또한 내가 다 알고 있소. 우리가 지금 등주에서 운주鄆州로 주둔지를 맞바꾸러 가다가 이렇게 서로 대치하는 곳을 지나게 되었다고 하면, 그는 반드시 나와서 우리를 맞이할 것이오. 들어가 안팎에서 서로 호응하면 반드시 일을 성공시킬 수 있을 것입니다. 이 계책이 어떻습니까?"

석용과 계책을 이야기하는데 말이 미처 끝나기도 전에 졸개가 보고했다.

"오 학구께서 산을 내려와 축가장으로 지원하러 가신다고 합니다."

석용이 듣고서 졸개로 하여금 빨리 군사에게 보고하게 하고, 이곳으로 와서 일행을 만나보게 했다.

말이 끝나기도 전에 이미 여방, 곽성과 완씨 삼웅의 군마가 주점 앞으로 왔고 뒤이어 군사 오용이 500여 군사를 이끌고 당도했다. 석용은 주점 안으로 맞이하고 일행을 모두 인사시켰다. 그리고 양산박에 가입하러 왔다가 계책을 제시한 것도 자세하게 이야기했다. 오용이 듣고서 크게 기뻐하며 말했다.

"여러 호걸이 이미 산채에 오기로 했으니, 산에 오를 필요 없이 신속히 축가장으로 가서 이 계책을 실행하고 공을 세우는 것은 어떻소?"

손립 등 일행이 모두 기뻐하며 일제히 따르기로 했다. 오용이 말했다.

"소생은 군사를 이끌고 먼저 가겠소. 여러분 호걸들께서는 잠시 후에 따라오시지요."

오 학구가 상의를 마치고 먼저 송강의 진채로 와서 보니 과연 송 공명이 양미간을 펴지 못하고 수심이 가득한 얼굴을 하고 있었다. 오용이 술을 내와 송강의 울적한 마음을 달래며 설명하기 시작했다.

"석용, 양림, 등비 세 사람이 모두 등주 병마 제할 병울지 손립이라는 사람을 알고 있는데, 여기 축가장 사범 난정옥과는 한 스승에게서 무예를 배웠다고 합니다. 오늘 이곳으로 8명이 와서 양산박에 들어와 한패가 되고자 하는데, 특별히 계책 하나를 바쳐 자기들이 들어오는 보답으로 하겠다고 합니다. 그래서 이미 계책을 세웠는데 밖에서 공격하고 안에서 호응하는 방법으로 하고자 합니다. 곧 달려와 형님을 뵈올 겁니다."

송강이 듣고서 크게 기뻐해 모든 걱정과 우울함이 하늘 끝 저 멀리 아득한 곳으로 사라져버리는 듯했다. 얼른 진채 안에 술자리를 마련하게 하고 그들이 오기를 기다렸다.

한편 손립은 자신의 하인들과 따르던 수레 및 군사들을 한곳에 멈춰 쉬게 하고 해진, 해보, 추연, 추윤, 손신, 고대수, 악화 등 8명만 데리고 송강을 만나러 왔다. 모두 인사를 마치자 송강이 술자리를 베풀어 대접했다. 오 학구가 은밀하게 여러 사람에게 명령을 전달하고 사흘째는 이렇게 하고 닷새째는 이렇게 하라고 지시했다. 분부를 마치자 손립 등 일행은 계책을 받고 수레의 군사들을 데리고 이를 실행하기 위해 축가장으로 향했다.

다시 오 학구가 대종을 불러 말했다.

"대 원장은 빨리 산채에 가서 4명의 두령을 데리고 오게. 내가 쓸 데가 있네."

제 4 9 회

축가장, 드디어 함락되다[1]

당시 군사 오용이 대종에게 부탁하며 말했다.

"아우는 양산박으로 돌아가 철면공목 배선, 성수서생 소양, 통비원 후건, 옥비장 김대견을 데리고 오게. 이 네 사람에게 이런 도구를 가지고 서둘러 산을 내려오게 하게. 내가 쓸 곳이 있네."

대종이 달려갔다.

한편 진채 밖에서 군사가 들어와 보고했다.

"서쪽 마을 호가장에서 호성扈成이 소를 끌고 술을 메고 만나 뵙기를

1_ 제49회 오 학구가 연환계를 사용하다吳學究雙掌連環計. 송 공명이 축가장을 세 번째 공격하다宋公明三打祝家莊.

청합니다."

송강이 불러 들어오게 했다. 호성이 중군 군막 앞에 와서 절하며 간절하게 말했다.

"제 누이동생이 순간적으로 욱한 데다 나이도 어려 세상 물정을 몰라 실수로 잘못을 저질렀습니다. 이번에 붙잡혔는데 바라건대 장군께서 너그럽게 용서해주십시오. 누이가 원래 축가장과 혼인하게 되어 있어서 어쩔 수 없었습니다. 지난번에 순간적으로 만용을 부리다가 붙잡혔습니다. 장군께서 너그럽게 용서해 풀어주시면 필요로 하는 재물을 바치겠습니다."

"일단 앉아서 이야기합시다. 축가장 그놈들이 무례하게 아무런 이유도 없이 내 산채를 업신여겼기 때문에 군사를 내어 원한을 갚으려는 것이지 당신네와 감정이 있는 것은 아닙니다. 단지 당신 누이동생이 사람을 이끌고 나의 부하 왕왜호를 잡아갔기 때문에 우리도 그 대가로 사로잡은 것일 뿐이오. 당신이 왕왜호를 풀어 돌려보낸다면 나도 누이를 당신에게 보내겠소."

호성이 대답했다.

"허나, 뜻하지 않게 그 호걸을 축가장에서 잡아갔습니다."

오 학구가 곁에서 말했다.

"그럼 왕왜호는 지금 어디에 있소?"

"지금 축가장에 갇혀 있는데 소인이 어떻게 감히 가서 데려올 수 있겠습니까?"

송강이 말했다.

"당신이 가서 왕왜호를 데려다 우리한테 돌려보내지 못한다면 어떻게 누이를 돌려줄 수 있겠소?"

오 학구가 말했다.

"형님, 그렇게 말씀하시지 말고 소생의 말도 들어보시지요. 앞으로는 축가장에서 어떠한 말을 하더라도 당신네 장원은 절대로 사람을 내어 구원하면 안 되오. 만일 축가장에서 당신네로 달아나는 사람이 있더라도 당신네가 잡아서 우리에게 넘겨주면 그때는 누이를 당신네 장원으로 보내주겠소. 그런데 누이는 지금 여기에 있지 않고 이미 사람을 시켜 산채로 보내 송 태공께서 보살피고 있소이다. 나한테 따로 생각해둔 게 있으니 당신은 일단 안심하고 돌아가시오."

"이번에는 절대로 축가장을 돕지 않고 도망온 사람이 있으면 반드시 잡아 장군께 바치겠습니다."

송강이 말했다.

"그렇게만 한다면 우리에게 금은 비단을 보내는 것보다 나을 것이오."

호성이 감사하고 돌아갔다.

한편 손립은 '등주 병마 제할 손립'이라 쓰인 깃발로 바꾸고, 일행을 데리고 축가장 뒷문에 이르렀다. 장원 담장에서 등주 깃발을 보고 장원으로 들어가 보고했다. 난정옥이 등주 손 제할이 찾아온 것을 듣고 축씨 삼형제에게 말했다.

"손 제할은 나와 형제로 지내는 사이로 어려서부터 같은 스승에게서 무예를 배웠소. 그런데 오늘 어찌하여 이곳에 왔는지 모르겠소."

20여 명의 군사를 데리고 장원 문을 열어 조교를 내리고 나와 맞이했다. 손립 일행이 모두 말에서 내려 인사를 마치자 난정옥이 물었다.

"동생은 등주를 지키는 것으로 아는데 이곳은 무슨 일로 왔는가?"

"총병부[2]에서 문서를 내려 양산박 도적을 방비하기 위하여 나를 운주로 보냈습니다. 그런데 길을 지나다 형님께서 이곳 축가장에 계시다는 소식을 듣고 이렇게 만나 뵈러 왔습니다. 원래는 앞문으로 오려고 했는데 마을 어귀에 허다한 군사가 주둔해 있는 것을 보고, 부딪치는 것이 좋지 않을 듯해 마을의 오솔길을 물어 이렇게 뒷문으로 형님을 뵙고자 찾아왔습니다."

"여러 날 계속해서 양산박 도적들과 싸워 이미 두령 몇 놈을 장원에 잡아뒀다네. 우두머리 송강만 잡으면 관가로 끌고 갈 생각이네. 천만다행으로 이제 동생이 이곳에 와서 지키게 되었다니 '금상첨화이고 고진감래'라 할 수 있네."

손립이 웃으며 말했다.

"제가 비록 재주는 없으나 이놈들을 잡는 데 힘을 보태 형님의 공이 이루어지도록 돕겠습니다."

난정옥이 크게 기뻐하며 일행 모두를 장원 안으로 인도하고 다시 조교를 끌어올리고 장원 문을 닫았다. 손립 일행이 수레와 사람에게 거처를 안배한 다음 옷을 갈아입고 모두 대청 앞으로 와서 축조봉에게

2_ 병부兵府: 송대의 추밀원樞密院.

인사했고 축룡, 축호, 축표 삼형제하고도 대면했다. 일가가 모두 대청 앞에서 맞이하고 난정옥이 손립 등을 대청에 오르게 한 뒤 상견했다. 예를 마치자 난정옥이 축조봉에게 말했다.

"내 동생은 손립이라 하며 병울지라 불리기도 합니다. 등주 병마제할을 맡고 있습니다. 이번에 총병부의 명을 받아 운주를 지키러 왔다고 합니다."

"그럼 이 늙은이도 통치하에 있겠군요."

손립이 말했다.

"비천한 직책이라 입에 올리기도 부끄럽습니다. 조만간에 조봉 어른께서 오히려 가르침과 보살핌을 주셔야 할 것 같습니다."

축씨 삼형제가 모두 윗자리에 앉기를 청했다. 손립이 물었다.

"연일 싸우시니 번거롭고 신경 쓰이겠소."

축룡이 대답했다.

"아직 승패를 보지 못했습니다. 여러분께서도 여정으로 피곤하시겠습니다."

손립이 고대수를 불러 악대낭자를 데리고 후당에 가서 축가장 가족과 인사를 나누게 했다. 손신, 해진, 해보를 불러 인사하게 하고 말했다.

"이 세 사람은 제 동생입니다."

또한 악화를 가리키며 말했다.

"이 사람은 운주에서 파견한 관리입니다."

추연과 추윤도 가리키며 소개했다.

"이 두 사람은 등주에서 보낸 군관이죠."

축조봉과 세 아들이 비록 총명하나, 손립의 가족뿐만 아니라 많은 짐 보따리와 수레 끄는 사람들, 게다가 난정옥 사범의 형제라 하니 달리 의심할 수 없었다. 소와 말을 잡고 술자리를 마련해 일행을 대접했다.

이틀이 지나고 사흘째 되는 날 장원 병사가 보고했다.
"송강이 다시 군마를 내어 장원으로 쳐들어오고 있습니다!"
축표가 말했다.
"내가 나가 이놈을 잡아오겠다!"
장원 문을 열고 나가 조교를 내리고 100여 기마를 이끌고 싸우러 나갔다. 한 떼의 군마가 마주쳐 달려오는데 500명쯤 되었다. 졸개들을 이끌고 앞장선 두령은 바로 소이광 화영으로 활시위를 당겨 화살을 꽂은 채 말을 몰아 창을 돌리며 달려왔다. 축표가 보고 말을 박차며 창을 들고 싸우러 나왔다. 화영이 축표와 독룡강 앞에서 수십 합을 싸워도 승부를 가릴 수 없었다. 화영이 빈틈을 보이며 말 머리를 돌려 달아났다. 축표가 기다렸다는 듯이 말을 몰아 쫓아가려 하는데 뒤에서 어떤 사람이 소리질렀다.
"장군, 쫓지 마시오. 저 자는 굉장히 활을 잘 쏘는 사람이라 불시에 활을 쏠까 두렵소."
축표가 듣고서 말고삐를 당겨 더 이상 쫓지 않고 군사를 거두어 장원으로 돌아왔다. 화영도 이미 군마를 이끌고 돌아갔다. 축표가 대청 앞에서 말에서 내려 후당으로 들어가 술을 마셨다. 손립이 물었다.
"소小장군께서는 오늘 도적을 잡으셨소?"

"이놈들 도적 중에 소이광 화영이라는 놈이 있는데 창 쓰는 것이 대단하더군요. 50여 합을 싸웠는데 그놈이 달아났습니다. 내가 그놈을 쫓아가려고 하는데 군사들이 그놈이 활을 잘 쏜다고 하기에 할 수 없이 군사를 거두고 돌아왔습니다."

"소생이 재주는 없으나 내일 몇 놈을 잡아보겠소."

그날 술자리에서 악화를 불러 노래를 부르게 하니 모두 기뻐했다. 늦게 술자리를 파하고 또 하룻밤을 쉬었다.

4일째 되는 날 정오에 갑자기 장원 군사가 달려와 소리질렀다.

"송강 군마가 또 장원 앞으로 왔습니다!"

대청 아래에 있던 축룡, 축호, 축표 삼형제가 모두 갑옷을 입고 장원 앞 문밖으로 나왔다. 멀리서 징을 울리고 북 치는 소리가 들리더니, 함성을 지르고 깃발을 흔들며 맞은편에서 진을 펼치고 있었다. 이때 축조봉은 장원 문 위에 앉았는데 왼쪽에는 난정옥, 오른쪽에는 손 제할이 함께 앉아 있었다. 축가 세 호걸과 손립이 데리고 온 허다한 군사가 모두 문 옆에 대오를 벌렸다. 송강의 진채에서 표자두 임충이 소리를 지르며 욕하는 것이 보였다. 축룡이 초조해하다가 조교를 내리라 소리지르고 창을 잡고 말에 올라 100~200명의 군사를 이끌고 크게 함성 지르며 임충의 진채로 달려갔다. 장원 문 아래에서 북을 두드리자 양쪽에서 활과 쇠뇌를 쏘아 사정거리를 잰 후 전열을 멈추게 했다. 임충이 장팔사모를 들고 축룡과 싸웠다. 30여 합을 싸워도 승패가 나지 않자 양편에서 징을 울렸고 각자 자기 진영으로 돌아갔다. 축호가 크게 성내며 칼을 들고 말에 올랐다. 진 앞으로 달려나와 크게 소리질렀다.

"송강아 결판을 내자!"

말이 미처 끝나기도 전에 송강 진중에서 몰차란 목홍이 말을 타고 축호와 싸우러 나왔다. 두 사람이 30여 합을 싸웠는데도 또다시 승패가 나지 않았다. 보고 있던 축표가 화를 참지 못하고 나는 듯이 말에 올라 200여 기를 이끌고 진 앞으로 달려나왔다. 송강 부대 앞에서 병관삭 양웅이 말에 올라 창을 들고 나와 축표와 싸웠다.

손립이 진 앞에서 두 부대가 싸우는 것을 보고 속으로 참지 못하고 손신을 불렀다.

"내 편과 창을 가져오너라. 또 내 갑옷과 투구, 도포도 가져와라!"

'오추마烏騅馬'라 불리는 자신의 말을 끌고 와 안장을 얹고 말의 뱃대 세 개를 채우고 팔목에 호안강편虎眼钢鞭을 걸고 창을 잡고 말에 올랐다. 축가장에서 징 소리가 한 번 울리자 손립이 말을 몰아 진 앞으로 나왔다. 송강 진중에서는 임충, 목홍, 양웅이 모두 고삐를 당겨 말을 세우고 진 앞에 서 있었다. 손립이 말을 달려나오며 말했다.

"소생이 저놈들 잡는 것을 보시오!"

손립이 말을 돌려 세워 멈추고 소리질렀다.

"네 이 도적놈들 중에 싸우고 싶은 놈 있으면 나와서 결판내자!"

송강 진중에서 말방울 소리가 울리며 한 장수가 달려나왔다. 사람들이 보니 손립과 싸우러 나온 사람은 바로 평명삼랑 석수였다. 두 말이 엇갈려 서고 두 개의 창이 동시에 들어올려졌다. 두 사람이 50여 합을 싸우다 손립이 짐짓 빈틈을 보이며 석수로 하여금 창으로 찔러 들어오게 했다. 슬쩍 거짓으로 피하더니 말 위에 있는 석수를 가볍게 잡아 겨드랑이에 끼고 장원 문으로 와서 내팽개치며 소리질렀다.

"묶어라!"

축가 삼형제가 즉시 송강의 군마를 휘저으니 모두 달아나며 흩어졌다.

삼형제가 군사를 거두어 문루 아래로 돌아와 손립을 보고, 모두 두 손을 맞잡고 공경을 표했다. 손립이 물었다.

"모두 몇 명의 도적을 잡았소?"

축조봉이 말했다.

"처음에 시천이란 놈을 잡았고 다음에 세작질하던 양림, 또 황신을 잡았소이다. 또한 호가장 일장청이 왕왜호를 잡았고 싸움터에서 진명, 등비 두 놈을 잡았으며, 이번에 장군께서 또 석수를 잡았는데, 이놈이 바로 우리 객점을 불 지른 놈이외다. 모두 합쳐 7명 잡았소이다."

"한 놈도 상하게 해서는 안 됩니다. 빨리 7량의 죄수를 싣는 수레에 가두고 보기에 좋지 않으니 밥과 술을 먹여 건강하게 하고 굶겨서 마르게 해서는 안 됩니다. 다음에 송강을 잡아서 모두 동경으로 끌고 간다면 축가장 삼걸이 천하에 명성을 떨쳤다고 칭찬할 것입니다!"

축조봉이 감사하며 말했다.

"다행히 제할께서 이렇게 도와주시니 양산박은 조만간 소멸될 것입니다."

손립을 후당으로 초청해 주연을 열었다. 석수는 죄수 싣는 수레에 갇혔다.

석수의 무예가 손립에 비해 결코 낮지 않으나 축가장 사람들을 속이기 위해 일부러 손립에게 잡힌 것으로 장원 사람들이 손립을 믿게 하기 위함이었다. 손립은 또한 은밀하게 추연, 추윤, 악화를 뜰 아래채에 보내 출입문으로 드나드는 길목 수를 살펴보게 했다. 양림, 등비도 추연과 추윤을 보고 속으로 기뻐했다. 악화는 사람이 없음을 살펴보고 잡혀 있는 여러 두령에게 소식을 알려줬다. 고대수와 악대낭자는 안에서 방으로 드나드는 길을 살폈다.

5일째 되는 날 손립 등 여러 사람이 장원에서 한가롭게 걷고 있었다. 그날 진시쯤에 아침밥을 먹은 뒤였는데 장원의 병사가 달려와 보고했다.

"송강이 군사를 네 길로 나누어 장원으로 쳐들어오고 있습니다!"

손립이 말했다.

"열 길로 온다 한들 또 어떻다는 것이냐! 너희 수하들은 당황하지 말고 어서 준비하거라. 먼저 갈고리와 올가미를 배치하여 산 채로 잡아야지 죽은 놈은 필요 없다!"

장원 사람들이 모두 갑옷을 입고 무장했다. 축조봉도 직접 젊은이들을 이끌고 문루에 올라 살펴보니, 동쪽에 한 떼의 군사가 보였는데 앞장선 두령은 표자두 임충이었고 뒤에는 이준, 완소이가 500명 이상의 군사를 이끌고 따랐다. 서쪽에도 500여 명의 군사가 오고 있었는데, 앞장선 두령이 소이광 화영이었고 이어서 장횡, 장순이 뒤를 따랐다. 남쪽 문루 위에서 바라보니 500여 명의 군사가 몰려오고 있었고, 세 명의 두령이 앞장섰는데 몰차란 목홍, 병관삭 양웅, 흑선풍 이규로 사면이 모두 병마였다. 전고戰鼓3가 일제히 울리고 함성이 크게 일어났다. 듣고 있던 난정옥이 말했다.

"오늘 저놈들이 죽기 살기로 붙자고 하니 얕보아서는 안 됩니다. 나는 군사를 이끌고 후문으로 나가 서북쪽에서 몰려오는 군사와 싸우겠소."

축룡이 말했다.

"나는 앞문으로 나가 동쪽에서 밀려오는 군사와 싸우겠소."

축호도 말했다.

"나도 후문을 나가 서남쪽 군사들을 맡겠소."

축표 또한 말했다.

"나는 앞문을 나가 도적의 우두머리인 송강을 사로잡겠소."

축조봉은 크게 기뻐하며 모두에게 상으로 술을 내렸다. 각자 말에 올라 300여 기를 거느리고 장원 문을 달려나갔다. 나머지는 모두 장원을 지키며 문루 앞에서 함성을 질렀다. 이때 추연, 추윤은 이미 큰 도끼를 감춘 채 감옥 문 좌측에서 지키고 있었고, 해진, 해보는 은밀하게 무기를 숨기고 후문에서 떨어지지 않았다. 손신, 악화는 이미 앞문 주변을 지키고 있었다. 고대수는 먼저 군사를 뽑아 악대낭자를 보호하게 하고, 쌍칼을 들고 대청 앞에서 서성거렸다. 소식이 오면 바로 손을 쓸 생각이었다.

한편 축가장에서는 세 차례 전고가 울리고 한 발의 포가 발사되니, 앞뒤 문을 모두 열어 조교를 내리자 병사들이 일제히 쏟아져 나왔다.

3_ 전고戰鼓: 고대의 전쟁 때 사기를 높이기 위해 두드린 북.

군병들이 문을 나와 사방으로 나뉘어 싸우러 달려갔다. 뒤이어 손립이 10여 명의 군사를 이끌고 조교 위에 지키고 섰다. 문 안에서는 손신이 원래 가지고 왔던 깃발을 성안 문루 위에 꽂았고, 악화는 창을 들고 노래를 부르며 뛰어 들어왔다. 추연, 추윤은 악화의 노래를 듣고 입술을 모아 휘파람 소리를 몇 번 내더니 큰 도끼를 돌리며 감옥을 지키던 장원의 병사 수십 명을 찍어 죽이고 함거陷車4를 열었다. 7명의 호랑이가 뛰쳐나와 각자 무기 선반에서 창을 뽑아들었다. 함성 소리가 일어나자 고대수는 쌍칼을 들고 방 안으로 뛰어들어가 여자들을 한 칼에 한 명씩 모조리 죽였다. 축조봉이 형세가 좋지 않음을 알고 우물에 뛰어들려 했으나, 석수가 먼저 한칼에 베어버리고 머리를 잘랐다. 10여 명의 호걸이 달려들어 장원의 병사들을 죽였다. 후문에 있던 해진, 해보가 마초더미를 쌓아놓은 곳에 불을 지르자 검은 화염이 하늘로 치솟았다.

네 갈래 길로 달려오던 양산박 군사들이 장원에 불이 난 것을 보고 힘을 다해 앞으로 돌격했다. 축호는 장원에 불길이 일어나자 가장 먼저 돌아왔다. 손립이 조교 위에서 크게 소리질렀다.

"네 이놈, 어딜 가려느냐!"

조교를 가로막자 축호는 아무 말 없이 말 머리를 돌려 다시 송강의 진채 쪽으로 달아났다. 여방, 곽성이 함께 방천화극으로 내려치니 축호가 말과 함께 쓰러졌고 군사들이 우르르 달려들어 칼로 잘게 다진 고

4_ 함거陷車: 죄인을 압송하는 수레.

기로 만들어버렸다. 전군이 사방으로 흩어져 달아나자 손립, 손신이 송공명을 장원 안으로 맞아들였다. 동쪽 길 축룡은 임충과 대적하지 못하자 말을 장원 뒷문으로 몰아 조교 옆으로 왔으나 후문에 있던 해진, 해보가 장객들의 시신을 하나씩 던지는 것을 보았다. 화염 속에서 축룡은 급히 말을 돌려 북쪽으로 달아났으나 흑선풍 이규가 갑자기 나타나 뛰어오르더니 쌍도끼를 돌리며 말을 먼저 찍어 넘어뜨렸다. 축룡이 손쓸 틈도 없이 거꾸러졌고, 이규가 도끼를 한번 휘두르자 머리가 쪼개져 땅바닥에 쓰러졌다.

축표는 장원 병사들이 달려와 상황을 알리자 돌아가지 못하고 호가장으로 달아났으나 호성이 장객을 시켜 잡아 묶어버렸다. 바로 끌어다 송강에게 보내려다가 마침 이규와 마주쳤다. 이규가 도끼로 축표의 머리를 내려치니 장객들이 모두 사방으로 흩어져 달아났다. 이규가 다시 쌍도끼를 돌리며 호성을 찍으려 하자, 호성은 형세가 좋지 않음을 보고 말을 몰아 정신없이 달아났다. 집도 버리고 오로지 죽음에서 벗어나기 위해 연안부로 달렸다. 후에 호성은 송나라가 망하고 고종이 임안臨安(지금의 항저우杭州)에서 남송南宋을 건립하자 무장이 되었다. 한편 이규는 살육을 멈추지 못하고 곧바로 호가장 안으로 들어가 호 태공 일가 노소를 막론하고 한 사람도 남기지 않고 깡그리 죽여버렸다. 그리고 졸개들로 하여금 말을 모조리 끌어오게 하고 장원의 재물을 모두 싸 짐 40~50개를 만들어 실었다. 장원에 불을 지르고 짐을 산채에 모두 바쳤다.

한편 송강은 이미 축가장 대청에 앉아 있었고 두령들이 모두 몰려와 자신이 세운 공을 아뢰었다. 사로잡은 자가 400~500명이고 빼앗은 좋은 말이 500여 필이었으며 사로잡은 소, 양은 그 수를 헤아릴 수 없었다. 송강이 크게 기뻐하며 말했다.

"난정옥 같은 호걸을 죽인 게 애석하구나!"[5]

한탄하고 있는 사이 누군가가 알렸다.

"흑선풍이 호가장을 불 지르고 벤 수급을 바치러 왔습니다."

송강이 즉시 말했다.

"호성이 이미 투항했는데 누가 이 사람을 죽이라고 했는가? 또 어째서 그의 장원에 불을 질렀는가?"

그때 흑선풍이 온몸에 피 칠갑을 한 채 허리에 큰 도끼 두 자루를 꽂고 송강 앞으로 달려와 큰 소리로 인사하며 말했다.

"축룡은 이 동생이 죽였고 축표 또한 베어버렸소. 호성이란 놈은 달아났고, 호 태공 일가는 하나도 남김없이 말끔하게 쓸어버렸소. 그래서 내가 상을 얻으러 왔소."

송강이 소리질렀다.

"축룡은 네가 죽이는 것을 본 사람이 있지만 다른 사람들은 왜 죽였느냐?"

---

[5] 김성탄 왈: 난정옥과 그의 죽음에 대하여 한마디도 없더니 갑자기 죽은 것을 애석해했다. 이것은 바로 사관들의 필법이다. 이 부분을 읽다보면 난정옥이 어떻게 죽었는지, 사진이 사부 왕진을 찾았는지 못 찾았는지, 장청이 죽인 두타가 어떤 사람인지 알려주지 않는다. 작자가 이 세 가지 사실로 독자를 답답하게 하며 즐거움으로 삼은 것이다.

"내가 닥치는 대로 베며 호가장으로 가고 있는데 일장청의 오라비가 축표를 끌고 나오기에 도끼로 죽여버렸소. 호성 그놈을 놓친 게 애석하구나. 그래서 그놈 장원에 한 놈도 남기지 않고 싹 죽여버렸지!"

"네 이놈! 누가 너더러 거기 가라고 했느냐? 호성이 그제 양을 끌고 술을 메고 와서 항복한 것을 모르느냐? 어찌하여 내 말을 듣지 않고 네 멋대로 그 일가를 죽였느냐! 일부러 내 군령을 어긴 것이냐?"

"형님은 잊었는지 몰라도 난 기억하고 있소. 전에 그 나쁜 년이 형님을 쫓아와 죽이려고 했는데, 형은 도리어 인정을 베풀고 난리야. 그년이랑 혼인해서 처남 장인 삼으려고 하는 거지!"

송강이 소리질렀다.

"이놈 철우야, 허튼소리 하지 마라! 내가 어찌 그 아가씨를 부인으로 삼으려 한단 말이냐? 내게 따로 생각해둔 것이 있어서 그렇다. 야 이 검둥이 자식아, 사로잡은 사람은 몇 명이냐?"

"무슨 지랄이라고 귀찮게 사로잡아! 살아 있는 놈은 보이는 족족 다 죽여버렸소."

"이놈이 내 군령을 어겼으니 참수를 해야 합당하나 축룡, 축표를 죽인 공로 대신으로 죄는 면해주겠다. 다음에 영을 어긴다면 그때는 용서하지 않겠다!"

흑선풍이 웃으며 말했다.

"비록 공로는 없지만 사람을 실컷 죽였으니 기분은 좋다!"

그때 군사 오 학구가 군사를 이끌고 장원으로 와서 송강에게 잔을 올리며 축하했다. 송강과 오 학구가 상의하여 축가장 마을을 모두 쓸어버리기로 했다. 석수가 나서서 길을 가르쳐준 종리 노인의 노고를 말하며 아뢰었다.

"이런 선량한 양민도 있으니 좋은 사람들까지 해쳐서는 안 됩니다."

송강이 듣고 석수에게 그 노인을 찾아오라 했다. 석수가 간 지 얼마 후 그 종리 노인을 데리고 장원으로 와서 송강, 오 학구에게 인사를 시켰다. 송강이 금은 비단 한 보따리를 가져다 노인에게 상으로 주면서 영원히 백성으로 삼기로 했다.

"당신의 은혜가 아니었다면 이 마을을 한 집도 남기지 않고 모두 쓸어버렸을 것이다. 당신 한 사람의 선행 때문에 이 마을 사람 모두를 용서해주겠다."

종리 노인이 절을 했다. 송강이 또 말했다.

"내가 연일 이곳에서 싸우느라 백성들을 괴롭혔으나 오늘 축가장을 쳐부수어 제거했다. 집집마다 쌀 한 가마씩 내릴 터이니 인정의 표시로 알아라."

바로 종리 노인을 시작으로 나누어줬다. 다른 한편으로 축가장의 나머지 양식을 모두 수레에 싣고 금은 재물은 삼군 여러 장수에게 포상하며 위로했다. 그 외에 소·양·노새와 말 등은 산채로 가져가 쓰기로 했다. 축가장을 부수고 얻은 양식이 50만 가마나 되어 송강이 크게 기뻐했다. 크고 작은 두령들이 군마를 수습하여 양산박으로 돌아갈 채비를 했다. 또한 손립, 손신, 해진, 해보, 추연, 추윤, 악화, 고대수 등 두령 7명을 새로 얻었다. 손립 등은 자신의 말과 재물뿐만 아니라 가족인 악대낭자를 따라온 대규모 군마와 함께 산에 올랐다. 마을 사람들이 모두 나와 나이 든 사람은 부축하고 어린아이는 손을 잡고 향기로운 꽃과 등촉을 들고 길에서 배웅하며 감사했다. 송강 등 모든 두령이 말에 올라 군사를 세 부대로 나누어 배열하고 밤새 달려 산채로 돌아왔다.

한편 박천조 이응은 쉬면서 화살 맞은 상처가 회복되었으나 장원에서 문을 걸어 잠그고 나오지 않았다. 은밀하게 사람을 시켜 항상 축가장의 소식을 탐문했는데 송강에게 패했다는 소식을 듣고 놀라워하면서도 기뻐했다. 어느 날 장객이 들어와 알렸다.

"본주 지부가 30~50명의 부하를 이끌고 장원에 와서 축가장의 상황을 물어봅니다."

이응이 황망히 두흥을 불러 문을 열게 하고 조교를 내리고 장원으로 맞이했다. 이응이 흰 비단으로 팔을 감싸 매 나가 영접하고 장원 안 대청으로 청했다. 지부가 말에서 내려 대청 위에 올라 가운데 자리에 앉았다.

왼쪽에는 공목이 앉고 아래쪽에는 압번押番6 한 명과 우후 여러 명이 앉았고 계단 아래에 많은 절급, 옥졸이 서 있었다. 이응이 인사를 마치고 대청 앞에 섰다. 지부가 물었다.

"축가장에서 사람들이 죽은 일은 어찌된 일이오?"

6_ 압번押番: 송나라 때 금군 중에서 일반 병사보다 한 등급 높은 군사.

"소인은 축표가 쏜 화살에 맞아 왼쪽 팔을 다쳐 줄곧 문을 잠그고 나가지 않아서 잘 알지 못합니다."

"허튼소리! 축가장에서 소장으로 고발하기를, 네놈이 양산박 도적들과 연계하여 군마를 끌어들여 축가장을 치게 한 것이라 했다. 그리고 지난날 안장과 말, 양주¥酒, 꽃비단, 금은을 받았다고 하는데 네놈은 어찌하여 발뺌하느냐?"

"소인도 법도를 아는 사람인데 어찌 감히 그런 물건을 받겠습니까?"

"네 말은 믿을 수 없다. 지부로 가서 대질하여 명백하게 따져봐야겠다!"

옥졸들에게 소리질렀다.

"잡아라. 관아로 가서 축가에게 따져보거라!"

양쪽 압번과 우후가 이응을 묶었다. 일행이 지부를 에워싸고 말에 오르며 지부가 또 물었다.

"어떤 놈이 집사 두흥이냐?"

"소인이옵니다."

"소장에 네놈 이름도 있다. 같이 끌고 가라. 저놈도 묶어라!"

일행이 이응과 두흥을 잡아 장원 문을 나서서 쉬지 않고 본부를 향해 가고 있었다. 30리를 못 갔는데 수풀 근처에서 송강, 임충, 화영, 양웅, 석수가 군사들을 이끌고 나타나 길을 막았다. 임충이 크게 소리질렀다.

"양산박 호걸들이 기다리고 있었다!"

지부 일행은 감히 대적하지 못하고 이응과 두흥을 버리고 날 살려라 하고 모두 달아났다. 송강이 쫓으라고 소리질렀으나 어느 정도 쫓다가 돌아와 말했다.

"저희가 쫓아가 거지 같은 지부를 잡아 죽이려고 했는데 어디로 갔는지 모르겠습니다."

이응과 두흥의 결박을 풀어주고 자물쇠를 풀어 2~4필의 말을 끌고 와 두 사람을 태웠다. 송강이 말했다.

"대관인께서 양산박에 가셔서 잠시 피하시는 것은 어떻습니까?"

"그럴 수는 없습니다. 지부는 당신들이 죽이려 한 것이니 나와는 상관없습니다."

송강이 웃으며 말했다.

"관아로 가시면 어떻게 해명하시려고 합니까? 우리가 가버리면 반드시 연루되실 겁니다. 이미 대관인께서 도적이 되는 것을 거절하셨으나, 산채에서 며칠 쉬다가 별일 없으면 다시 산을 내려오셔도 늦지 않습니다."

이응과 두흥은 도저히 자기들 마음대로 돌아올 수 없었다. 대부대인 군마 사이에서 어떻게 돌아올 수 있겠는가? 송강 일행 삼군 군사는 천천히 양산박으로 돌아왔다.

산채에서 두령 조개와 사람들이 북을 두드리고 피리를 불며 산을 내려와 맞이했다. 멀리서 온 손님을 위해 술을 내어 환영하고, 모두 대채 안 취의청에 올라 부채 모양으로 둘러앉았다. 이응을 상좌에 앉히고 여러 두령과 모두 인사를 나누었다. 두 사람이 예를 마치고 이응이 송강에게 아뢰었다.

"우리 두 사람이 이미 대채에 와서 여러 두령과 또한 인사를 나누었으니 여기에 있어도 무방하나 집안 식구들이 안전한지 어떤지 모르겠소이다. 소생이 산을 내려가 알아봤으면 좋겠습니다."

오 학구가 웃으며 말했다.

"대관인께서는 그러실 필요 없습니다. 가족 분들은 모두 산채에 있습니다. 장원은 이미 불이나 빈터가 되었는데 대관인께서는 어디로 돌아가십니까?"

이응이 믿지 않았으나 수레를 끄는 군사 대오가 산으로 올라오는 게 보였다. 이응이 살펴보니 집안 장객들과 식구였다. 이응이 급히 물어보니 부인이 말했다.

"당신이 지부에게 잡혀가고 바로 두 명의 순간과 네 명의 도두가 300여 명의 향병을 이끌고 와서 가산을 뒤져 꾸렸습니다. 우리를 온전하게 수레에 태우게 하고 집 안에 있는 옷 궤짝, 소, 양, 말, 버새 등을 모조리 거두어가고 장원에 불을 질러 모두 불태웠습니다."

이응이 듣고서 괴롭게 탄식하자 조개, 송강이 모두 대청에 엎드려 죄를 청하며 말했다.

"저희 형제가 대관인의 뛰어남을 들은 지 오래되어 산채로 모시고자 이번에 이런 계획을 실행했습니다. 대관인께서는 너그러이 용서해주십시오."

이응으로서도 이와 같은 말을 들었으니 따를 수밖에 없었다. 송강이 말했다.

"식구들을 후청에 있는 방에 모시고 편히 쉬게 하시지요."

이응이 취의청 앞뒤에 많은 두령의 가족이 사는 것을 보고 부인에게 말했다.

"저들의 말을 따를 수밖에 없겠네."

송강 등이 취의청 앞에 이르러 이야기를 나누며 모두 크게 기뻐했다. 송강이 다시 웃으며 말했다.

"대관인, 두 순간과 그 지부를 만나보시지요."

지부로 꾸민 사람은 소양이었고 순간으로 변장한 두 사람은 대종, 양림이었다. 공목으로 꾸민 사람은 배선이었고 우후로 꾸몄던 사람은 김대견과 후건이었다. 또한 네 명의 도두를 불렀는데 이준, 장순, 마린, 백승이었다. 이응이 모두 보고서 눈이 커지고 입이 벌어지며 놀라 아무 말도 못했다.

송강이 소두목들에게 서둘러 소와 말을 잡게 하고 대관인에게 예를 갖춰 사과했으며, 새로 산에 오른 12명의 두령에게 축하 인사를 했다. 이응, 손립, 손신, 해진, 해보, 추연, 추윤, 두흥, 악화, 시천, 호삼랑, 고대수가 바로 그 12명이었다. 악대낭자와 이응의 식구는 따로 후당에 술자리를 마련해 마셨다. 또한 대소 삼군에게 공로에 대한 포상을 내렸다. 취의청에서 많은 두령이 떠들썩하게 흥겨워하며 마시고 밤이 늦어서야 헤어졌다. 새로운 두령들은 각자 방을 배정받아 편안히 쉬었다.

다음 날 또 자리를 마련해 여러 두령을 불러 의견을 냈다. 송강이 왕왜호를 불러 말했다.

"내가 처음에 청풍채에 있을 때 자네에게 혼사를 치러준다고 했지. 항상 마음에 걸렸어도 이루어주지 못했네. 오늘 부친께 딸이 하나 생겼는데 자네를 사위로 삼고자 하시네."

송강이 직접 가서 송 태공에게 일장청 호삼랑을 데리고 술자리에 오시라 했다. 송강이 친히 그녀에게 사과하며 말했다.

"내 아우 왕영은 비록 무예는 있으나 누이에게 미치지 못하네. 내가 당초에 저 아우를 혼인시켜주겠다고 하고 아직까지 성사시키지 못했네. 오늘 누이가 나의 부친을 양아버지로 모셨으니 여러 두령이 모두 중매쟁이가 되고 오늘을 길일을 잡아 누이와 왕영이 부부가 되었으면 좋겠네."

일장청은 송강의 의기가 깊고 무거운 것을 보고 도저히 거절할 수 없었다. 부부 두 사람이 예를 갖추어 감사했다. 조개 등 사람들이 기뻐했고 모두 송 공명을 진정한 덕과 의리 있는 장부라 칭송했다. 그날 모두 연회를 열어 술 마시며 축하했다.

술자리가 한창일 때 산 아래에서 사람이 올라와 보고했다.

"주귀 두령 객점에서 어떤 운성현 사람이 두령을 만나고자 합니다."

조개, 송강이 보고를 듣고서 크게 기뻐하며 말했다.

"이 은인이 산에 올라와 한패가 된다니 드디어 평생의 소원이 이루지는구나!"

고당주

―

제 5 0 회

뇌횡과 주동[1]

송강이 일장청과 왕영을 부부로 맺어주자 사람들이 모두 송 공명의 인덕을 칭찬했고, 그날 또 연회를 열어 축하했다. 술자리가 한창일 때 주귀 주점에서 사람을 산채로 보내 보고했다.

"졸개들이 수풀 앞 큰길을 지나가는 행인들을 털려고 가로막자 어떤 사람이 나서서 자신을 운성현 도두 뇌횡이라고 합니다. 주 두령이 불러다가 모셔 지금 객점 안에서 술과 음식을 대접하고 제게 산채에 알리라고 했습니다."

---

[1] 제50장 삽시호가 목에 쓴 칼로 백수영을 쳐죽이다挿翅虎枷打白秀英. 미염공이 실수로 어린 공자를 잃어버리다美髥公誤失小衙內.

조개, 송강이 듣고서 크게 기뻐하며 즉시 군사 오용과 함께 산을 내려오니, 주귀가 먼저 배를 보내 금사탄 기슭에 도착해 있었다. 송강이 황망히 무릎 꿇고 절하며 말했다.

"뵌 지가 이미 오래지만 항상 잊지 않고 있었습니다. 오늘 무슨 연유로 이곳을 지나가십니까?"

뇌횡이 급히 답례하며 말했다.

"저는 운성현에서 동창부東昌府2로 파견되어 공무를 보고 돌아가는 길입니다. 길목을 지나는데 졸개들이 가로막고 통행료를 달라기에 동생이 천한 이름을 말하니 주형이 붙들어 여기까지 오게 되었습니다."

송강이 말했다.

"천운으로 이렇게 만나는구려!"

대채로 청하여 여러 두령과 인사를 나누게 하고 술자리를 마련해 대접했다. 연이어 5일을 머물며 매일 송강과 이런저런 이야기를 나누었다. 조개가 주동의 소식을 물었다.

"주동은 현에서 감옥 절급을 담당하고 있는데 새로 부임한 지현에게 상당한 신임을 얻고 있습니다."

송강이 완곡하게 뇌횡이 산에 올라 한패가 되기를 요청했다. 뇌횡이 사양하며 말했다.

2_ 동창부東昌府: 지금의 산둥성山東省 랴오청聊城. 동창부는 명대明代 홍무洪武 연간에 설치됨. 송대의 요성聊城은 박주博州라 했다.

"노모께서 연세가 많으셔서 따를 수가 없습니다. 노모께서 돌아가신 후에나 이 동생이 함께하겠습니다."

뇌횡이 작별하고 산을 내려왔다. 송강 등 두령들이 거듭 더 머물기를 바랐으나 붙잡을 수 없었다. 송강과 조개는 말할 필요도 없고 여러 두령이 각자 금은 비단을 선사했다. 여러 두령이 모두 길목까지 나와 작별했고, 뇌횡은 커다란 금은 보따리를 들고 산을 내려왔으며 배로 큰길까지 건너가 운성현으로 돌아갔다.

한편 조개와 송강은 대채 취의청에 올라 군사 오 학구를 불러 산채의 업무를 상의했다. 오용은 송 공명과 상의하여 결정한 뒤 다음 날 여러 두령을 불러 모았다. 송강은 먼저 바깥에서 객점을 지키는 두령들을 불러 분부했다.

"손신과 고대수는 원래 주점을 열었던 사람들이니 부부 두 사람은 동위, 동맹을 대신하게 하고 그들이 돌아오면 별도로 쓰리다."

다시 시천에게는 석용을 돕게 하고 악화는 주귀를 돕게 했으며, 정천수는 이립을 도와주게 했다. 동서남북에 위치한 4개의 주점에서는 술과 고기를 팔게 하고, 각 주점에 두 명의 두령을 배치하여 사방에서 한 패가 되고자 하는 호걸들을 불러들이게 했다. 일장청과 왕왜호 부부는 뒷산 아래 산채에서 말들을 감독하게 했고, 금사탄 소채는 동위와 동맹 두 형제가 지키게 했다. 압취탄 소채는 추연과 추윤 숙질 두 사람이 방비하게 하고, 산 앞의 큰길은 황신과 연순이 기병을 이끌고 진을 치며 지키게 했다. 해진과 해보는 산 앞의 첫 번째 관문을 지키게 하고,

두천과 송만은 완자성의 두 번째 관문, 유당과 목홍은 대채 입구의 세 번째 관문을 지키게 했다. 또한 완씨 삼웅은 산 남쪽의 수채를 지키게 하고, 맹강은 종전대로 배를 건조하게 했다. 이응, 두흥과 장경은 산채의 식량과 금, 비단을 모두 관리하게 했다. 도종왕과 설영은 양산박 내의 성벽과 안대雁臺3를 축조하게 했다. 후건은 의복, 갑옷, 깃발, 전투 도포 제조를 전적으로 감독하게 했다. 주부와 송청은 연회를 관리하고, 목춘과 이운은 가옥과 울타리 목책 등을 세우도록 했다. 소양과 김대견은 모든 손님의 서신과 공문을 맡아 관리하게 했고, 배선은 군사 행정과 공로에 대한 포상, 죄에 따른 처벌을 전적으로 책임지게 했다. 나머지 여방, 곽성, 손립, 구붕, 등비, 양림, 백승은 대채의 여덟 방면을 나누어 담당하게 했다. 조개, 송강, 오용은 산꼭대기 진채 안에 머물기로 했다. 화영과 진명은 산 왼쪽 진채에 살게 하고, 임충과 대종은 산 오른쪽 진채에 거주하게 했다. 이준과 이규는 산 앞에, 장횡과 장순은 산 뒤쪽에 거주하며, 양웅과 석수는 취의청 양쪽을 지키게 했다. 일반 두령들은 각각 배치가 결정되자 두령들이 매일 번갈아 연회를 열어 서로 축하했다. 이리하여 산채의 체제가 모두 정비되었다.

한편 뇌횡은 양산박을 떠나 보따리를 지고 박도를 들고 길을 찾아 운성현으로 돌아왔다. 집에 오자마자 노모를 뵙고 의복을 갈아입은 후

3_ 안대雁臺: 수호산채의 후원. 화영이 기러기를 쏘아 떨어뜨려 안대라고 불렀다 함.

받은 답장을 품고 운성현에 가서 지부를 알현하고 바쳤다. 보고를 마친 후 공문비첩4을 말소시키고 집으로 돌아와 쉬었다. 여전히 매일 현에 묘시卯時(오전 5~7시)에 관아에 나가 서명하고 유시酉時(오후 5~7시)에 퇴근하며 업무를 보았다.

어느 날 현 관아 동쪽을 지나가는데 뒤에서 어떤 사람이 뇌횡을 불렀다.

"도두께서는 언제 돌아오셨습니까?"

뇌횡이 얼굴을 돌려 보니 현의 방한 이소이李小二였다. 뇌횡이 대답했다.

"며칠 전 집에 돌아왔네."

"도두께서 오랫동안 나가 계셔서 모르실 텐데, 근래에 동경에서 행원行院5이 새로 왔는데 미모와 재주가 모두 훌륭합니다. 백수영白秀英이라 불리는 계집으로 인사하러 도두님을 찾아왔는데 공무로 출장을 가셔서 계시지 않았습니다. 지금 구란句欄6에서 제궁조諸宮調7를 부르고 있습니다. 매일 그곳에서 타산打散8을 할 때 춤을 추기도 하고, 간혹 음악을

4_ 비첩批帖: 옛날 관부에서 발행하던 증명.

5_ 행원行院: 금金, 원元 시기의 잡극雜劇 배우 혹은 그들의 처소.

6_ 구란句欄: 송원宋元 시기에 잡극이나 여러 잡기를 공연하던 장소였으며 후에는 기생집妓院을 가리켰다. 구란句闌이라고도 한다.

7_ 제궁조諸宮調: 송금원宋金元 시기에 유행했던 강창문학의 한 종류. 강창은 제궁조로 산문 부분인 '강講'과 운문 부분인 '창唱'을 결합했는데, 창이 주가 되고 강이 보조인 공연예술이다.

8_ 타산打散: 송원의 희곡 용어. 정극이 끝난 후 부수적으로 더해지는 공연으로, 전체 극의 마지막 공연 부분을 타산이라고 한다.

연주하기도 하고 혹은 노래도 부르는데 관객이 인산인해를 이루고 있습니다. 도두께서는 어째서 가서 보시지 않습니까? 정말 대단한 기생년입니다."

뇌횡이 듣고서 마침 심심하기도 하여 이소이와 함께 구경하러 구란에 갔다.

문어귀에 금자金字 휘장9이 여러 개 걸려 있고 사람 키만 한 공연광고가 깃대에 매달려 있었다. 안으로 들어가 청룡석10 앞쪽으로 가서 첫 번째 자리에 앉았다. 무대 위를 보니 소락원본笑樂院本11을 공연하고 있었다. 이소이가 인파 속에서 아는 사람이 지나가자 뇌횡을 혼자 내버려 두고 술 한잔 얻어먹으러 나갔다.

원본院本12이 막을 내리자 머리는 두건으로 싸매고 몸에는 다갈색 나삼 웃옷을 입고 검은 실로 허리를 묶은 노인이 부채를 들고 나와 인사하며 말했다.

"이 늙은이는 동경에서 온 백옥교白玉喬라 합니다. 지금은 늙어 가무와 연주를 하는 딸 수영을 따라다니며 온 천하의 관중 여러분께 공연을 보여드리고 있습니다."

9_ 세로로 세워서 거는 현수막.
10_ 청룡青龍은 좌측을 가리킴. 행군시 짐승이 그려진 깃발로 방위를 표시했는데, 앞쪽은 주작朱雀, 뒤쪽은 현무玄武, 좌측은 청룡青龍, 우측은 백호白虎라 함.
11_ 소락원본笑樂院本: 본 연극 이전에 하는 우스갯소리로 대부분이 익살스러운 연극.
12_ 원본院本: 금원金元대에 행원에서 쓰는 연출용 각본이었고, 명청明淸대에는 잡극이나 전기傳奇를 두루 가리킨다.

징 소리가 울리자 백수영이 무대에 올라 사방에 인사했다. 징채를 잡고 콩을 뿌리듯이 두드리고 계방界方13을 크게 내려치며 4구의 칠언시를 노래했다.

갓 태어난 새가 조잘거리면 어미 새는 돌아가야 하고
늙은 양이 말라 여위면 어린 양은 살이 찌는 법이다.
사람이 살아가면서 먹고 입는 것이 쉽지 않으니
멀리 날아가는 짝 이룬 원앙새보다 나을 것이 없으리!

新鳥啾啾舊鳥歸
老羊羸瘦小羊肥
人生衣食眞難事
不及鴛鴦處處飛

뇌횡이 듣고서 환호하며 갈채를 보냈다. 백수영이 다시 말했다.
"오늘 저 백수영이 무대에 올린 이 화본話本14은 풍류가 넘치고 함축성이 있는 곡조로 '예장성豫章城15 쌍점雙漸이 소경蘇卿을 뒤쫓다'라는 곡

13_ 계방界方: 책을 눌러주는 종이로 만든 문방구. 일반적으로 나무로 만들었는데 옥이나 상아, 수정을 써서 만들기도 했다.
14_ 화본話本: 대화와 노래가 섞인 문학 양식으로 명청 소설의 전신이다.

입니다."

개막사를 하며 노래를 했고, 노래를 부르며 이야기하기도 했다. 공연을 구경하는 사람들의 갈채가 끊이지 않았다. 백수영이 무두務頭16까지 부르자 백옥교가 안갈按喝17했다.

"비록 고악부古樂府의 「애마환마곡愛馬換馬曲」을 부르거나 고금古琴 「불박금곡不博金曲」18을 탈 만한 대단한 재주는 아니지만, 아무리 귀 밝고 뛰어난 사람이라도 들으면 감동할 것입니다. 관중 여러분의 갈채도 끝났으니 우리 애는 내려가고, 이제 교고의 극본19을 공연하겠습니다."

백수영이 쟁반을 들고 가리키며 말했다.

"재물의 문에서 일어나게 하시고, 이로운 땅에 머물게 하시며, 길한 땅을 지나게 해주시고, 번성한 곳에서 일하게 해주소서! 손을 내밀면 빈손으로 지나지 않게 해주십시오."

"제 딸이 한 바퀴 돌 테니 빈손으로 지나지 않게 해주십시오."

백수영이 쟁반을 들고 먼저 뇌횡 앞으로 갔다. 뇌횡이 주머니 안을 더듬었으나 뜻밖에 한 푼도 없었다. 뇌횡이 말했다.

"오늘 깜빡 잊고 돈을 전혀 가지고 오지 않았네. 내일 한꺼번에 주겠

15_ 예장성豫章城: 예장은 옛날 강서江西 지구의 행정 명칭.
16_ 무두務頭: 희곡, 강창에서 절정 부분으로 가장 듣기 좋음.
17_ 안갈按喝: 행원 내부 사람이 끼어들어 갈채 소리를 멈추게 하는 것.
18_ 악부의 오언 율시와 중국 고금의 명곡을 비유하여 백수영의 솜씨를 찬양했다.
19_ 교고아원본交鼓兒院本: 정극이 끝나고 하는 마지막 공연이다.

네."

백수영이 웃으며 말했다.

"'두초頭醋20가 진하지 않으면 두 번째 식초가 묽어진다'21고 했습니다. 가장 좋은 자리에 앉아 계셨으니 첫 마수걸이로 자리 값 좀 내시지요."

뇌횡은 얼굴이 벌게져서 말했다.

"내가 어쩌다가 가지고 오지 않아서 그렇지 아까워서 그런 게 아니네."

"관인께서는 노래를 들으러 오시면서 돈도 안 가지고 나온단 말입니까?"

"내가 자네에게 은자 3~5냥 주는 게 아까워서 그런 것이 아니라 오늘 돈 가지고 오는 것을 잊었을 뿐이네."

"지금 당장 한 푼도 없는 양반이 3~5냥이란 말이 그렇게 쉽게 나옵니까! 날더러 매실 생각이나 하면서 갈증을 달래고 그림의 떡이나 쳐다보라고요."

백옥교가 소리를 질렀다.

"얘야, 너는 눈도 없니! 성안 사람하고 촌사람도 구별 못하느냐? 그런 사람한테 뭘 달라느냐. 그 사람은 지나가고 사리 분별할 줄 아는 다

20_ 두초頭醋: 처음에 제조하여 물을 타지 않은 식초로 맛이 굉장히 시다.
21_ 앞의 한 사람이 상금을 주지 않으면 뒷사람이 많이 줄 수 없음을 비유.

른 사람한테 마수걸이 해달라고 하거라!"

"내가 어찌 사리 분별을 못한단 말이오?"

"당신이 풍류를 즐길 줄 아는 자제라면 개대가리에 뿔이 나겠다!"

주변 사람들이 상황이 심상치 않음을 알고 모두 일어났다. 뇌횡이 크게 성내며 욕했다.

"이런 잡놈이 감히 내게 욕을 하는 거냐?"

"너같이 소나 모는 산골 촌놈 욕 좀 했다고 뭐가 대단하냐!"

어떤 아는 사람이 소리질렀다.

"그래서는 안 되오! 이 사람은 현의 뇌 도두요."

"뇌 도두가 아니라 여근두[22]가 낫겠다!"

뇌횡이 더 이상 참지 못하고 앉아 있던 의자에서 일어나 무대로 뛰어올라와 백옥교를 잡아 주먹으로 치고 발로 차니 입술이 터지고 이가 부러졌다. 사람들이 상황이 험악해지자 모두 달려들어 뜯어말리고 뇌횡을 돌려보냈다. 구란 안의 사람들도 모두 시끌벅적 떠들며 흩어졌다.

원래 백수영은 신임 지현이 동경에 있을 때부터 왕래하던 사이로 그날 특별히 운성현에 와서 구란에서 공연을 한 것이었다. 백수영은 아비가 뇌횡에게 얻어맞은 데다 크게 다치기까지 하자 가마를 불러 타고 지현 관아로 달려가서 고소했다.

"뇌횡이란 놈이 부친을 구타했을 뿐만 아니라 구란에 모인 관중까지

22_ 뇌 도두를 당나귀의 생식기에 비유하여 비꼬았다.

쫓아버렸으니 소녀를 업신여기지 않고서야 이럴 수 있습니까!"

지현이 듣고서 크게 화가 나서 말했다.

"어서 소장을 써오너라!"

지현이 베갯머리송사를 일으켜 백옥교에게 즉시 소장을 쓰게 하고 상처를 검사하여 증거로 확정했다. 현 관아 안에 있는 사람 모두가 뇌횡과 좋은 사이라 그를 대신해 지현에게 찾아가 일을 무마시키려 했다. 그러나 그 계집이 관아 안에서 지키고 있으면서 애교를 부리니, 자연히 지현은 따르지 않고 즉시 사람을 보내 뇌횡을 잡아 관아로 끌고 왔다. 꾸짖고 때려 강제로 진술케 하고 칼을 씌우고 옥에서 끌어내 조리돌리도록 명령했다.

그 계집이 뇌횡을 반드시 구란 정문에서 조리돌리도록 지현을 설득하여 자신의 권세를 과시하고자 했다. 둘째 날 계집이 다시 지현에게 억지를 부려 구란 앞에서 뇌횡에 대한 형을 집행하도록 명령했다. 옥졸모두가 뇌횡과 같은 공인이라 어찌 옷을 벗겨 밧줄로 묶겠는가? 그 계집이 잠깐 궁리하더니 말했다.

"이미 나서서 혼내주려고 작정했는데 그대로 내버려두면 말도 안 되지!"

구란 문을 나가 찻집에 앉아 옥졸을 불러 노발대발 소리질렀다.

"저놈을 저렇게 편안하게 해주는 것을 보니 당신들도 저놈과 한통속이구려! 지현 상공이 옷을 벗기고 밧줄로 묶으라고 했는데 당신들 마음대로 인정을 베풀고 있는 거야. 이따가 내가 지현에게 고해바치면 당신들이 어떻게 되는지 볼 거예요!"

옥졸이 말했다.

"아가씨, 그렇게 화낼 거 없소이다. 우리가 옷 벗기고 묶으면 되지 않소."

"그렇게만 한다면 내가 당신에게 상을 줄게요."

옥졸들이 뇌횡에게 다가와 말했다.

"형님, 어쩔 수 없이 벗겨야겠소."

거리에서 뇌횡의 옷을 벗기고 밧줄로 묶었다.

떠들썩한 인파 속에서 마침 뇌횡에게 밥을 주러 오던 모친이 아들이 그곳에서 발가벗긴 채 묶여 있는 것을 보고 통곡을 하며 옥졸들에게 욕을 퍼부었다.

"당신들은 관아에서 내 아들과 함께 일하던 사람들인데 재물이 그렇게 좋소! 당신들은 이런 일 없을 거라 장담할 수 있겠습니까!"

옥졸이 대답했다.

"어머니, 제 말 좀 들어주세요. 저희는 너그럽게 봐주려고 하는데, 고소인이 여기에서 옷을 벗기도록 감시하고 있으니 어찌해볼 도리가 없습니다. 불시에 지현을 찾아가 일러바치기라도 한다면 고통을 받는 것은 우리이므로 인정을 베풀 수가 없습니다."

"고소인이 죄인에게 내려진 명령을 감시하는 경우가 어디에 있단 말이오!"

옥졸들이 다시 조용히 말했다.

"어머니, 그 사람이 지현과 사이가 좋아 한마디만 하면 우리가 쫓겨나기 때문에 어쩔 수가 없습니다."

노모가 뇌횡이 묶여 있는 밧줄을 풀면서 욕설을 해댔다.

"이 천한 년이 권세에 빌붙어 날뛰는구나! 내가 이 밧줄을 풀면 저년이 어떻게 나오는지 봐야겠다."

백수영이 찻집에 있다가 듣고서 달려나와 소리질렀다.

"이 늙은 종년아! 지금 뭐라고 떠들었어?"

모친이 그곳에서 어떻게 기분이 좋겠는가? 손가락질하며 욕했다.

"너, 이천 명이고 만 명이고 아무나 태우고 받아들이는 더러운 암캐년이 무슨 까닭으로 나더러 욕을 하느냐!"

백수영이 듣다가 눈썹을 추켜세우고 눈을 부릅뜨며 욕설을 퍼부었다.

"늙은 포주 년아. 빌어먹을 할망구야! 천한 년이 감히 나를 욕해?"

"그래 욕했다, 어쩔래? 네년이 운성현 지현이라도 되냐!"

백수영이 독이 잔뜩 올라 달려들어 따귀를 한 대 올리니 모친이 맞고서 비틀거렸다. 모친이 발악을 하자 다시 덤벼들어 눈에 불이 번쩍 나도록 아주 세게 싸대기를 올려붙였다. 뇌횡이 마음속에 원한을 품고 있던 차에 모친마저 얻어맞자 억눌렀던 분노가 폭발하여 쓰고 있던 칼을 끌어당겨 백수영의 머리통을 향해 칼 모서리로 정통으로 후려치니, 머리통이 쪼개지면서 고꾸라졌다. 사람들이 달려들어 살펴보니 골이 깨져 뇌수가 흘러나오고 눈알은 튀어나왔으며 움직임이 없는 것이 그 자리에서 죽었음을 금세 알았다.

사람들이 백수영이 맞아 죽은 것을 보고 뇌횡을 끌고 함께 관아에 가서 지현에게 자세한 사정을 알렸다. 지현은 즉시 사람을 보내 뇌횡을 끌고 오게 하는 한편 상관廂官23을 모이게 하고 이정과 이웃들을 부르고 시신을 검시한 뒤 모두 관아로 돌아왔다. 뇌횡이 모든 것을 자백하고 인정하며 별다른 이의가 없자 그의 모친은 집으로 돌려보냈다. 뇌횡에게 칼을 씌우고 감옥에 가뒀다. 담당 절급은 다름 아닌 미염공 주동으로 뇌횡이 갇히자 달리 어찌할 방법이 없었다. 겨우 술과 음식을 차려 잘 대접하고 옥졸들을 시켜 감방을 깨끗하게 청소시키고 편안하게 지낼 수 있게 해줄 뿐이었다. 얼마 후 뇌횡의 어미가 감옥으로 밥을 가져와 울면서 주동에게 간청했다.

"내 나이 예순이 넘었는데 빤히 눈 뜨고 이 아이를 차마 어떻게 보겠는가! 번거롭더라도 자네와 평소에 형제처럼 지냈으니 이 아이를 가련하게 생각해 잘 돌보고 살펴주게나."

"어머니, 걱정 말고 돌아가세요. 앞으로는 밥 가지고 오실 필요 없어요. 제가 알아서 잘 돌봐줄 겁니다. 그리고 구할 방도도 찾아보겠습니다."

"자네가 내 아들을 구해준다면 다시 낳아준 부모나 다름없을 게야. 어쨌든 이 아이한테 일이라도 생기면 이 늙은 목숨도 끝이라네!"

"소인이 명심할 터이니 어머니께서는 걱정 마십시오."

어미가 감사하고 돌아갔다.

주동이 하루 종일 심각하게 고민했으나 뇌횡을 구할 방도가 떠오르

23_ 상관廂官: 관직. 거주민들이 소송으로 다툴 때 사건이 비교적 가벼운 것들은 직접 판결할 수 있었다. 100회본에서는 상관相官이라 하고 시체를 검시하는 아역이라고 한다.

지 않았다. 다시 사람을 지현에게 보내 뇌물을 주며 간청도 하고 위아래로 인정을 썼으나 소용이 없었다. 지현이 비록 주동을 아끼고는 있었으나 뇌횡이 정부인 백수영을 때려죽인 것을 용서할 수 없었고, 또한 백옥교 그놈이 소장을 거듭 제출하며 지현에게 뇌횡을 죽여 대가를 치르게 하라고 재촉하는 터라 어찌할 수 없었다. 감옥에 갇힌 지 60일 기한이 차자 판결을 위해 죄인을 제주부로 넘기게 되었다. 사건을 주관하는 압사가 공문 서류를 가지고 먼저 출발했고, 주동에게 뇌횡을 압송토록 했다.

주동이 10여 명의 옥졸을 이끌고 뇌횡을 호송하기 위해 운성현을 떠났다. 10리쯤 지났을 때 주점 하나가 눈에 들어왔다.

"우리 저 주점에 가서 술 두 사발 마시고 가세나."

모두 주점에서 술을 마셨다. 주동이 소변을 보러 간다 하고 주점 뒤쪽 후미지고 조용한 곳으로 뇌횡을 데려가 쓰고 있던 칼을 벗겨주고 뇌횡을 풀어주며 당부했다.

"동생은 빨리 돌아가 노모를 모시고 밤새 다른 곳으로 달아나게. 여기 일은 내가 처벌받으면 되네."

"제가 달아나는 것은 상관없지만 반드시 형님께서 연루될 겁니다."

"동생, 자네는 모르네. 지현이 자네가 그 창녀 같은 년을 때려죽인 것에 앙심을 품고 벼르고 있다네. 이 문서는 자네를 죽이려고 만든 것이라 주부로 끌려가면 반드시 목숨을 잃을 것이네. 내가 자네를 풀어주더라도 죽을죄는 아니고, 게다가 염려할 부모도 없고 가산을 모두 털어 배상에 쓰인다 한들 문제될 것 없네. 자네는 앞길이 구만 리같이 창창하니 빨리 달아나게!"

뇌횡이 감사하고 후문 오솔길로 달아났고 집으로 돌아와 귀중품만 대강 수습해 노모를 모시고 밤새 양산박으로 달아나 도적이 되었다.

한편 주동은 뇌횡이 쓰고 있던 빈 칼을 풀 속에 던져버리고 여러 옥졸에게 돌아와 소리쳤다.

"뇌횡이 달아났으니 어쩌면 좋겠는가!"

"빨리 그놈 집으로 가서 잡읍시다!"

주동이 일부러 한참 동안 시간을 지체시키다가 뇌횡이 멀리 달아났을 즈음에 옥졸들을 이끌고 현 관아로 돌아와 자수했다. 주동이 보고했다.

"소인이 조심하지 않아 길에서 뇌횡을 놓치고 잡지 못했습니다. 어떠한 벌도 달게 받겠습니다."

지현이 본래 주동을 아끼던 터라 그가 뇌횡을 달아나게 했음을 짐작하면서도 처벌에서 벗어나게 해줄 마음이 있었다. 그러나 백옥교가 상급 관아에 주동이 고의로 뇌횡을 풀어줬음을 고발했다. 지현도 하는 수 없이 주동이 범죄를 저지른 경과와 원인을 제주 관아에 보고했다. 주동의 집안사람이 먼저 제주로 가서 주동이 끌려오기 전에 뇌물을 써서 일을 축소시키려 했다. 정당에서 기록된 문건을 심의하니 죄가 명백하여 척장 20대를 때리고 자자하여 창주성 배소로 유배보냈다. 주동은 단지 행가行枷24만을 씌웠으며 두 사람의 공인이 문건을 수령하고 주동을 압송하기 위에 길을 나서자 집안사람이 의복과 노자를 보내줬고 두 공인에게도 먼저 보살펴달라고 돈을 줬다. 운성현을 떠나 천천히 창주 횡해군橫海郡으로 향했다.

창주에 도달하여 성으로 들어가 주부 관아로 들어왔는데 마침 지부가 대청에 올라와 있었다. 두 공인이 주동을 대청 계단 아래로 끌고 와 공문을 올렸다. 지부가 살펴보니 주동이 의젓하고 저속하지 않게 보이며 생김새가 대추 같고 아름다운 턱수염이 배를 덮어 지부가 먼저 좋아하는 마음이 생겨 지시했다.

"이 범인은 관영 감옥에 가두지 말고 지부에서 심부름이나 하게 하여라."

즉시 행가를 벗기고 답신을 받은 두 공인이 감사하고 제주로 돌아갔다.

주동은 창주부에 머물며 매일 정당 앞에서 심부름을 했다. 창주 지부 안에서 압번押番, 우후, 문자門子25, 승국, 절급, 옥졸 등 모두에게 인정을 쓴 데다 주동의 성품이 온화한 것을 보고 모두 그를 좋아했다.

어느 날 본관 지부가 대청에서 안건을 심의하고 있고 주동이 계단 아래에 서서 시중을 들고 있었다. 주동을 대청 위로 불러 물었다.

"너는 무엇 때문에 뇌횡을 풀어주고 이곳에 스스로 귀양왔느냐?"

"소인이 어찌 감히 일부러 뇌횡을 풀어주었겠습니까? 잠시 조심하지 못해 그가 달아난 것입니다."

"그렇다면 너 또한 이렇게 엄한 벌을 받을 필요가 없지 않은가?"

24_ 행가行枷: 범인을 압송할 때 사용한 나무 칼.
25_ 문자門子: 관부에서 좌우 측근을 직접 모시는 하인.

"고소한 사람이 소인이 일부러 놓아줬다고 고집하기 때문에 이렇게 엄한 죄로 묻게 된 것입니다."

지부가 물었다.

"그럼 뇌횡은 왜 그 창기를 죽였는가?"

주동이 뇌횡에게 일어났던 전후 사정을 자세하게 이야기했다. 지부가 물었다.

"네가 뇌횡의 효도를 보고 의협심 때문에 그놈을 일부러 풀어줬지?"

"소인이 어찌 감히 관청을 속이고 상공을 기만하겠습니까?"

한참 이야기를 주고받는데 병풍 뒤에서 어린아이가 나왔다. 나이는 네 살쯤인데 지부의 아들로 꽤나 잘생겨 지부가 금이야 옥이야 하며 무척 사랑하고 아꼈다. 지부의 아들이 주동을 보고 달려나와 주동에게 안아달라고 했다. 주동이 아이를 품안에 안자 양손으로 주동의 긴 수염을 잡아당기며 말했다.

"난 이 수염 아저씨랑만 놀 거야."

지부가 말했다.

"애야, 어서 손을 놓거라. 말썽 그만 피우거라."

"나 이 아저씨랑만 놀 거야. 나랑 놀러 가자!"

주동이 미소를 지으며 말했다.

"소인이 공자님을 모시고 지부 앞이나 한 바퀴 돌고 오겠습니다."

"아이가 자네를 좋아하는 듯하니 그럼 한 바퀴 돌고 오게나."

주동이 아이를 안아 지부 앞으로 나와 사탕과 과자를 사먹이고, 한 바퀴 돈 다음에 다시 안고 지부 안으로 돌아왔다. 지부가 아이에게 물었다.

"애야, 어디 갔다 왔니?"

"이 수염 난 아저씨가 거리 구경시켜주고 놀아줬어. 사탕하고 과자도 사줘서 먹었어."

"자네가 무슨 돈이 있다고 아이에게 돈을 쓰는가?"

"소인의 작은 공경의 뜻입니다. 별것 아닙니다."

지부가 기분이 좋아 술을 내오게 하여 주동을 먹였다. 시녀가 은으로 된 술병과 과일함을 들고 나와 술을 따랐다. 주동에게 권하자 연거푸 석 잔을 마셨다. 지부가 말했다.

"아이가 다음에도 자네와 나가서 놀자고 하면 마음대로 나가서 놀아주게."

"은상의 분부를 받들겠습니다. 어찌 감히 어김이 있겠습니까."

이때부터 매일 아이와 함께 거리로 나가 놀았다. 주동은 가진 돈이 조금 있어 지부가 기뻐하는 것을 보고 아이에게 들어가는 것은 전부 자신이 지불했다.

어느덧 반달이 지나 7월 15일 우란분盂蘭盆26 대재大齋의 날이 왔다. 해마다 곳곳에서 강물에 등을 띄워 죽은 사람을 제도하는 날이었다.

26_ 우란분盂蘭盆: 불교 용어. 전설에 따르면 목련존자가 부처님의 말씀을 따라 음력 7월 15일에 돌아가신 어머니를 아귀餓鬼의 고통에서 구원하기 위해 다섯 가지 과일(복숭아, 자두, 살구, 밤, 대추)을 차려놓고 공양하던 재齋를 말한다. 나중에 먼저 간 가족을 천도하는 재일로 바뀌었다.

그날 저녁 시녀 유모가 불렀다.

"주 도두, 아이가 오늘 밤 강물에 등을 띄우는 것을 보고 싶어합니다. 부인께서 아이를 안고 가서 구경하고 오라고 분부하십니다."

"분부대로 다녀오겠습니다."

머리에 쪽을 구슬처럼 둘로 따고 푸른 적삼을 입은 아이가 안에서 달려나왔다. 주동이 어깨 위에 태우고 관아 문 앞으로 돌아나와 강물에 띄우는 등을 구경하기 위해 지장사地藏寺로 향했다. 그곳에 도착하니 초경 무렵이었다. 주동이 아이에게 목말을 태우고 절을 한 바퀴 둘러 본 후 수륙당水陸堂 방생 연못 옆에서 등 띄우는 것을 구경했다. 그 아이가 난간에 올라 구경하며 웃고 놀았다. 그런데 어떤 사람이 뒤에서 주동의 소매를 당기며 말했다.

"형님, 잠시 드릴 말씀이 있으니 이리 오시죠."

주동이 고개를 돌아보니 뇌횡인지라 깜짝 놀라 아이에게 말했다.

"공자님, 내려와 잠시 여기 앉아 계세요. 제가 사탕을 사올 테니 절대로 다른 곳으로 가면 안 됩니다."

"빨리 갔다 와. 다리 위에서 등롱 구경하고 있을게."

"곧 올게요."

몸을 돌려 뇌횡에게로 가서 물었다.

"동생은 여기에 어쩐 일인가?"

뇌횡이 주동을 끌고 조용한 곳으로 가 절하며 말했다.

"형님께서 목숨을 구해주셔서 노모를 모시고 고향을 떠났지만, 마땅히 갈 곳이 없어서 송 공명이 계신 양산박으로 달려가 도적이 되었습니다. 제가 형님의 은덕을 말씀드렸더니, 송 공명 역시 지난날 형님께서 베풀어주신 은혜를 크게 생각하고 계셨습니다. 조 천왕과 여러 두령도 깊이 감격하여 특별히 오 군사와 함께 형님을 살피러 왔습니다."

"오 선생은 지금 어디 계신가?"

뒤에서 오 학구가 돌아나오며 말했다.

"여기 있습니다."

대답하자마자 절을 올렸다. 주동이 황망히 답례하며 물었다.

"오랫동안 뵙지 못했습니다. 선생께서는 평안하신지요?"

"산채에 여러 두령이 안부를 전해달라고 했고 이번에 저와 뇌 도두를 특별히 보내 주형을 산채로 모셔 대의를 함께하고자 합니다. 이곳에 온 지 여러 날이 지나도록 만나 뵙지 못했는데 오늘 밤에야 모시게 되었습니다. 주형께서 저희와 함께 산채로 가셔서 조개, 송강 두 두령의 뜻을 채워주시기를 청합니다."

주동이 듣고서 한참 동안 대답을 못하고 망설이다 말했다.

"선생 말씀은 틀렸습니다. 남들이 들으면 큰일날 테니 그런 말씀은 그만하시지요. 뇌횡 동생은 죽어야만 하는 죄를 지었기에 제가 의협심 때문에 풀어준 것이고 또한 그는 곤경에서 벗어날 수 없는 상황이라 도적이 되었습니다. 그러나 저는 뇌횡을 위해 이곳으로 유배왔지만, 하늘이 가련하게 보시어 어떻게든 1년 정도만 지내면 돌아가 다시 양민이 될 것입니다. 그런데 제가 어떻게 그런 짓을 하려 하겠습니까? 두 분께서는 어서 돌아가십시오. 혹시 이곳에서 시비라도 일어난다면 좋지 않습니다."

뇌횡이 말했다.

"형님이 여기에 있으면서 사람들 밑에서 시중이나 들어야 하는데 대장부 남자가 할 짓이 아닙니다. 제가 산에 오르도록 권하는 것이 아니라 조개, 송강 두 분이 형님을 바란 지 이미 오래되었습니다. 더 이상 지체 말고 가시지요."

"동생, 그게 무슨 소리인가? 내가 자네 모친을 부양할 사람도 없고 또 곤궁해질까봐 자네를 풀어준 것은 왜 생각지도 않고 오늘 자네가 불쑥 이렇게 와서 나를 불의에 빠뜨리려 하는가!"

오용이 말했다.

"도두께서 이미 가시지 않겠다니 우리는 이만 작별하고 돌아가야겠습니다."

주동이 말했다.

"제 이름으로 여러 두령님에게 아뢰어주시기 바랍니다."

셋이 함께 다리로 돌아왔다.

주동이 다리 옆으로 돌아왔는데 아이가 보이지 않았다. '아이고'를 연발하며 찾아다녔으나 어디에도 보이지 않았다. 그때 뇌횡이 주동을 잡아끌었다.

"형님, 찾지 마시오. 내가 사실은 두 사람을 더 데리고 왔는데 형님이 가지 않겠다고 하니까 아이를 데리고 간 것 같소이다. 같이 가서 찾아봅시다."

"동생, 장난하지 말게! 만약 이 아이한테 좋지 않은 일이라도 생기면 지부 상공의 목숨도 끝장이라네."

"형님, 저를 따라오시죠."

하는 수 없이 주동은 뇌횡과 오용을 따라 지장사를 떠나 성 밖으로 나갔다. 주동이 당황하며 다급하게 물었다.

"자네 형제가 아이를 안고 어디로 갔단 말인가?"

"형님이 따라만 오면 아이를 돌려드리겠습니다."

"시간이 많이 늦어지면 지부 상공에게 혼날 텐데."

오용이 말했다.

"내가 데리고 온 두 사람이 물정 모르는 철부지라 곧장 우리가 거처하는 곳으로 갔을 겁니다."

"같이 왔다는 그 사람 이름이 뭔가?"

"저는 잘 모르지만 흑선풍이라고 들었습니다."

뇌횡이 대답하자 주동이 깜짝 놀라며 말했다.

"혹시 강주에서 사람들을 죽인 이규가 아닌가?"

오용이 말했다.

"바로 그 사람입니다."

주동이 발을 동동 구르고 '아이고'를 부르짖으며 서둘러 쫓아갔다. 성에서 20리쯤 걸어갔는데 갑자기 앞에서 이규가 나타나 소리질렀다.

"나 여기 있소."

주동이 앞으로 달려가 물었다.

"아이는 어디에 두었소?"

이규가 인사하며 말했다.

"절 받으시오, 절급 형님. 아이는 안에 있소이다."

"당신, 좋게 말하는데 빨리 돌려주시오."

이규가 자기 머리를 가리키며 히죽거렸다.

"아이 머리카락이라면 내 머리 위에 있소."

주동이 이규의 모습을 보고 다급하게 다시 물었다.

"도대체 아이는 어디에 있소?"

"내가 마취약을 입에 묻히고 안아서 성을 빠져나왔는데 아직도 저 숲속에서 자고 있으니 가서 보시오."

주동이 얼른 밝은 달빛에 의지해 숲으로 달려 들어가 찾아보니 아이가 땅 위에 엎어져 있는 게 보였다. 주동이 손으로 부축해 안으려는데 머리가 두 쪽으로 쪼개져 이미 죽은 상태였다.

주동이 걷잡을 수 없는 분노로 숲에서 뛰쳐나왔으나 세 사람이 보이지 않았다. 사방을 미친 듯이 찾고 있는데 흑선풍이 멀리서 쌍도끼를 두드리며 소리질렀다.

"여기야! 와봐. 와보라고!"

주동이 화가 머리끝까지 치솟아올라 죽을 각오로 적삼을 꽉 동여매고 달려갔다. 이규가 몸을 돌려 달아나니 주동이 뒤에서 쫓아갔다. 이규는 산을 가로지르고 고개를 뛰어넘는 것이 걷는 것처럼 익숙한 사람이라 주동이 어찌 쫓아가겠는가? 먼저 숨을 헐떡거리며 멈춰 섰다. 이규가 앞에서 또 소리쳤다.

"와. 와 보라니까! 어서 와."

주동이 한입에 이규를 삼키지 못하는 것이 한스러웠지만 도저히 따라잡을 수 없었다. 쫓고 쫓기는 중에 날은 점점 밝아졌다. 앞에서 급히 쫓으면 빨리 달아나고 천천히 쫓으면 천천히 걸어가니 주동이 어떻게 해볼 도리가 없었다. 이규가 어떤 커다란 장원으로 들어가는 게 보이자 주동이 혼자 중얼거렸다.

'저놈이 저기에 드디어 멈췄으니 가만 내버려두지 않겠다!'

주동이 장원 안으로 달려 들어가 대청 앞으로 가니 양쪽에 많은 무기가 꽂혀 있었다.

'틀림없이 관리의 집 같은데……'

감히 더 이상 들어가지 못하고 멈추어 서서 크게 소리질렀다.

"안에 누구 없습니까?"

병풍 뒤에서 한 사람이 돌아 나오는데 그 사람은 다름 아닌 소선풍 시진이었다.

"누구시오?"

주동이 바라보니 그 사람은 걷는 모습이 용같이 품위가 있고 해가 비추듯 신령스런 기품을 갖추고 있었다. 주동이 황망히 예를 올리며 말했다.

"소인은 운성현에서 절급 노릇을 하던 주동이라 하는데 죄를 저질러 이곳으로 유배왔습니다. 어제 저녁 지부의 아드님과 강에 등롱 띄우는 행사를 구경하러 나왔는데 흑선풍이 공자를 살해했습니다. 지금 어르신 장원으로 달아났기에 그놈을 체포하여 관아로 끌고 갈 수 있도록 도와주시기 바랍니다."

"미염공이셨군요. 잠시 들어와 앉으시죠."

"소인이 감히 관인의 성함을 물어도 괜찮겠습니까?"

"소선풍 시진이라 하오."

주동이 급히 절하며 말했다.

"시 대관인의 크신 이름은 오래전부터 들어 알고 있습니다. 뜻밖에 오늘 뵙게 되어 영광입니다."

"미염공의 명성 또한 이전부터 들어 알고 있소이다. 후당으로 들어오셔서 이야기나 합시다."

주동이 시진을 따라 안으로 들어갔다. 주동이 말했다.

"흑선풍 그놈이 어떻게 감히 어른의 장원으로 숨어들었습니까?"

"삼가 아룁니다. 소인이 강호의 호걸들과 사귀기를 좋아합니다. 집안 조상께서 진교양위陳橋讓位[27]의 공이 있어 선조 때 단서철권丹書鐵券[28]을 하사받았습니다. 죄를 지은 사람이라도 우리 집에 숨어들면 어느 누구도 잡아갈 수 없습니다. 근래에 친한 벗이 있었는데, 그대하고도 옛 친구가 되며 지금은 양산박에서 두령을 하고 있는 급시우 송강이란 자가 편지 한 통을 보냈습니다. 오 학구, 뇌횡과 흑선풍을 이 장원에 있게 해달라고 했는데 당신을 산으로 청해 대의를 위해 함께하기 위함이라고 했소이다. 그렇지만 그대가 따르지 않으려 하니 일부러 이규에게 지

27_ 진교양위陳橋讓位: 송 태조宋太祖 조광윤趙匡胤이 개봉 부근 진교역陳橋驛에서 황제로 추대되었는데, 개봉에 입성하여 어린 시종훈柴宗訓으로부터 황제를 선양받았다. 이것을 진교병변陳橋兵變 또는 진교의 변陳橋之變이라고 한다.

28_ 단서철권丹書鐵券: 주사朱砂로 글씨를 썼으며 철제로 된 증서. 황제가 공신들에게 하사하여 그 후손들을 우대하거나 면죄를 보증하는 증거. 철제판에 붉은 글씨로 쓰여 유래한 명칭.

부 아들을 죽이라고 했소이다. 먼저 그대가 돌아갈 길을 끊어 산에 올라 두령이 되게 하려는 것이외다. 오 선생, 뇌횡은 어찌하여 나와서 사과하지 않는 것이오?"

오용, 뇌횡이 옆쪽 다락방에서 나오며 주동에게 절을 했다.

"형님, 죄를 용서해주십시오! 모두 송강 형님께서 분부하신 것입니다. 산채에 가시면 분명하게 알게 되실 겁니다."

"당신 형제가 호의로 했다고는 하지만 이건 너무 독하지 않소!"

시진이 곁에서 온 힘으로 권했다. 주동이 말했다.

"내가 갈 땐 가더라도 흑선풍 이놈 낯짝은 봐야겠소."

시진이 말했다.

"이형, 빨리 나와 사과하시오."

이규 또한 옆에서 나와 큰 소리로 인사했다. 주동이 보자마자 마음속의 사나운 분노가 3000장이나 치솟아올라 도저히 억누를 수 없어 몸을 일으켜 달려들어 이규와 목숨 걸고 싸우려 했다. 시진, 뇌횡, 오용 세 사람이 사력을 다해 말렸다. 주동이 말했다.

"만일 나를 산에 오르게 하려면 한 가지 조건을 들어주시오. 들어주지 않으면 가지 않겠소."

오용이 말했다.

"한 가지가 아니라 열 가지라도 마다 않고 해주겠소이다. 그래, 그것이 뭔지 들어봅시다."

제 5 1 회

시진이 수렁에 빠지다[1]

바로 그때 주동이 사람들에게 말했다.

"나를 산채로 데려가려 한다면 흑선풍을 죽이시오. 이 울분을 풀어 준다면 시키는 대로 하겠소!"

이규가 듣고서 크게 화를 냈다.

"야, 너 왜 내 거만 물고 늘어지냐! 조개, 송강 두 형님이 군령을 내려 시키는 대로 한 일인데 왜 나한테 지랄이야."

주동이 격분하여 다시 이규와 싸우려들자 세 사람이 말렸다.

1_ 제51장 이규가 은천석을 때려죽이다李逵打死殷天錫. 시진이 고당주에서 사로잡히다柴進失陷高唐州.

주동이 말했다.

"양산박에 흑선풍이 있으면 난 죽어도 산에 오르지 않겠소!"

시진이 말했다.

"그것은 어려울 것 없소. 내게 좋은 방도가 있소. 일단 이형만 여기에 남으시면 됩니다. 조개와 송강 두 분의 뜻대로 세 분께서는 산에 오르시지요."

주동이 말했다.

"일이 이 지경이 됐으니, 지부가 운성현으로 공문을 보내 소인의 처자식을 반드시 잡아들이려 할 텐데 어쩌란 말입니까!"

"걱정 마십시오. 때맞춰 송 공명께서 이미 가솔들을 산으로 모셨을 것이오."

오 학구가 안심시키자 주동이 비로소 마음을 놓았다. 시진이 술대접을 했고, 세 사람은 그날로 양산박으로 향해 출발했다. 세 사람은 저녁 무렵에 장원을 나왔고, 시진은 장객에게 말 세 필을 준비시켜 관문 바깥까지 나와 배웅했다. 작별을 앞두고 오용이 다시 이규에게 당부했다.

"자네 조심해야 하네. 대관인의 장원에서 얼마를 머물지 모르겠으나 함부로 말썽을 일으켜 사람들을 괴롭혀서는 절대로 안 되네. 몇 달 기다렸다가 저 사람의 화가 누그러지면 그때 자네를 산채로 돌아오게 하겠네. 대략 그때 시 대관인을 청하여 함께 입산하도록 할 것일세."

세 사람은 말을 타고 떠났고 시진과 이규는 장원으로 돌아왔다.

주동은 도적에 가담하기 위해 오용과 뇌횡을 따라 양산박으로 갔다. 어느 정도 배웅하다가 창주 경계를 벗어날 즈음 장객들이 말을 끌고 돌아가고, 세 사람은 양산박으로 향해 길을 잡았다. 도중에 별일 없이 일찌감치 주귀의 객점에 도착했다. 먼저 사람을 시켜 산채에 보고하자 조개와 송강이 크고 작은 두령들을 이끌고 요란하게 북 치고 피리 불며 일행을 맞이하러 금사탄까지 내려왔다. 모두 인사를 나눈 뒤 각자 말을 타고 산 위로 올라갔다. 대채 앞에 이르러 말에서 내리고 취의청에 올라 옛일들을 이야기하다가 주동이 말했다.

"동생은 지금 얼떨결에 부르심을 받아 산채에 왔지만 창주 지부가 제 가족을 체포하라는 공문을 분명히 운성현으로 보냈을 텐데 어찌하면 좋겠습니까?"

송강이 크게 웃으며 말했다.

"주형은 안심하시오. 형수와 자제들이 이곳에 온 지 벌써 여러 날입니다."

"지금 어디에 있죠?"

"제 아버님이 계신 곳에 모시고 있으니 형께서 가서서 안부를 물으시죠."

주동이 크게 기뻐했다. 송강이 주동을 데리고 송 태공 거처로 가서 보니 가족뿐만 아니라 귀중품 보따리도 모두 와 있었다. 주동의 아내가 말했다.

"며칠 전에 어떤 사람이 서신을 가지고 왔는데 당신이 이미 산채에 들어가 도적이 되었다고 알렸습니다. 그래서 짐을 꾸려서 밤사이 이곳에 왔습니다."

주동이 여러 두령에게 예를 갖춰 감사했다. 송강은 주동과 뇌횡을 산 정상 아래 산채로 초청했다. 술자리를 마련하여 연일 새로운 두령을 경축했음은 말할 필요가 없다.

창주 지부는 밤늦도록 주동이 아들을 데리고 돌아오지 않자 한밤중에 사방으로 사람을 보내 찾게 했다. 다음 날 어떤 사람이 숲속에서 죽은 아들을 발견하고 지부에 알려 그제야 알게 되었다. 소식을 들은 부윤은 크게 놀라 직접 숲속에 가서 보고 비통해 마지않으며 관을 준비하고 화장했다.

다음 날 부윤은 정당에 올라 즉시 공문을 발송하여 모든 곳을 뒤져서라도 범인 주동을 체포하게 했다. 운성현에도 친히 서면으로 통보하여 주동의 처자식과 일가를 잡아들이게 했으나 이미 달아나 행방을 알지 못했다. 각 주와 현에 공문을 내려 상금을 걸고 체포하게 했다.

한편 이규는 시진의 장원에서 한 달 넘게 머무르고 있었다. 어느 날 어떤 사람이 편지 한 통을 들고 황급히 장원으로 달려오는 것을 보았다. 시 대관인이 맞이하여 편지를 읽더니 크게 놀라 말했다.

"일이 이미 이렇게 되었다면 내가 가봐야겠구먼!"

"대관인, 무슨 급한 일이라도 생겼습니까?"

"내게 시 황성2이라는 숙부님이 계신데 고당주高唐州3에 거주하시네.

2_ 황성皇城: 황성사皇城使로 무관 품계의 하나다.
3_ 고당주高唐州: 지금의 산동성山東省 가오탕高唐. 고당주는 명초明初에 설치되었고, 송대에는 고창현高昌縣이라 불렸다.

지금 본주 지부 고렴高廉의 처남 은천석殷天錫이라는 놈이 화원을 강제로 빼앗으려고 하여 화병에 걸려 병상에 누워 계신다고 하네. 지금 생명이 위태로워 유언이 있다고 나보고 오라 하시네. 숙부께서는 자녀가 없으시니 아무래도 내가 직접 가봐야겠네."

"나리께서 가시니 저도 따라가면 어떻겠습니까?"

"형이 가겠다면 함께 가지요."

시진이 바로 짐을 꾸리고 10여 필의 좋은 말을 골라 여러 명의 장객을 데리고 가기로 했다. 다음 날 오경에 일어나 시진, 이규와 수행원 모두 말에 올라 장원을 떠나 고당주로 향해 달렸다.

하루도 안 되어 고당주에 이르렀고 성으로 들어가 곧바로 시 황성 저택 앞에 이르러 말에서 내렸다. 이규와 장객들은 바깥 정방에서 기다리게 했다. 시진이 침실로 들어가 숙부를 보고 침대 앞에 앉아 서럽게 통곡했다. 시 황성의 후처가 와서 시진을 달랬다.

"대관인께서 말을 달려오시느라 쉽지 않은 고생길이었을 텐데 먼저 이곳으로 오셨군요. 너무 걱정하지 마십시오."

시진이 인사를 마치고 그간의 사정을 물었다.

"이곳에 고렴高廉이란 자가 신임 지부 겸 본주 병마로 부임했는데, 동경 고 태위와는 당형제라는데 고 태위의 권세에 기대어 이곳에서 못하는 짓이 없습니다. 게다가 처남 은천석이란 놈을 데리고 왔는데 사람들이 모두 은 직각4이라고 부릅니다. 나이도 어린 놈이 매형의 위세에 기대어 똑같이 못된 짓만 하고 있지요. 그놈한테 환심을 사려는 아부꾼이 우리 집 뒤뜰에 화원이 있는데 연못의 정자가 보기 좋게 지어졌다고 이야기한 모양입니다. 그놈이 간사하고 불량한 놈 20~30명을 데리고 집 안에 들어와 뒤뜰을 구경하더니 우리를 쫓아내고 자기가 와서 살려고 했습니다. 황성께서 그놈에게 말씀하셨지요. '우리 집안은 황실의 후손으로 선대부터 단서철권이 문에 걸려 있어 누구도 업신여기거나 함부로 할 수 없소. 그대가 어찌 감히 우리 집을 강탈하여 점용할 수 있는가? 내 가족더러 어디로 가라는 말인가?' 그렇게까지 했는데 그놈은 듣지도 않고 우리보고 나가라고만 했습니다. 황성께서 매달리다 도리어 그놈에게 떠밀리고 구타까지 당했습니다. 결국 분함을 머금고 앓아누워 일어나지 못하고 계십니다. 음식도 드시지 못하고 약을 써도 효과가 없으니 아무래도 곧 돌아가실 것 같습니다! 오늘 대관인이 이렇게 오셨으니 황성께서 돌아가시더라도 그나마 걱정을 덜었습니다."

"숙모님께서는 안심하십시오. 우선 용한 의원을 불러 숙부님을 치료해주십시오. 집 안에 단서철권이 있으니 조카가 사람을 창주 집으로 보내 가져오게 한 뒤 그놈에게 따지겠습니다. 관아에 고발하고 황제께 상소도 올릴 터이니 그놈을 두려워하실 필요는 없습니다."

"황성께서 하는 일은 되는 일이 하나도 없더니, 역시 대관인께서는 이치에 맞게 하시는군요."

시진이 숙부의 상태를 한 번 더 살펴본 후 이규와 데리고 온 장객들에게 상세한 정황을 설명했다. 이규가 듣고서 펄쩍 뛰었다.

4_ 직각直閣: 직각은 관직 이름이다.

"이런 천하에 도리도 모르는 나쁜 놈이 있나! 여기 있는 내 도끼 맛 좀 보여주고 다시 이야기합시다."

"이형, 잠시 화를 거두시오. 그런 무식한 놈이랑 싸워 무엇하겠소? 그놈이 비록 권세를 믿고 사람을 괴롭히지만 우리 집에는 태조 황제께서 보호하라고 명하신 성지가 있습니다. 여기서는 그에게 따질 수 없고 동경에 가야 그보다 높은 사람이 있으니 당당하게 법률에 따라 그와 송사를 벌여야겠소!"

"법률은 무슨 빌어먹을 법률! 법률대로 됐으면 천하가 이렇게 어지러워졌겠어! 나 같으면 먼저 박살을 내놓고 나서 따지든가 말든가 하겠다. 그 자식이 만약 따지고 고소한다면 거지 같은 벼슬아치까지 한꺼번에 대가리를 날려버리고 말겠다."

시진이 웃으며 말했다.

"주동이 당신에게 죽기 살기로 덤비면서 얼굴도 맞대지 않으려 하던 심정을 이제야 알겠소. 여기는 법도가 엄한 성안인데 어떻게 산채처럼 제멋대로 행동할 수 있겠소!"

"성안이면 어쩌라고? 강주 무위군에서는 내 맘대로 죽이지 못했을 것 같아?"

"내가 상황을 보고 형을 써야 할 때가 되면 그때 청하리다. 일단 방에 앉아 계시오."

이야기하고 있는 사이에 안쪽에서 첩실이 서둘러 와서 황성께서 대관인을 보고 싶어한다는 말을 전했다. 시진이 누워 있는 침상 앞으로 가자 황성이 두 눈에 눈물을 흘리며 시진에게 말했다.

"조카는 기개가 당당하니 조상을 욕되게 하지 말거라. 내가 지금 은천석에게 맞아 죽지만 나와의 혈육관계를 봐서라도 직접 편지를 들고 동경으로 가서 어가를 막고 고소하여 내 원수를 갚아다오. 그렇게만 된다면 죽어서도 조카의 은혜를 잊지 않겠다. 몸조심 또 몸조심하고 내 당부를 잊지 말아다오!"

말을 마치자마자 숨이 끊어졌다. 시진이 비통하게 한참을 울었다. 후처는 시진이 혼절할까 두려워 울음을 그치도록 설득했다.

"대관인, 슬퍼하시는 것은 훗날도 있으니 앞으로의 일을 생각해야지요."

"단서^{丹書}가 집에 있는데 가져오지 않았습니다. 동경에 가지고 가서 송사를 해야 하니 밤을 새서라도 사람을 시켜 가져오게 해야겠습니다. 먼저 숙부님의 시신은 관과 곽을 준비해 염하고 상복을 입은 뒤 다시 상의하지요."

시진은 관제에 따라 내관과 겉곽을 준비했고 의례에 따라 위패를 배치했다. 가문 전체가 가장 중한 상복을 입고 친족 간의 위아래 모두 곡을 하고 애도했다. 밖에 있던 이규가 집 안에서 나오는 곡소리를 듣고 두 주먹을 불끈 쥔 채 단단히 벼르고 있었다. 하인들에게 물었으나 아무도 말하려 하지 않았다. 저택 안에서는 승려를 불러 제도의식을 거행했다.

사흘째 되는 날 은천석이 빠른 말을 타고 방한 20~30명과 함께 탄궁, 쇠뇌, 취통^{吹筒}5, 공, 점간^{粘竿}6, 악기 등을 들고, 성 밖에서 한바탕 놀아 술이 절반쯤 취하도록 마시고 놀았다. 돌아오는 길에 거짓으로 머리꼭지까지 취한 척하면서 시 황성 저택으로 왔다. 말고삐를 잡아당겨 세우고 안에다 집사 나오라고 소리질렀다. 시진이 듣고서 상복을 걸친 채 서둘러 나왔다. 은천석이 말을 탄 채 물었다.

"너는 이 집안 뭐하는 놈이냐?"

"소인은 시 황성 조카 시진입니다."

"내가 지난날 집을 이사가라고 분부했거늘 어찌하여 내 말을 따르지 않느냐?"

"숙부가 병이 나서 감히 움직일 수 없었습니다. 간밤에 고인이 되셨으므로 사십구재가 지나면 나가겠습니다."

"헛소리 마라! 내가 기한을 3일 줄 테니 집을 비워야 한다. 3일이 지나도 비우지 않으면 먼저 네놈부터 칼을 씌워 곤장을 한 100대는 먹일 테다!"

"이렇게 함부로 대하지 마시오! 우리 가문은 황제의 자손으로 선대에 단서철권을 하사받았는데 누가 감히 무례하게 대한단 말이오?"

"그럼 어디 한번 보자!"

"지금 창주 집안에 있는데 이미 사람을 보내 가지러 갔소."

은천석이 크게 화를 냈다.

"이놈이 헛소리를 하는구나! 단서철권이 있다 해도 나는 두렵지 않

5_ 취통吹筒: 사냥 도구. 고대 관악기의 하나로 새와 짐승을 유인하여 잡을 때 사용한다.
6_ 점간粘竿: 끝에 풀을 바른, 새를 잡을 때 쓰는 대나무 장대.

다. 여봐라, 이놈을 두들겨 패라!"

방한들이 막 때리려고 했다. 그때 흑선풍 이규가 문틈으로 엿보고 있다가 시진을 때리라고 고함치는 소리를 듣고 방문을 세차게 열고 크게 고함지르더니 달려가 은천석을 말 아래로 끌어내려 한 방 갈겼다. 방한 20~30명이 앞다퉈 그를 구하려 했으나 이규가 주먹을 들어 대여섯 명을 때려눕히니 전부 흩어져 달아났다. 다시 은천석을 일으켜 세워 주먹질과 발길질로 더욱 세게 두들겼다. 시진이 그만두게 뜯어말렸으나 은천석은 이미 죽어 땅바닥에 쓰러져 있었다. 시진이 '아이고'를 연발하며 이규를 후당으로 데려가 상의했다.

"눈으로 직접 본 사람이 여럿이니 형은 여기에 발붙이고 살 수 없소. 송사는 내가 대강 얼버무릴 테니 형은 빨리 양산박으로 달아나시오."

"내가 도망가면 대관인 혼자 연루되잖아."

"내게는 단서철권이 있어 보호받지만 형은 가야 하오. 지체해서는 아니되오."

이규는 쌍도끼를 쥐고 노자를 챙겨 후문을 나와 양산박으로 달아났다.

얼마 되지 않아 200여 명이 각자 칼, 창과 몽둥이를 들고 시 황성의 집을 에워쌌다. 시진이 이규를 체포하러 온 것을 보고 나가 말했다.

"내가 함께 관아로 가서 해명하리다."

사람들이 우선 시진을 포박하고 집 안으로 들어가 시커멓고 흉악한 사내를 찾았으나 보이지 않자 시진만 관아로 결박해 끌고 가서 대청 아래에 무릎을 꿇렸다. 지부 고렴은 처남 은천석이 맞아 죽었다는 소리를 듣고 대청에서 원한에 사무쳐 이를 갈던 중이었다. 시진이 끌려오자 우선 대청 계단 아래에 뒤집어놓고 고렴이 고함을 질렀다.

"네놈이 감히 우리 은천석을 때려죽였냐!"

"소인은 시세종의 직계 자손으로 집안에 선대 태조께서 하사하신 단서철권이 창주 제 거처에 있습니다. 숙부 시 황성께서 병환이 깊어 만나보러 왔으나 불행하게도 돌아가셔서 집안에서 초상을 치르고 있었습니다. 그런데 은 직각께서 사람 20~30명을 이끌고 집으로 오셔서 저희를 집 밖으로 쫓아내려고 했습니다. 한마디 하려고 했으나 변명할 기회도 주지 않고 하인들에게 명령해 저를 때리려고 하자 장객 이대가 저를 보호한다고 하다가 우발적으로 사람을 때려죽이게 됐습니다."

"이대라는 놈은 어디에 있느냐?"

"당황하여 도망치고 말았습니다."

"그놈이 장객인데 네 명령이 없이 어찌 감히 사람을 때려죽인단 말이냐? 너는 일부러 그놈을 놓아주어 달아나게 하고 관부를 속인단 말이냐! 네 이놈, 얼마를 맞아야 불겠느냐. 간수, 힘을 다해 저놈을 쳐라!"

시진이 외쳤다.

"장객 이대가 주인을 구한다고 실수로 때려 사람을 죽였으니 저와는 상관없습니다! 선조 태조께서 내리신 단서가 있는데 어떻게 함부로 형법에 따라 저를 때릴 수 있습니까?"

"단서가 어디에 있느냐?"

"이미 사람을 창주에 보내 가져오게 했습니다."

고렴이 화를 내며 소리질렀다.

"이놈이 관부에 대드느냐. 여봐라, 있는 힘껏 쳐라!"

매질을 하니 시진이 맞아 피부가 찢기고 살이 터져 붉은 피가 줄줄 흘러내렸다. 결국 시키는 대로 대답할 수밖에 없었다.

"장객 이대를 시켜 은천석을 때려죽이라 했습니다."

사형수에게 채우는 25근짜리 칼을 씌우고 감옥에 가두었다. 은천석의 시신을 검시한 뒤 관에 넣고 장례를 치렀다. 은殷 부인은 남동생의 원수를 갚고자 남편 고렴을 시켜 시 황성 집안의 재산을 몰수하고 식구들을 감금했으며 저택도 차지했다. 시진은 감옥에서 온갖 고통을 다 받았다.

한편 이규는 밤길을 달려 양산박으로 돌아와 산채에 도착하여 여러 두령을 만났다. 주동이 이규를 보자마자 분노가 치밀어올라 박도를 들고 이규에게 덤볐다. 흑선풍 이규도 쌍도끼를 뽑아 주동과 맞섰다. 조개, 송강 그리고 여러 두령이 일제히 달려들어 뜯어말렸다. 송강이 주동에게 사과했다.

"지난번 아이를 죽인 건 이규의 잘못이 아니오. 군사 오 학구가 산채로 오지 않으려는 형을 불러들이기 위해 어쩔 수 없이 결정한 계책이외다. 오늘 이미 산채에 왔으니 마음속에 담아둔 감정을 풀고 마음을 합쳐 대의를 일으킵시다. 그래야 바깥 사람들이 우리를 비웃지 않을 것이오."

아울러 이규에게 소리쳤다.

"동생, 미염공에게 사죄해라."

이규는 어림도 없다는 듯이 눈을 크게 흘겨 뜨고 소리질렀다.

"왜 다들 저놈 편만 드는 거야. 나도 산채를 위해 할 만큼 했는데 아무 공도 없는 저놈에게 내가 왜 사과해야 하냔 말이야!"

송강이 말했다.

"동생, 비록 아이를 죽인 것이 지엄한 군사의 명령이라 하나 나이를 따져도 그가 네 형뻘이다. 내 낯을 봐서라도 그에게 예를 갖추어라. 그러면 내가 너에게 절을 하마."

이규도 송강이 이토록 간청하니 더 이상 버틸 수 없었다.

"내가 너를 두려워해서가 아니라 형님께서 호되게 독촉하시니까 어쩔 수 없이 너한테 사과하는 거다."

이규는 송강의 독촉에 쌍도끼를 내던지고 주동에게 두 번 절했다. 주동도 비로소 좋지 않은 감정을 풀었다.

조개 두령은 산채에서 술자리를 마련하고 두 사람이 화해하게 했다.

이규가 말했다.

"시 대관인이 숙부 시 황성의 병 때문에 고당주로 갔다가 본주 지부 고렴의 처남 은천석이 그 집 화원을 빼앗으려고 시진에게 욕하고 때리기에 내가 은천석 그놈을 때려죽였소."

송강이 듣고 깜짝 놀랐다.

"너는 도망쳤지만 대관인이 송사에 연루되겠구나!"

오 학구가 말했다.

"형님, 진정하십시오. 대종이 산채로 돌아오면 일의 결과가 어떻게 됐는지 알게 될 겁니다."

이규가 물었다.

"대종 형님께서 어디로 가셨다고요?"

오용이 말했다.

"나는 자네가 시 대관인 장원에서 좋지 않은 일을 저지를까 두려워 특별히 그를 시켜 자네를 산채로 불러들이려고 한 것이네. 그가 거기에서 자네를 보지 못했다면 반드시 고당주로 가서 자네를 찾을 것이네."

말을 마치기도 전에 졸개가 와서 보고했다.

"대 원장께서 돌아오셨습니다."

송강이 바로 나가 맞이하고 대청에 앉자마자 시 대관인의 일을 물었다. 대종이 대답했다.

"시 대관인 장원에 갔다가 이규와 함께 고당주로 가버린 것을 알았습니다. 서둘러 고당주로 가서 알아보니 성안 사람들 사이에 소문이 파다했습니다. '은천석이 시 황성 저택 문제로 다투다 시커먼 사내한테 맞아 죽었다'는 겁니다. 지금 시 대관인은 연루되어 감옥에 갇혀 있고 시황성 일가 가족의 가산도 모두 몰수당했다고 합니다. 시 대관인의 목숨도 결국에는 보전하지 못할 것입니다!"

조개가 말했다.

"이 시커먼 놈은 나가기만 하면 도처에 말썽을 일으키는구나!"

이규가 입이 잔뜩 튀어나온 채 말했다.

"시 황성이 그놈에게 맞아 화병으로 죽었어요. 또 그의 집까지 차지하려 한 데다 시 대관인을 때리려고 하는데 어떻게 참아! 아마 살아 있는 부처라도 못 참을걸."

조개가 말했다.

"시 대관인은 본래 산채에 은혜를 베푼 사람인데 오늘 그가 위험하고 곤란한 처지에 있으니 어찌 산을 내려가 구해주지 않겠는가? 내가 직접 가봐야겠다."

송강이 말했다.

"형님께서는 산채의 주인이신데 어찌 가볍게 움직일 수 있겠습니까? 소생이 시 대관인으로부터 이전에 은혜를 입은 적도 있으니 형님을 대신해 산을 내려가겠습니다."

오 학구가 이미 생각해뒀다는 듯이 말했다.

"고당주는 성읍이 비록 작으나 사람들이 조밀하게 많고 군사도 충분하며 양식이 풍부하여 얕잡아볼 수 없습니다. 번거롭지만 임충, 화영, 진명, 이준, 여방, 곽성, 손립, 구붕, 양림, 등비, 마린, 백승 등 열두 두령이 보병과 기병 5000명을 이끌고 선봉에 나서시오. 중군은 총대장인 송 공명, 오용과 아울러 주동, 뇌횡, 대종, 이규, 장횡, 장순, 양웅, 석수 등 10명의 두령으로 기병과 보병 3000명을 이끌고 호응하여 작전을 펼치겠습니다."

모두 22명의 두령은 조개 등 남아 있는 사람들과 작별하고 산채를 떠나 고당주로 진군했다.

양산박의 선봉 부대가 고당주 경계에 당도하자 일찌감치 병사들이 고렴에게 보고했다. 고렴이 듣고서 비웃으며 말했다.

"양산박에 숨어 있는 산적 떼를 소탕하려 했는데 오늘 네놈들이 스스로 잡히려고 왔구나. 하늘이 내게 공을 이루게 도와주는구나! 여봐라, 속히 명령을 하달하라. 군마를 정리 점검하고 성을 나가 적을 맞이하라. 모든 백성은 성에 올라 지키도록 하라."

고 지부는 말에 올라 군사를 통제하고 말에서 내려서는 백성을 지도하며 큰 소리로 명령을 하달했다. 그 군막 앞에 도통都統7, 감군監軍, 통령統領8, 통제統制, 제할 군직 모든 관원이 각 부대의 병사와 군마를 인솔하여 모였고, 훈련장에서 점고를 마치자 모든 장수가 배열하여 성을 나가 적을 맞이했다. 고렴 수하에는 비천신병飛天神兵이라는 300여 명의 심복 부대가 있었다. 개개인이 모두 산동山東, 하북河北, 강서江西, 호남湖南, 양회兩淮, 양절兩浙 지역에서 선발한 건장한 군사들이었다. 지부 고렴이 직접 이끌었는데 갑옷을 입고 등에 검을 꽂고 말에 올라 성 밖으로 나갔다. 부하 군관들로 하여금 주변에 진을 배열하게 했는데 도리어 신군들은 중군에 배치시켰다. 깃발을 흔들고 함성을 질러 사기를 돋우어 주면서 북을 두드리고 징을 울리며 적군이 다가오기를 기다렸다.

임충, 화영, 진명이 5000인마를 인솔하여 도착했다. 양군이 대치하자 서로 깃발을 흔들고 북을 울리며 맞선 채 강한 활과 단단한 쇠뇌를 최전방 대열로 쏘아 사정거리 밖에 자리를 잡았다. 양군이 화각畫角을

7_ 도통都統: 16국 시기에 생긴 것으로 병사를 통솔하는 장군. 당대唐代에는 병사를 통솔하는 장관을 모두 도통都統이라 했고, 그 위에 도도통都都統을 두었다. 송요금宋遼金 시기에는 모두 병사를 통솔하는 총사령관이었으며, 청대에는 8기군八旗軍 중 각 기旗의 최고 장관이었다.

8_ 통령統領: 남송南宋 시기에 군사를 통솔하는 관직으로, 지위는 통제統制 아래이며 모두 부장副將 군관이었다.

불어 울리게 하고 급히 북을 두드리기 시작하자 화영과 진명이 10여 명의 두령과 함께 진 앞에 나와 말고삐를 잡아당겨 섰다. 두령 임충이 장팔사모를 비껴들고 말을 박차 진을 나와서 엄하게 꾸짖었다.

"고가 성을 가진 도적놈아 어서 나와라!"

고렴이 말을 훌쩍 뛰며 30여 명의 군관을 이끌고 문기 아래로 와서 말고삐를 잡고 임충을 향해 손가락질하며 욕설을 퍼부었다.

"제 죽는 것도 알지 못하는 역도들아! 어찌 감히 나의 성을 침범하느냐."

"백성을 해치는 강도 같은 놈아! 조만간 동경으로 쳐들어가 황제를 기만하는 역신 고구를 갈기갈기 찢어 죽여야 내 비로소 흡족할 것이다."

고렴이 격노하여 고개를 돌려 소리쳤다.

"누가 먼저 나가서 저 도적놈을 잡아오겠느냐?"

군관들 중에서 통제관 한 사람이 말을 돌려 나왔다. 우직于直이라는 장수로 말을 박차고 칼을 돌리며 진 앞으로 나와 임충을 보자마자 덤벼들었다. 두 사람이 겨룬 지 5합도 못 돼 우직은 임충의 사모에 명치를 찔려 뒤집혀 말 아래로 곤두박질쳤다. 고렴이 크게 놀라 소리질렀다.

"누가 다시 나가 우직의 원수를 갚겠느냐?"

군관 중에 또 한 명의 통제관이 돌아 나왔는데 온문보溫文寶라는 장수였다. 긴 창을 들고 흰 점이 뒤섞인 누런 말을 탔는데 말방울과 재갈 장식이 요란하게 울렸다. 일찌감치 진 앞에 나와 네 개의 말굽이 먼지를 일으키며 임충에게 곧장 달려들었다. 진명이 보고서 크게 외쳤다.

"형님, 잠시 쉬시지요. 제가 이 도적놈 베는 것을 구경하시죠!"

임충이 말고삐를 잡고 창을 거두고 진명에게 온문보와 싸우도록 양보했다. 두 사람이 10여 합을 겨루었을 때 진명이 빈틈을 보여 온문보가 창을 찌르며 들어오게 했다. 낭아곤을 들어 내려치니 온문보의 두정골頂頂骨이 반쪽으로 쪼개져 말 아래로 떨어져 죽었다. 그가 타던 말은 홀로 본진으로 돌아가고 양쪽 군사들이 서로 함성을 질렀다.

고렴은 연이어 두 장수가 죽자 등에 메고 있던 태아보검太阿寶劍9을 빼내 들고 중얼거리며 주문을 외우고 크게 외쳤다.

"가라!"

고렴의 진중에서 한 줄기 검은 기운이 돌개바람처럼 말아 일어났다. 그 기운이 공중으로 흩어지니 모래가 날리고 돌이 뒹굴고 하늘과 땅이 요동치고 흔들리며 괴상한 바람이 일어 양산박 진영을 향해 불어왔다. 임충, 진명, 화영 등 군사들은 서로 상대방을 볼 수 없었고 말들은 놀라 길길이 날뛰며 울어댔고 군사들은 몸을 돌려 달아났다. 고렴이 검을 잡고 휘둘러 300명의 신병에게 지시하자 진중에서 달려나왔다. 뒤에서 관군이 협조하여 일시에 덮치니 달아나던 임충 등의 군마들이 사방으로 흩어져 진이 끊어졌다 이어졌다 연결이 되지 않았다. 서로 형을 외치고 동생을 부르며 아들과 아비를 찾았다. 5000명의 군사가 1000여

9_ 태아보검太阿寶劍: 춘추春秋시대에 구야자歐冶子와 간장干將이 세 자루의 보검을 주조했는데, 용연龍淵, 태아太阿, 공포工布라 한다.

명을 잃고 50여 리를 후퇴한 뒤 겨우 방책을 칠 수 있었다. 고렴은 양산박의 인마가 물러나는 것을 보고 군사들을 수습해 고당주 성으로 돌아가 전열을 가다듬었다.

송강이 이끄는 중군 인마가 도착하자, 임충 등이 일어났던 일들을 설명했다. 송강과 오용이 듣고서 크게 놀랐다. 송강이 오용에게 물었다.

"이것이 무슨 술법이기에 그토록 대단하단 말이오?"

오 학구가 대답했다.

"요사한 술수 같습니다. 만약 바람을 바꾸고 불길을 돌릴 수 있다면 적을 무찔러낼 겁니다."

송강이 듣고서 천서를 펼쳐보니 세 번째 책에 '바람을 바꾸고 불길을 돌려 진을 격파'하는 비법이 적혀 있었다. 송강이 크게 기뻐하며 주문과 비법을 심혈을 기울여 외웠다. 인마를 정리 점검하고 오경에 밥을 지어먹고 깃발을 내젓고 북을 두드리며 성 아래로 싸우러 나갔다.

성안으로 보고가 들어오자 고렴은 다시 승리한 인마와 300신병을 이끌고 성 밖으로 나와 진을 배치했다. 송강이 검을 잡고 말을 몰아 진 앞으로 나와 바라보니 고렴의 군중에 검은 깃발이 떼 지어 있는 것이 보였다. 오 학구가 말했다.

"저 진 안에 있는 검은 깃발은 '신사계神師計'의 군사를 부리는 것입니다. 이 술법을 사용한다면 어떻게 적을 맞으실 겁니까?"

"군사는 안심하게. 내게 진을 무너뜨릴 비책이 있소이다. 모든 군사는 의심하지 말고 앞으로 나아가라."

고렴이 크고 작은 군관들에게 분부했다.

"강한 적수와 싸울 필요는 없다. 동판이 울리거든 일제히 달려들어 송강을 체포하라. 후한 상을 내리겠노라."

양군이 함성을 지르며 돌격했다. 고렴의 말안장에는 갖가지 짐승의 얼굴이 새겨진 동방패가 걸려 있었고, 그 방패 위에는 부적이 붙어 있었다. 손에는 보검을 들고 진 앞으로 나왔다. 송강이 고렴을 가리키며 꾸짖었다.

"어젯밤 내가 도착하기 전에 형제들이 한 번 패했으나 오늘은 내가 반드시 너희를 모두 몰살시켜버리겠다!"

고렴도 소리질렀다.

"너희 역적 떼는 어서 말에서 내려 오라를 받고 내 손에 피를 묻히지 않게 하여라!"

이내 검을 한 번 휘두르고 중얼거리면서 주문을 외우며 소리쳤다.

"가라!"

검은 기운이 일어나 말려오르며 기괴한 바람이 불어왔다. 송강은 그 바람이 도달하는 것을 기다리지 않고 속으로 주문을 외우고 왼손으로 합장하는 손 자세를 하며 오른손에는 칼을 들고 한 곳을 겨냥하며 소리쳤다.

"가라!"

그러자 송강의 진 쪽으로 불던 기괴한 바람이 도리어 고렴의 신병 부대 안으로 불었다. 송강이 막 군사를 몰아 나아가려 할 때 고렴이 바람이 돌아오는 것을 보고 급히 동패를 들고 검으로 두드렸다. 그러자 신병 부대 안에서 한바탕 황사가 일어나더니 송강의 중군 쪽으로 괴수와 독충들이 곧바로 맹렬하게 몰려왔다. 송강 진중의 많은 인마가 놀라 얼이 빠졌다. 송강이 칼을 내던지고 말 머리를 돌려 먼저 달아나니 그런 송강을 빽빽하게 둘러싸고 있던 여러 두령이 모두 목숨을 건지기 위해달아났다. 높고 낮은 군교들이 너와 나 서로 보살필 겨를도 없이 길을 찾아 도망갔다. 고렴이 후방에서 칼을 휘두르자 신병은 앞서고 관군은 뒤를 따라 일제히 덮쳐왔다. 송강의 군사는 대패하여 큰 손실을 보았다. 고렴이 20여 리를 뒤쫓으며 죽인 뒤 징을 울려 군사를 거두고 성으로 돌아갔다.

송강이 비탈진 곳 아래에 이르러 인마를 수습하고 방책을 세웠다. 비록 많은 군졸을 잃었으나 두령들이 모두 무사한 것을 보고 크게 기뻐했다. 군마를 주둔시키고 군사 오용과 상의했다.

"이번에 고당주를 치러 와서 두 번 싸움에서 패했소. 신병을 무찌를 계책이 없으니 어찌하면 좋겠소?"

오 학구가 말했다.

"이놈이 '신사계'를 쓰는 놈이라면 반드시 오늘 밤 진채를 치러 올 것입니다. 우선 계책을 세워 방비를 해야 합니다. 이곳은 약간의 군마만 주둔시키고 우리는 이전에 사용했던 방책에서 기다리시지요."

송강이 명령을 하달하여 양림과 백승만 남겨 진채를 돌보게 했다. 나머지 인마는 이전 방책으로 물러나 쉬게 했다.

양림과 백승은 군사를 이끌고 진채에서 반 리쯤 떨어진 수풀 언덕 안에 매복했다. 일경 무렵에 광풍과 천둥이 크게 일어났다. 양림과 백승 등 300여 명이 수풀 안에서 살펴보고 있는데, 고렴이 300여 명의 신병을 인솔하고 휘파람 소리를 신호로 들이닥쳤으나, 비어 있는 진채를 보고 몸을 돌려 달아나려 했다. 그때 양림과 백승이 함성을 지르니 고렴은 계략에 빠진 것을 깨닫고 사방으로 흩어져 달아났다. 300여 신병도 각자 도망가자 양림과 백승이 쇠뇌의 화살을 어지럽게 쏘아댔는데, 그중 화살 하나가 고렴의 왼쪽 어깨에 꽂혔다. 군사들이 사방으로 흩어져 쏟아지는 비를 무릅쓰고 적을 쫓아가 죽였다. 고렴은 신병을 이끌고 멀리 달아났다. 양림과 백승은 규모가 작은 군사라 더 이상 깊이 쫓지 못했다. 잠시 후 비가 그치고 구름이 걷히자 온 하늘에 별들이 드러났다. 달빛 아래에서 수풀 언덕 앞에 화살을 맞고 찔려 쓰러진 신병 20여 명을 잡아 송 공명의 진채로 호송하고 천둥, 바람과 구름의 일을 설명했다. 송강과 오용이 크게 놀랐다.

"이곳이 5리 정도밖에 떨어져 있지 않은데 비와 바람이 전혀 없지 않았는가."

모두 의논하여 말했다.

"정말 요사한 술수로다. 여기에서 단지 30~40장 떨어졌음에도 구름과 비가 일어난 것은 근처 물가에서 가져왔을 것이다."

양림이 말했다.

"고렴 또한 머리를 풀어헤치고 검을 잡고 진채로 쳐들어왔지만, 몸에 제가 쏜 쇠뇌의 화살을 맞고 성으로 돌아갔습니다. 군사가 적어 감히 추격하지는 못했습니다."

송강이 양림, 백승에게 상을 내리고 잡혀온 다친 신병들을 베어버렸다. 여러 두령을 나누어 7~8개의 소채를 세워 대채를 에워싸게 하고 다시 진채를 빼앗기지 않도록 방비하게 했다. 다른 한편으로 사람을 양산박으로 보내 군마를 더 지원하게 했다.

화살을 맞은 고렴은 성으로 돌아와 요양하면서 군사들에게 명령했다.

"성을 지키고 밤낮으로 방비하며 적들과 싸우지 말라. 화살 맞은 상처가 회복되기를 기다렸다가 송강을 잡아도 늦지 않다."

송강은 병사들의 기세가 꺾인 것을 보고 마음이 침울하여 군사 오용과 상의했다.

"지금 저 고렴이란 놈을 무찌르지도 못했는데 만일 다른 지역에서 원군이라도 온다면 어떻게 해야 한단 말이오?"

"제 생각에는 고렴의 술법을 깨뜨리려면 이렇게 저렇게 하는 수밖에 없습니다. 이 사람을 청하지 못한다면, 시 대관인의 목숨 또한 구하기 어려울 것이고 고당주성도 영원히 얻지 못할 것입니다."

제 5 2 회

이규가 나진인을 공격하다[1]

오 학구가 송 공명에게 말했다.

"이 술법을 깨뜨리려면 빨리 계주로 사람을 보내 공손승을 찾아오는 수밖에 없습니다. 그래야 고렴을 깨뜨릴 수 있습니다."

"지난번 대종이 가서 알아봤지만 전혀 소식을 들을 수 없었는데 또 어디로 가서 찾는단 말이오?"

"계주 관할 지역에 여러 현치縣治[2], 진시鎭市[3], 향촌鄕村(농촌, 시골)이 있

1_ 제52장 대종이 두 번째로 공손승을 찾아 나서다戴宗二取公孫勝. 이규가 홀로 나진인을 공격하다李逵獨劈羅眞人.
2_ 현치縣治: 현 관아 소재지.
3_ 진시鎭市: 현보다 작은 규모의 거주지로 장이 서는 마을(상업도시).

는데 그런 곳에서는 그를 찾아낼 수 없습니다. 제 생각에 공손승은 도를 배우는 사람이라 반드시 유명한 산이나 큰 물가 같은 경치가 빼어난 곳에 살고 있을 겁니다. 이번에는 대종을 계주 관할의 산천으로 보내 찾게 한다면 만날 수 있으리라 봅니다."

송강이 듣고서 즉시 대 원장을 불러 상의하고 계주로 가서 공손승을 찾게 했다.

대종이 청했다.

"소인이 가기는 하겠습니다만, 다른 한 명을 데리고 갔으면 좋겠습니다."

"누가 신행법을 부리는 자네를 따라갈 수 있겠는가?"

오용이 묻자 대종이 대답했다.

"같이 가는 사람 다리에 갑마를 묶으면 나란히 달릴 수 있습니다."

이규가 나섰다.

"제가 대 원장 형님과 함께 가겠소."

"네가 만약 나와 같이 간다면 도중에 채식만 해야 하고 뭐든지 내 말만 들어야 한다."

"어려울 거 없소. 형님 하자는 대로 하리다."

송강과 오용이 당부했다.

"가는 길에 항상 조심하고 말썽 일으키면 안 된다. 공손승을 찾거든 바로 돌아오너라."

"내가 은천석을 때려죽여 시 대관인이 송사에 말려들었는데 어떻게 그분을 구하지 않겠소? 이번만큼은 절대 말썽부리지 않겠수다."

두 사람은 각자 은밀한 병기를 감추고 보따리를 동여매고 송강 등 여러 두령과 작별하며 고당주를 떠나 계주로 방향을 잡았다.

20~30리쯤 걸었을 때 이규가 발길을 멈추고 말했다.

"형님, 술 한 사발 마시고 가는 게 좋겠소."

"네가 나와 같이 신행법을 쓰자면 야채만 먹어야 해."

이규가 웃으면서 말했다.

"고기 몇 점 먹는 게 뭐가 그리 대수입니까?"

"너 또 시작이냐! 오늘은 늦었으니 객점이나 찾아 쉬고 내일 일찍 떠나자."

두 사람이 다시 30여 리를 걸으니 날이 어둑어둑해졌다. 객점을 찾아 저녁을 해먹고 술 한 사발로 목을 적셨다. 이규는 밥 한 그릇과 야채 국물 한 사발을 방으로 가져와 대종이 먹게 했다. 대종이 물었다.

"너는 왜 밥을 먹지 않느냐?"

"밥 생각 없수."

대종이 곰곰이 생각했다.

'이놈이 분명히 나를 속이고 몰래 고기를 먹을 심산이군……'

대종이 밥을 먹고 조용히 나가 뒤로 가서 보니 이규가 술 두 병에 고기 한 판을 서서 정신없이 먹고 있었다.

'내가 말해봐야 소용없지! 저놈을 지금은 가만 내버려두었다가 내일 장난 좀 쳐야겠다!'

대종이 먼저 방으로 들어가 잠을 잤다. 이규는 술과 고기를 먹고 혹시 대종이 물어볼까 두려워 슬그머니 들어와 누웠다. 오경쯤에 대종이 일어나 이규를 깨워 불을 지피게 하고 밥을 해먹었다. 각자 짐을 메고 방값을 치른 후 객점을 떠났다. 2리 정도 걸었을 때 대종이 말했다.

"우리가 어제는 신행법을 쓰지 않았는데 오늘 먼 길을 가려면 써야 겠다. 네가 먼저 짐을 단단히 묶어라. 내가 너한테 그 법을 써서 800리를 가게 해주겠다."

대종이 네 개의 갑마를 꺼내 이규의 양다리에 묶고 당부했다.

"네가 먼저 가서 앞에 있는 주점에서 나를 기다려라."

대종이 주문을 외워 이규의 다리에 기운을 불어넣었다. 이규의 발걸음이 힘껏 내달리는 것이 마치 구름을 타고 날아가는 듯했다. 대종이 웃으며 혼자 중얼거렸다.

'이놈, 하루 종일 굶을 텐데 어디 견뎌봐라!'

대종도 다리에 갑마를 묶고 뒤를 따라갔다.

이규는 신행법을 모르기 때문에 대종이 하는 대로 따를 수밖에 없었다. 귓가에 비바람 소리 같은 것이 들리고, 양옆의 집과 나무들이 마치 연달아 넘어지는 듯 뒤로 사라졌으며, 발아래에는 구름과 안개가 빠르게 지나가는 듯했다. 이규는 겁이 나 몇 번이고 발걸음을 멈추려고 했지만 두 다리를 맘대로 멈출 수가 없었다. 도리어 어떤 사람이 아래에서 미는 듯하여 달리는 것을 전혀 통제할 수 없었다. 술과 고기 파는 주점을 보았으나 잇따라 날아 지나치니 배고파도 사먹을 수가 없었다. 이규가 부르짖었다.

"대종 할아버지, 그만 멈추게 해주시오!"

계속 달리다보니 붉은 해가 서쪽으로 기울었다. 허기지고 목이 타들어갔으나 아무리 가도 다리를 멈출 수가 없었다. 놀라 온몸에 땀이 차고 숨을 헐떡거렸다. 대종이 뒤에서 쫓아오면서 소리쳤다.

"이규야, 어째서 아무것도 사먹지 않고 가기만 하느냐?"

"형님, 나 좀 구해주시오! 이 철우를 굶겨 죽일 작정이오!"

대종이 품속을 뒤져 취병 몇 개를 꺼내서 먹었다.

"멈출 수가 없는데 어떻게 사먹는단 말이오. 제발 나를 굶어 죽지 않게 해주시오."

"동생, 네가 멈춰서면 취병을 건네주마."

이규가 손을 뻗었으나 간격이 한 장^{丈}이나 떨어져 있어 받을 수 없었다. 이규가 또 소리질렀다.

"우리 좋은 형님, 제발 세워주시오!"

"오늘 따라 이상하게 내 양다리조차 세울 수 없구나."

"아이고, 내 이 거지 같은 다리가 반쯤은 내 것이 아닌가봐. 아래쪽은 제멋대로 달리네. 내 성질 건드리면 다리몽둥이를 도끼로 잘라버릴까보다!"

"그렇게 하는 것도 괜찮겠네. 그렇지 않으면 내년 정월 초하루까지 멈출 수 없을 거야!"

"우리 훌륭하신 형님, 날 놀리지 마시오! 다리를 잘라버리면 어떻게 돌아간단 말이오?"

"네놈이 감히 어젯밤 내 말을 어기지 않았느냐? 오늘 나도 달리는 것을 멈추게 할 수 없다. 네 스스로 달리는 거다!"

"아이고 할아버지, 용서해주시오. 제발 나를 세워주시오!"

"나의 신행법은 육식을 못하게 하는데 그중에서 가장 경계하는 것이 소고기다. 만약 소고기 한 덩이를 먹으면 한평생 달려야 비로소 멈추게 된다!"

"큰일났네. 사실 어젯밤 형님을 속이고 소고기 대여섯 근을 몰래 사 먹었소. 이제 어쩌면 좋소!"

"오늘 따라 내 다리도 멈추지 않는 것이 이상하구나. 네 이 철우 놈이 나까지 죽게 하는구나!"

이규가 듣고서 하늘로 치솟을 듯이 원통해하며 부르짖었다.

"네가 앞으로 내 말 한 가지만 들어준다면 신행법을 멈추게 할 수 있지."

"아버지, 빨리 말씀해보시오. 무엇이라도 따르겠소!"

"네가 다시 나를 속이고 고기를 먹을 거냐?"

"앞으로 또 먹는다면 혀에 사발만 한 종기가 날 것이오! 사실 형님이 야채 음식을 잘 드시지만, 철우는 먹을 수가 없었으므로 형님을 속이고 한번 시험해본 것이오. 앞으로는 감히 그러지 않으리다."

"이미 이렇게 됐으니 이번 한 번만 용서해주마!"

한 걸음 따라붙어 옷소매로 이규의 다리 위를 한 번 가볍게 스치며 크게 소리쳤다.

"멈춰라!"

이규가 소리와 동시에 발걸음을 멈췄다.

"내가 먼저 갈 테니 너는 천천히 따라오너라."

이규가 다리를 아무리 올리려고 해도 움직여지지 않고 힘껏 잡아당겨도 당겨지지 않으니 생철로 주조한 것 같았다.

"또 큰일났네. 형님 다시 나 좀 구해주소!"

대종이 고개를 돌리면서 웃었다.

"이제야 네가 벌받는 게 진짜인지 알겠냐?"

"형님은 제 친아버지 같은 분입니다. 어찌 감히 형님의 말씀을 거역하겠습니까!"

"이번에는 정말 나를 따르겠느냐?"

이규를 손으로 말아 묶듯이 감으며 소리쳤다.

"움직여라!"

두 다리가 가볍게 풀려 걸어갔다. 이규가 말했다.

"형님, 철우를 가엽게 여겨 이제 그만 쉬었다 갑시다!"

객점이 보이자 두 사람은 들어가 투숙했다.

대종과 이규는 방 안에 들어가 다리에 붙어 있는 갑마를 떼어내고 지전 수백 전을 꺼내 살랐다. 대종이 이규에게 물었다.

"이번에는 어떠냐?"

이규가 다리를 어루만지면서 탄식했다.

"양다리가 이제야 내 것 같소!"

대종이 이규를 불러 야채 요리를 시켜 먹고 물을 데운 뒤 발을 씻고 침상에서 쉬었다. 오경까지 자고 일어나 세수하고 양치질을 마치고 밥을 먹었다. 방세를 지불하고 두 사람은 다시 길에 올랐다. 길을 떠난 지 3리쯤 되었을 때 대종이 갑마를 꺼내며 말했다.

"아우, 오늘도 양다리에 묶을 테니 천천히 가자."

"아이고 아버지! 나는 묶지 않으리다."

"너는 이미 내 말을 따른다 해놓고 큰일을 앞에 두고 장난을 치느냐? 네가 또 내 말을 듣지 않으면 밤에 여기에 못 박아놓고 계주에 가서 공손승을 찾아 돌아오는 길에 너를 풀어주겠네."

이규가 허둥지둥 소리쳤다.

"묶으시오, 묶으시오!"

대종과 이규는 그날 각자 두 다리에 갑마를 묶고 신행법을 일으켜 이규를 부축하고 함께 달렸다. 원래 대종의 신행법은 가고 싶으면 가고 멈추고 싶으면 멈추는 것이었다. 이때부터 이규가 대종의 말을 어떻게 어길 수 있겠는가? 도중에 길에서 야채 요리만 사먹으면서 달렸다.

신행법을 쓰자 열흘이 안 되어 계주 성 밖 객점에 도착하여 쉴 수 있었다. 다음 날 대종은 주인처럼, 이규는 하인처럼 꾸미고 두 사람이 성에 들어가 하루 종일 성안을 맴돌며 찾았으나 공손승을 아는 사람이 아무도 없었다. 두 사람은 객점으로 돌아와 쉬었다. 다음 날 다시 성안에 들어가 온종일 골목길을 돌아다녔으나 아무런 소득도 없었다. 이규가 초조하고 속이 타자 욕이 절로 나왔다.

"이런 거지 같은 도사 자식이, 썩어죽게 어디에 처박혀 있는 거야? 보기만 하면 대갈통을 틀어쥐고 형님한테 끌고 가야지!"

"또 시작이냐. 고통을 잊은 것은 아니겠지!"

이규가 눈웃음쳤다.

"천만에요. 어떻게 감히! 그냥 장난으로 한 소리요."

대종이 또 한 번 탓하자 이규가 다시는 그런 말을 하지 않았다. 두 사람이 다시 객점으로 돌아와 쉬었다.

다음 날 일찍 일어나 성 밖 근처 촌락과 진시鎭市에 가서 찾았다. 대종은 노인들만 보면 예를 갖추고 공손승 선생 집이 어디에 있는지 물었지만 아무도 아는 사람이 없었다. 대종이 10여 곳을 돌아다니며 물어봤다. 그날 정오 무렵 두 사람은 걷다가 배가 고파 길옆 국수집에 허기를 채우러 들어갔다. 이미 안이 모두 차서 빈자리가 없었다. 하는 수 없이 대종과 이규가 길 가운데에 섰는데 점원이 물었다.

"손님께서 국수를 드시려거든 저 노인과 같이 앉으시죠."

대종이 노인장을 보니 혼자 큰 자리를 차지하고 있었다. 예를 갖추어 인사하고 두 사람은 노인과 마주 앉았다. 이규가 대종 어깨 아래에 앉았다. 점원에게 굵은 국수 네 그릇을 주문했다. 대종이 말했다.

"난 한 그릇이면 되는데 너는 세 그릇이면 되겠지?"

"턱도 없는 소리! 한꺼번에 여섯 그릇은 내가 책임질게."

점원이 보고 웃었다.

반나절을 기다렸는데도 국수가 나오지 않자 이규가 안으로 들어가 살펴보았다. 이미 반쯤 초조해진 터였다. 점원이 뜨거운 국수 한 그릇을 가지고 합석한 노인 앞에 놓았다. 그 노인은 사양도 하지 않고 국수를 먹으려 했다. 국수가 뜨거워 노인은 고개를 숙여 탁자 위의 그릇에 입을 가까이 대고 먹으려 하는데 이규가 성급하게 소리질렀다.

"점원!"

이규가 다짜고짜 욕을 퍼부었다.

"이 영감도 반나절을 기다렸단 말이냐!"

이규가 탁자를 내려쳤다. 그 바람에 국수 그릇이 탁자 위에 뒤집혀 뜨거운 국물이 노인 얼굴에 튀었다. 노인이 일어나 이규를 잡고 고함쳤다.

"이런 무도한 놈이 내 국수를 쏟다니!"

이규가 주먹을 쥐고 노인을 때리려 했다. 대종이 황망히 고함을 질러 이규를 말리고 예를 갖춰 사과했다.

"노인장, 그놈은 성한 놈이 아니니 상대하지 마십시오. 국수는 소인이 물어드리겠습니다."

"손님은 모르겠지만 이 늙은이가 갈 길이 멀어 빨리 국수를 먹고 설법을 들으러 가야 하는데, 이래서는 제때에 가지 못하겠소."

노인의 말을 듣고 대종이 물었다.

"노인장께서는 어디 사시는 분입니까? 누구한테 무슨 설법을 들으십니까?"

"이 늙은이는 본래 계주 관하 구궁현九宮縣 이선산二仙山 아래에 사는 사람이오. 성안에서 좋은 향을 사서 돌아가 산 위에 계시는 나진인羅眞人이 강론하는 불로장생법不老長生法을 들으려 하오."

대종이 곰곰이 생각했다.

'공손승이 거기에 있는 것은 아닐까……?'

바로 노인에게 물었다.

"노인장 마을에 공손승이라는 사람이 있습니까?"

"손님이 다른 사람한테 물었으면 몰랐을 거요. 사람들은 대부분 그를 모르지만, 이 늙은이는 그와 이웃이라 잘 압니다. 그는 노모와 함께 살지요. 이 선생은 줄곧 밖에서 구름처럼 방랑했는데 당시에는 공손일청公孫一淸이라 불렀소이다. 지금은 성을 빼고 모두 그를 청도인淸道人이라 부르고 공손승이라 부르지 않소. 이것은 속세의 이름이라 아는 사람이 없소이다."

"쇠신발이 닳도록 돌아다녀도 찾지 못하던 것을 힘들이지 않고 찾았네."

다시 노인장에게 절하며 물었다.

"구궁현 이선산은 여기에서 얼마나 됩니까? 청도인은 집에 있는지요?"

"이선산은 이곳 현에서 40~50리 떨어져 있소. 청도인은 나진인의 수좌제자인데 어찌 스승 곁을 떠나겠소?"

대종이 듣고 크게 기뻐했다. 서둘러 재촉해 국수를 내오게 하여 그 노인과 함께 먹었다. 국수 값을 치르고 같이 나와 가는 길을 물었다.

"노인장께서는 먼저 가십시오. 소인은 향과 지전을 사서 따라가리다."

노인이 작별하고 먼저 떠났다.

대종과 이규는 객점으로 돌아왔다. 행장과 보따리를 꾸리고 다시 갑마를 묶었다. 객점을 떠나 두 사람은 구궁현 이선산으로 향했다. 대종이 신행법을 쓰니 40~50리를 잠깐 사이에 도달했다. 두 사람이 구궁현에 도착하여 이선산 가는 길을 물었을 때 어떤 사람이 길을 알려줬다.

"현 동쪽으로 5리 정도 가면 바로 거기입니다."

두 사람은 현치를 떠나 동쪽으로 5리도 못 가서 이선산 아래에 도착했다. 대종이 나무꾼에게 예를 갖춰 물었다.

"말씀 좀 묻겠습니다. 청도인 댁이 어디에 있습니까?"

"저 산 모퉁이를 지나 문밖에 작은 돌다리가 있는데 바로 거기입니다."

두 사람이 산모퉁이를 지나니 10여 채의 초가집이 보였고 작은 담장으로 둘러져 있는데, 담장 밖에 작은 돌다리가 있었다. 두 사람이 다리 옆에 가니 시골 처녀가 햇과일 광주리를 들고 나오는 게 보였다. 대종이 예를 갖춰 물었다.

"아가씨, 청도인 댁에서 나오시는데 청도인은 댁에 계시는지요?"

"집 뒤에서 단약[4]을 짓고 있습니다."

대종이 속으로 무척 기뻐했다. 이규에게 분부했다.

"너는 저기 나무가 무성한 곳에 일단 피해 있거라. 기다렸다가 내가 들어가서 그를 보게 되면 너를 부르마."

대종이 안으로 들어가 살펴보니 세 칸짜리 초가집인데 문 위에 갈대로 만든 발이 걸려 있었다. 대종이 헛기침을 한 번 하니 백발의 할머니가 안에서 나오는 게 보였다. 대종이 바로 절하며 물었다.

"할머니에게 아룁니다. 소인이 청도인을 한번 만나 뵙고자 합니다."

"당신은 누구요?"

"소생은 대종이라 하는데 산동에서 왔습니다."

"우리 아이는 외지로 나가서 아직 돌아오지 않았소."

4_ 단약丹藥: 도교도들이 사용하는 주사朱砂를 정제한 약.

"소생 옛날부터 알고 지내던 사이인데 긴히 할 말이 왔으니 한번 만나게 해주십시오."

"집에 없소. 정 할 말이 있으면 여기서 기다려도 상관없소. 집에 돌아오기를 기다리든가 당신 마음대로 하시오."

"소생 다시 오겠습니다."

할머니에게 인사하고 나와 문밖에 있는 이규에게 말했다.

"이번에는 너를 써야겠다. 저 할머니가 집에 없다고는 말하는데 지금 네가 가서 공손승을 청하거라. 만약 또 없다고 말하면 네가 난리를 치거라. 절대로 그 노모를 상하게 해서는 안 되고, 내가 가서 그만하라 하면 그만 멈추어라."

이규가 보따리에서 쌍도끼를 꺼내 허리춤에 차고 문 안으로 들어가 크게 소리질렀다.

"이리 오너라!"

할머니가 허둥지둥 나와 물었다.

"뉘시오?"

이규의 부릅뜬 두 눈을 보고 지레 겁먹고 물었다.

"무슨 일 있소?"

"나는 양산박 흑선풍이오. 형님의 군령을 받들어 공손승을 데리러 왔소. 순순히 나오면 너그럽게 봐주지만, 만약 나오지 않는다면 불을 확 싸질러 이놈의 집구석을 깡그리 태워 맨 땅으로 만들어버릴 테다!"

다시 크게 고함쳤다.

"일찌감치 튀어나와라!"

"호걸, 그러지 마시오. 여기는 공손승의 집이 아니고 청도인이라 부르는 사람의 집이오."

"일단 불러만 내면 거지 같은 낯짝은 내가 알아서 확인하겠소!"

"멀리 나가 아직 돌아오지 않았소."

이규가 도끼를 뽑아 담장 한쪽을 찍어 무너뜨렸다. 할머니가 앞을 막으며 말렸다.

"아들을 불러내지 않으면 당신을 죽이겠소!"

손을 들어 이내 내려치려 하자 할머니가 놀라 땅바닥에 쓰러졌다. 공손승이 보고 안에서 달려나오며 소리질렀다.

"무례한 짓 하지 마라!"

대종이 바로 뛰쳐나오며 고함쳤다.

"철우야, 어찌 늙으신 어머니를 놀라시게 했느냐!"

대종이 황망히 부축해 일으켰다. 이규도 도끼를 내던지고 큰 소리로 인사하며 말했다.

"형님, 나무라지 마시오. 이러지 않으면 나오지 않을 것 같아 그랬소."

공손승이 어머니를 부축해 들어갔다가 다시 나와 대종과 이규를 공손히 청하여 데리고 방사坊舍[5]로 들어가 앉혔다.

"두 분께서는 어떤 일로 여기까지 오셨소?"

5_ 방사坊舍: 스님이나 도사가 머무는 방.

"형님이 하산한 뒤에 제가 계주에 찾으러 왔는데 어디에서도 소식을 듣지 못하고 다른 형제들만 규합해 산채로 올랐지요. 지금 송 공명 형님이 시 대관인을 구하러 고당주로 갔다가 지부 고렴이 요술을 쓰는 바람에 두세 번 패하고 어찌할 방도가 없었습니다. 그래서 소인과 이규를 보내 형님을 찾아오라 한 것입니다. 계주를 샅샅이 뒤졌으나 찾지 못했는데, 우연히 국수집에서 여기에 사는 노인장을 만나 이곳까지 오게 됐습니다. 조금 전 시골 처녀가 형님이 집에서 단약을 다린다고 하여 계신 줄 알았습니다. 노모께서 극구 물리치시기에 할 수 없이 이규로 하여금 형님을 자극시켜 나오시게 한 겁니다. 거친 행동으로 어머니를 놀라게 한 죄 너그러이 용서해주십시오. 송 공명 형님께서 고당주에서 하루를 1년같이 보내고 계십니다. 형님께서 빨리 가셔서 끝끝내 대의를 이룰 수 있도록 도와주십시오."

"빈도貧道는 젊었을 적 강호를 떠돌며 언제나 호걸들과 함께했소. 양산박을 떠나 고향으로 돌아온 것은 배반을 하려고 그런 것이 아니오. 첫째는 모친이 연로하셔서 보살필 사람이 없고, 둘째는 스승이신 나진인께서 머물러 계시기 때문이오. 양산박에서 사람이 와 찾을까 두려워 청도인으로 이름을 고치고 이곳에 은거하고 있소."

"지금 송 공명께서 위급한 상황이니 형님께서 자비를 베푸셔서 한 번만 가주시기 바랍니다."

"여기에 노모를 부양할 사람도 없고 스승인 나진인께서 어찌 빈도를 보내주겠소? 사실상 가기 어려울 듯하오."

대종이 다시 간절하게 애원했으나 공손승은 대종을 부축해 일어나면서 말했다.

"다시 한번 상의해봅시다."

공손승은 대종과 이규를 방 안에 앉혀놓고 야채 음식을 차려 대접했다. 세 사람이 음식을 먹은 다음 대종이 다시 간절하게 애원했다.

"만약 형님께서 가지 않으시면 송 공명은 반드시 고렴에게 사로잡힐 겁니다. 이렇게 된다면 산채의 대의는 끝장입니다!"

"스승께 가서 한번 여쭤보겠소. 만약 허락하신다면 함께 갑시다."

"그럼 바로 가서서 스승께 여쭤보십시오."

"오늘 밤은 여기서 편히 쉬고 내일 아침 일찍 가보리다."

"송 공명께서는 그곳에서 하루를 1년같이 보내고 계시니 번거롭지만 형님께서 바로 가서 물어보시지요."

공손승은 일어나 대종과 이규를 데리고 집을 나와 이선산으로 향했다. 때는 이미 가을이 다 가고 초겨울 무렵이라 낮은 짧고 밤이 길어 금방 밤이 되었다. 산 중턱에 올랐을 때 붉은 해가 이미 서쪽으로 기울었다. 소나무 그늘 아래 오솔길을 따라 나진인의 사당 앞에 다다르니 주홍색의 편액이 보였는데 '자허관紫虛觀'이란 세 글자가 금빛으로 쓰여 있었다.

세 사람이 사당 앞에 오자 옷차림을 바로잡고 복도로 들어와 본전 뒤쪽 송학헌松鶴軒으로 들어갔다. 두 명의 동자가 공손승이 사람을 데리고 들어오는 것을 보고 들어가 나진인에게 알렸다. 뜻을 전하자 세 사람을 들어오라 했다. 공손승은 대종과 이규를 데리고 송학헌 안으로 들어갔다. 마침 나진인은 좌선을 끝내고 운상雲床6에 앉아 있었다. 공손승이 앞으로 나가 절하고 안부를 물은 뒤 몸을 굽혀 공손히 모시고 섰다. 대종도 보고서 즉시 무릎 꿇고 절했으나 이규는 눈을 멀뚱멀뚱 뜨고 지켜보기만 했다.

나진인이 공손승에 물었다.

"이 두 사람은 어찌하여 왔는가?"

"지난날 제자가 스승님께 말씀드렸던 산동에서 의를 맺은 벗들입니다. 지금 고당주 지부 고렴이 요술을 부려 송강 형이 특별히 이 두 사람을 보내 저를 부르고 있습니다. 제자가 감히 마음대로 결정할 수 없었으므로 스승님께 여쭤보러 온 것입니다."

"일청一淸은 이미 불구덩이에서 벗어나 장생長生을 배우고 연마하면서 어찌 다시 속세의 일에 연연하는가?"

대종이 다시 절하며 아뢰었다.

"잠시 공손 선생의 하산을 허락해주십시오. 고렴을 격파하면 바로 산으로 돌려보내겠습니다."

"두 사람은 이것이 출가인과 무관한 일이라는 것을 모르는가? 너희끼리 산에서 내려가 상의하도록 해라."

공손승이 밤이 늦어 할 수 없이 두 사람을 데리고 송학헌을 떠나 산 아래로 내려왔다. 이규가 물었다.

"저 늙은 신선 선생이 뭐라는 거요?"

6_ 운상雲床: 승려나 도사의 침상으로, 넓고 길며 몸을 기댈 수도 있음.

"너 혼자 못 들었냐!"

"나는 무슨 거지 같은 소린지 도무지 못 알아듣겠소!"

"공손승 형의 스승님이 가지 말라고 하잖아!"

이규가 듣고서 소리질렀다.

"우리 두 사람이 먼 길을 걸어오면서 내가 죽어라 고생해서 찾았는데 무슨 허튼소리야! 이 어르신을 성질나게 하다니, 저 늙은 도사 놈을 한 손으로 관을 쓴 대가리를 붙잡고 다른 손으로 허리춤을 잡아 산 아래로 던져버려야겠구먼!"

대종이 째려보고 꾸짖었다.

"너 또 박힌 못처럼 서서 있고 싶냐!"

이규가 눈웃음치며 말했다.

"천만에! 천만의 말씀. 내가 그냥 장난으로 한 말이오."

세 사람이 다시 공손승 집에 와서 저녁 식사를 차렸다. 대종과 공손승은 먹었는데, 이규는 멍하니 생각만 할 뿐 먹지 않았다. 공손승이 말했다.

"오늘 하룻밤 쉬고 내일 다시 가서 간청하지요. 만약 허락하시면 곧바로 출발합시다."

대종은 잘 자라고 말하고 짐을 정리한 다음 이규와 방사에 가서 잤다. 이규가 잠을 이루지 못하고 오경까지 뒤척이다가 조용히 일어났다. 대종을 보니 코를 골며 깊은 잠에 빠져 있었다. 곰곰이 생각하면서 중얼거렸다.

'이게 무슨 거지 같은 꼬락서니냐? 너도 원래 산채에 있던 놈이면서 거지 같은 스승한테 뭘 묻고 지랄이냐! 이것저것 따질 것 없이 내 성질대로 도끼를 휘둘러 없애버리고 다시 저놈에게 가자고 청하면 형님을 구하러 갈까?'

다시 여러모로 궁리했다.

'내일 아침 그놈이 또 허락하지 않으면 형님의 큰일을 그르치는 게 아닌가? 도저히 참을 수 없네. 그 늙은 도사 놈을 죽여버리는 게 낫겠네. 그러면 물어볼 데가 없으니까 나와 같이 갈 수밖에 없지 않아?'

이규는 도끼 두 자루를 더듬어 찾아 조용히 방문을 열고 밝은 별빛과 달빛을 타고 한 걸음 한 걸음 더듬으며 산에 올라 자허관 앞까지 왔다. 대문 두 짝은 닫혀 있었으나 옆 울타리는 그렇게 높지 않았다. 이규는 훌쩍 뛰어넘어가 대문을 열었다. 살금살금 더듬어 송학헌 앞에 이르니 창문 안에서 어떤 사람이 무슨 경전을 낭송하는 소리가 들렸다. 이규가 기어올라가 손가락으로 창문 종이를 찢어 들여다보니 나진인 혼자 낮에 본 물건 위에 앉아 있었다. 앞의 탁자 위에는 향이 자욱했고 두 자루의 촛불이 환하게 비추고 있었다.

'이 도사 놈아, 너는 죽었다!'

허리를 구부리고 문 앞을 지나 가장자리로 와서 손으로 한 번 밀었더니 격자문 두 짝이 한꺼번에 열렸다. 이규가 뛰어 들어가 도끼를 들어 나진인의 이마를 향해 한 번 내려찍으니 운상 위에 거꾸러졌다. 이규는 하얀 피가 흘러나오는 것을 보고 웃었다.

"보아하니 이 도사 놈은 숫총각 몸뚱이구먼. 양기와 원기를 잘 보양하고 흘리지 않아 붉은 것이라고는 조금도 없구나."

이규가 자세히 들여다보니 도관까지도 반으로 쪼개져 있고 머리는 목 아래까지 똑바로 찍혀 있었다.

"이놈을 없애버렸으니 이제 공손승이 가지 않을까 고민할 일은 없겠군."

몸을 돌려 송학헌을 나와 옆으로 경사진 복도 아래로 뛰어나왔다. 푸른 옷을 입은 동자 하나가 이규를 보고 가로막으며 소리쳤다.

"네놈이 스승님을 죽이고 어디로 도망가느냐!"

"너 새끼 도사 놈아! 너도 내 도끼 맛 좀 봐라."

손을 들어 도끼를 내려치니 머리가 동강나 계단 옆으로 굴러떨어졌다. 이규가 낄낄거리며 웃었다.

"오늘은 이만 달아나야겠다!"

길을 찾아 관문을 나가 나는 듯이 산 아래로 내려갔다. 공손승의 집에 도착해 재빨리 들어와 문을 닫았다. 방사 안에 들어와 귀를 기울여 들어보니 대종이 여전히 자고 있어 이규도 이전처럼 조용히 잤다.

날이 밝자 공손승이 일어나 두 사람에게 밥을 지어 먹였다. 대종이 말했다.

"다시 선생이 우리 두 사람을 데리고 산에 올라 진인께 간청해봅시다."

이규가 듣고서 입술을 깨물면서 차갑게 웃었다. 세 사람은 이전 길로 다시 산에 올랐다. 자허관에 이르러 송학헌으로 들어가며 두 동자를 보고 공손승이 물었다.

"진인께서는 어디 계시냐?"

"진인께서는 운상에 앉아 수양하고 계십니다."

이규가 깜짝 놀라 혀가 튀어나오더니 반나절 동안 입 안에 집어넣지 못했다. 세 사람이 발을 걷고 들어가니 나진인이 운상 중간에 앉아 있는 게 보였다. 이규가 속으로 생각했다.

'어젯밤 내가 잘못 죽였나?'

"너희 세 사람은 또 무슨 일로 왔는가?"

대종이 말했다.

"스승님께서 자비를 베푸시어 어려움에 처한 여러 사람을 구원해주시길 간청하러 다시 왔습니다."

"이 시커먼 사내는 누구인가?"

대종이 대답했다.

"소인의 의형제로 이규라 하옵니다."

진인이 웃으며 말했다.

"원래는 공손승을 보내지 않으려 했는데 저 사람 낯을 봐서라도 공손승을 보내주겠네."

대종이 감사드리며 이규에게도 감사를 드리게 했다. 이규가 속으로 생각했다.

'저놈이 내가 자기를 죽이려고 한 것을 알면서 또 무슨 거지 같은 소리를 하고 자빠졌냐!'

나진인이 말했다.

"내가 너희 세 사람을 잠깐 사이에 고당주에 닿도록 해줘도 괜찮겠나?"

세 사람이 감사했다. 대종은 속으로 기뻐하며 생각했다.

'이 나진인이 도술을 쓰면 내 신행법보다 빠르겠지!'

진인이 동자를 불러 손수건 세 장을 가져오게 했다. 대종이 궁금해하며 물었다.

"스승님께 아뢰옵니다만, 어떻게 우리를 고당주에 도달하게 할 수 있습니까?"

나진이 몸을 일으키며 말했다.

"모두 나를 따라오너라."

세 사람이 따라서 관문 밖 큰 바위 위로 올라갔다. 먼저 붉은 손수건 한 장을 돌 위에 깔고 말했다.

"일청이 타거라."

공손승이 두 발을 손수건 위에 디뎠다. 나진인이 소매를 한 번 털며 크게 소리쳤다.

"떠올라라!"

그 손수건이 한 조각 붉은 구름으로 변해 공손승을 태우고 천천히 공중으로 올라가기 시작했다. 산을 벗어나기를 20여 장 되었을 때 나진인이 외쳤다.

"서거라!"

붉은 구름이 움직이지 않았다. 다시 푸른 손수건을 깔고 대종을 그 위에 디디게 하고 소리쳤다.

"떠올라라!"

그 손수건이 한 조각 푸른 구름이 되어 대종을 태우고 공중으로 떠올랐다.

갈대로 만든 삿자리만 한 두 조각 붉고 푸른 구름이 하늘 위를 떠다녔다. 이규가 보고 어리둥절해졌다. 나진인은 하얀 손수건을 돌 위에 펼치고, 이규를 불러 위에 디디게 했다. 이규가 웃으며 말했다.

"놀리는 거요? 아래로 떨어지면 박살이 날 텐데!"

"저 두 사람이 보이지 않느냐?"

이규가 손수건 위에 섰다. 나진인이 크게 소리쳤다.

"떠올라라!"

그 손수건은 한 조각 하얀 구름으로 변해 날기 시작했다. 이규가 소리쳤다.

"아이고, 불안하니 나를 내려주시오!"

나진인이 오른손으로 한 번 흔드니 푸르고 붉은 두 구름이 가만히 내려왔다. 대종이 감사하며 진인의 오른편에 시립하고 공손승은 왼편에 섰다. 이규만 위에서 소리쳤다.

"내가 오줌도 마렵고 똥도 쌀 것 같소. 나를 내려주지 않으면 대가리에다 갈겨버리겠소!"

"나는 출가인이라 일찍이 너를 화나게 하지 않았는데 어찌하여 밤에 담장을 넘어 들어와 내게 도끼질을 했느냐? 만약 내게 술법이 없었으면 이미 죽었을 게다. 또 나의 동자까지도 죽이지 않았느냐!"

"내가 아니오! 사람을 잘못 보았수다."

나진인이 웃으며 말했다.

"비록 박살난 것은 겨우 호리병 두 개지만 그 심지가 불량하니 혼 좀

나야겠다!"

손을 한 번 흔들면서 소리쳤다.

"가거라!"

한바탕 광풍이 불더니 이규가 구름 속으로 빨려 들어갔고, 황건역사黃巾力士[7] 두 명이 나타나 이규를 꽉 잡았다. 이규가 발아래 밟고 있는 구름과 안개가 빠르게 날기 시작했다. 귓가로 비바람이 지나가는 소리가 들리더니 아래에 보이는 집과 나무들이 번개처럼 연달아 지나쳐 사라졌다. 얼마나 멀리 갔는지도 몰랐고 놀라 얼이 빠진 채 손발을 사시나무 떨듯 떨었다. 갑자기 '휘이익' 소리가 들리더니 계주부 관청 건물 위에서 데굴데굴 굴러떨어졌다.

그날 마침 부윤 마사홍馬士弘이 관아에 앉아 있었고 대청 앞에는 많은 관원이 서 있었다. 하늘 한복판에서 시커먼 사내가 떨어지는 것을 보고 모두 놀랐다. 마 지부가 소리쳤다.

"저놈을 잡아라!"

10여 명의 옥졸이 이규를 잡아 대청 앞으로 끌고 왔다. 마 부윤이 소리쳐 물었다.

"네 이놈 어디서 온 요사스러운 인간이냐? 어떻게 하늘 한복판에서 떨어졌느냐?"

이규는 떨어지면서 머리는 터지고 이마가 찢어져 한참 동안 말을 할

7_ 황건역사黃巾力士: 전설에 천궁의 호위병이라 한다. 아래에 나오는 치일신장을 가리킨다.

수가 없었다. 마 지부가 말했다.

"이놈은 틀림없이 요사스러운 인간이다!"

이내 좌우에 명을 내렸다.

"술법을 깨는 것을 가져오너라!"

옥졸과 절급들이 이규를 묶어 대청 앞 풀밭으로 몰아넣고 우후 한 사람이 개의 피 한 대야를 두 손으로 들어 머리에 끼얹었다. 또 다른 우후는 똥오줌 한 통을 들어 이규의 머리 위부터 발아래까지 부었다. 입 안, 귓속까지 모두 개의 피, 똥오줌으로 차자 이규가 소리질렀다.

"나는 요인妖人이 아니오. 나진인을 따르는 사람이오!"

원래 계주 사람들은 모두 나진인을 현세의 살아 있는 신선으로 알고 있었다. 이에 그를 다치게 할 수 없어 다시 이규를 대청 앞으로 끌고 왔다. 어떤 관원이 아뢰었다.

"여기 계주 나진인은 도에 통달하여 천하에 유명한 도인으로 살아 있는 신선입니다. 만약 그를 따르는 사람이라면 형벌을 줄 수 없습니다."

마 부윤이 웃었다.

"내가 천 권의 책을 읽고 고금의 일들을 들었지만 신선에게 저런 제자가 있다는 것은 들어보지 못했다. 요사스런 놈을 즉시 묶어라! 여봐라, 저놈을 매우 쳐라!"

옥졸들이 이규를 잡아 뒤집어놓고 죽을 정도로 모질게 매질했다. 마 지부가 소리쳤다.

"네 이놈 빨리 요인이라 불거라. 그러면 더 때리지 않으마!"

이규가 결국 시키는 대로 불었다.

"이이李二라고 하는 요인이외다."

큰 칼을 씌우고 감옥 안에 가뒀다. 이규는 사형 판결을 받은 죄수들이 구금된 감옥에 갇힌 것을 알고 말했다.

"나는 치일신장値日神將이다. 어찌 내게 칼을 씌우느냐? 이유를 불문하고 이 계주성 놈들을 모두 죽여버리겠다!"

감옥을 관리하는 절급, 간수들 모두 나진인의 술법을 고결하게 여기고 있어 존경하지 않는 사람이 없었다. 모두 이규에게 와서 물었다.

"당신은 뭐하는 사람이요?"

"나는 나진인을 수행하는 치일신장으로, 한때의 실수로 진인의 노여움을 받아 내게 고난을 주려고 여기로 던졌다. 2~3일 뒤면 반드시 나를 데려갈 것이다. 술과 고기를 내와 나를 대접하지 않으면 네놈들은 물론 온 집안까지 죽게 될 것이다!"

절급과 옥졸들이 그 말을 듣고 모두 두려워하여 술과 고기를 사서 이규를 대접했다. 이규는 그들이 두려워하는 것을 보고 더욱 허풍을 떨었다. 감옥 안 사람들이 더욱 무서워하여 더운 물로 목욕시키고 깨끗한 옷으로 갈아입혀주었다.

"만일 나한테 술과 고기가 떨어지면 당장 날아 달아나 네놈들을 혼내주겠다!"

감옥 안의 간수들은 간절히 하소연했고, 이규는 계주 감옥 안에서 그렇게 지냈다.

한편 나진인은 밤새 일어난 일을 대종에게 설명했다. 대종이 이규를 살려달라고 간절하게 애원했다. 나진인은 대종을 사당에 머물러 묶게 하고 산채의 일들에 대해 물었다. 대종이 조 천왕과 송 공명이 의를 위해 자신의 재물을 내놓고 오로지 천자를 대신해 도를 행하고 충신과 열사, 효성스럽고 어진 자손, 의로운 남편과 절개 있는 아내를 해치지 않았음을 맹세했으며, 여러 장점을 꼽으며 간절히 하소연했다. 나진인은 묵묵히 듣기만 했다.

닷새를 묵는 동안 대종은 매일 무릎 꿇고 머리를 조아리며 진인에게 이규를 구원해달라고 간청했다.

"이 사람은 없애는 게 낫겠네. 데리고 가지 말게나."

"진인께서는 모르십니다. 이규가 비록 어리석고 예법을 알지 못하나 좋은 점도 있습니다. 첫째로 정직하고, 둘째는 남에게 아첨하지 않아 죽는다 하더라도 충성을 바꾸지 않습니다. 셋째는 사악한 마음과 음탕한 욕망이 없으며, 재물을 탐내 의를 저버리지도 않고 용감하게 언제나 앞장서는 사람입니다. 그렇기 때문에 송 공명이 그를 대단히 아낍니다. 이 사람을 데리고 돌아가지 않으면 소인은 송 공명의 낯을 다시 볼 수 없게 될 겁니다."

나진인이 웃으며 말했다.

"빈도는 이미 이 사람이 상계上界의 천살성天殺星의 운수라는 것을 알고 있네. 하늘 아래 중생들이 지은 죄가 매우 무거우므로 벌을 주고자 그를 내려보내 살육을 자행하게 한 것이네. 나 또한 어찌 하늘을 거역하고 이 사람을 죽이겠는가? 단지 그를 한 번 혼낸 것뿐이니 데려다가 자네에게 돌려주겠네."

대종이 감사했다. 나진인이 고함을 쳤다.

"장사들은 어디에 있는가?"

송학헌 앞에 바람이 일었다. 바람이 지나간 곳에 황건역사가 나타나 몸을 굽혀 아뢰었다.

"스승님께서는 어떤 분부가 있으십니까?"

"전에 너에게 잡아서 계주로 보내게 한 그 사람은 죄업을 이미 채웠노라. 너는 신속히 계주 감옥에 가서 그를 빨리 데리고 오너라."

장사는 예, 하고 달려가 반 시진 만에 허공에서 이규를 아래로 던졌다. 대종이 황망히 이규를 부축하고 물었다.

"동생, 이틀 동안 어디에 있었는가?"

이규는 나진인을 보자 무릎 꿇고 이마를 조아리며 말했다.

"아이고 할아버지, 철우 다시는 안 그럴게요!"

"너는 지금부터는 성질을 죽이고 있는 힘을 다해 송 공명을 도와야 하고, 다른 마음을 가져서는 안 된다."

이규가 다시 절하며 말했다.

"어르신은 나의 친할아버님과 같은 분입니다. 어찌 감히 말씀을 어기겠습니까!"

대종이 물었다.

"너는 며칠 동안 어디에 가 있었느냐?"

"그날 한바탕 바람이 저를 계주부 안으로 날려버렸소. 관청 용마루 위에서 바로 굴러떨어져 그 관부 안에 있는 놈들한테 잡히고 말았소. 그 거지 같은 지부 놈이 나를 요인이라 하고 잡아 뒤집어 묶어놓고 옥졸들을 시켜 개의 피며 똥오줌을 머리부터 온몸에 끼얹고 내 양 허벅지가 다 터지도록 두들겨 패고 칼을 씌워 감옥에 가두었소. 그놈들이 '어디서 온 신장神將8이기에 하늘에서 떨어졌냐?'고 묻기에 '나진인을 따르는 치일신장으로 약간의 잘못이 있어 벌로 이런 고통을 받는데, 2~3일 지나면 반드시 나를 데려갈 거다'라고 말했소. 비록 몽둥이로 얻어맞기는 했으나 거짓말로 술과 고기를 꽤나 먹었소. 그놈들이 진인을 두려워해 나를 목욕시키고 옷도 갈아입혀줬소. 지금도 감옥에서 속여 술 마시고 고기를 얻어먹고 있는데, 공중에서 황건역사가 뛰어내려와 칼 자물쇠를 풀어주고 나보고 눈 감으라고 소리치더니 꿈속같이 여기로 잡혀왔소."

공손승이 말했다.

"스승님이 거느린 황건 역사가 1000여 명인데, 모두 스승님을 따르는 사람들이네."

이규가 듣고서 소리질렀다.

"살아 있는 부처님, 어째서 일찍 말해주지 않았소. 그랬으면 내가 이런 짓은 안 했을 것 아니오!"

돌아보고 무릎 꿇고 절했다. 대종이 다시 절하며 간청했다.

"제가 여기에 온 지 여러 날이 지났습니다. 고당주 군마가 매우 급하니 스승님께서 자비를 베푸시어 공손 선생이 저희와 함께 가서 송 공

8_ 신장神將: 귀신 가운데 무력을 맡은 장수신. 사방의 잡귀나 악신을 몰아냄.

명 형님을 구원하게 해주십시오. 고렴을 격파한 뒤 산으로 돌려보내겠습니다."

"내가 원래는 보내지 않으려 했는데 지금 네 대의가 막중하니 그를 한번 보내주마. 내가 하는 말을 명심해야 한다."

공손승이 앞을 향해 무릎 꿇고 진인의 가르침을 들었다.

제 5 3 회

고당주를 격파하고 시진을 구하다[1]

나진인이 당부했다.

"제자야, 지난날 배운 법술 실력이 고렴과 엇비슷하니 내가 지금 너에게 특별히 '오뢰천심정법五雷天心正法'[2]을 가르쳐주겠다. 이것을 배워 송강을 구하며 나라를 지키고 백성을 안정시키며 천자를 대신해 도를 행하거라. 너의 노모는 내가 사람을 시켜 아침저녁으로 보살필 터이니 걱정하지 말거라. 너는 본래 천한성天閑星의 운수를 가지고 태어났기 때문에 잠시 네가 가는 것을 허락하마. 오로지 지금까지 도를 배운 마음을

1_ 제53장 입운룡이 도술로 고렴을 무찌르다入雲龍鬪法破高廉. 흑선풍이 우물 안에 들어가 시진을 구하다黑旋風下井救柴進.
2_ 오뢰천심정법五雷天心正法: 도가에서 요괴를 물리치는 술법.

가지고 욕심에 흔들려 큰일을 그르쳐서는 안 된다."

 공손승이 꿇어앉아 오뢰천심정법을 전수받고 대종, 이규와 함께 나진인께 작별을 고하고 함께 도를 닦던 사람들과도 이별하고 산을 내려왔다. 집으로 돌아가 보검 두 자루와 아울러 철로 된 갓과 도사 복장 등의 물건을 챙기고 노모께 작별하고 산을 떠나 길에 올랐다. 30~40리 길을 걸은 뒤 대종이 말했다.

 "소생은 먼저 가서 형님께 알릴 테니 선생과 이규는 큰길로 천천히 오시면 제가 다시 마중 나오겠습니다."

 "좋소. 아우님이 먼저 가서 알리고 나 또한 서둘러 가리다."

 대종이 이규에게 당부했다.

 "올 때 조심해서 선생을 모시거라. 조금이라도 잘못이 있으면 너를 가만두지 않겠다."

 "그분은 나진인과 법술이 대등한데 내가 어떻게 감히 버릇없게 굴겠소!"

 대종이 갑마를 묶고 신행법을 써서 먼저 갔다.

 공손승과 이규 두 사람은 이선산 구궁현을 떠나 큰길을 따라 가면서 저녁이면 객점을 찾아 갔다. 이규는 나진인의 법술을 두려워하여 공손승을 매우 조심스럽게 모셨고 감히 성질을 부리지 못했다. 두 사람이 길을 떠난 지 사흘째 되는 날 무강진武岡鎭이라 불리는 곳에 이르렀는데 시가에 사람들이 모여 있는 것이 보였다. 공손승이 말했다.

 "이틀 동안 길을 걸어 피곤하니 고기나 생선 없이 국수와 술을 먹고 길을 가세."

"그것도 괜찮겠네요."

대로변에 작은 주점이 보여 두 사람이 들어가 앉았다. 공손승이 윗자리에 앉고 이규는 허리춤에 찬 돈주머니를 풀고 아랫자리에 앉았다. 점원을 불러 술을 사고 야채 반찬을 차려 먹었다.

공손승이 점원에게 물었다.

"여기에서 야채 간식거리를 사먹을 수 있소?"

"여기 주점에는 술과 고기는 팔지만 야채 간식거리는 없습니다. 시장 입구에 대추떡을 파는 사람이 있습죠."

이규가 말했다.

"제가 가서 사오죠."

보따리에서 엽전을 꺼내 시전에 가서 대추떡을 샀다. 막 돌아가려고 하는데 길옆에서 사람들이 갈채를 보내는 소리가 들렸다.

"힘이 정말 대단하네!"

한 사나이가 참외 모양의 박만 한 추가 달린 철추를 다루는 것을 구경하며 사람들이 그를 둘러싸고 박수갈채를 보내고 있었다. 그 사내는 7척이 넘는 큰 키에 얼굴에는 곰보 자국이 있고 콧등은 넓게 쭉 뻗어 있었다. 추는 족히 30근은 넘어 보였다. 그 사내가 박만 한 추로 길가에 있는 돌을 후려쳐 산산조각을 내자 사람들이 갈채를 보냈다.

이규가 참지 못하고 대추떡을 품속에 넣고 그 사내의 추를 낚아챘다.

"넌 어떤 거지 같은 놈이기에 감히 내 추를 뺐느냐!"

"너 추를 그 따위로 거지같이 돌리면서 사람들에게 갈채를 받고 싶니? 눈 버리겠다! 이 어르신이 사람들한테 어떻게 다루는 건지 보여주마!"

"내가 네놈한테 빌려는 준다만 휘두르지 못하면 네놈의 모가지를 한 방 갈겨주마!"

이규가 박만 한 추를 받아 들고 새총 총알처럼 가지고 놀다가 한번 휘둘러보고 가볍게 내려놨다. 얼굴에 붉은빛 하나 없고 가슴도 뛰지 않았으며 숨소리도 거칠어지지 않았다. 사내가 그런 이규를 보고 몸을 굽혀 절했다.

"형님께서는 존함이 어떻게 되십니까?"

"너는 어디에 사느냐?"

"바로 요 앞에 삽니다."

사내가 자기 집으로 이규를 데리고 갔다. 문이 잠겨 있었는데 그 사내가 열쇠로 문을 열고 이규를 집 안으로 청하여 앉았다.

방 안에는 온통 쇠모루3, 망치, 화덕, 집게, 끌 등의 공구가 있어 속으로 생각했다.

'이놈은 대장장이구먼. 산채에 요긴하게 쓸 수 있겠구나. 어떻게 하면 이놈을 한패로 만드나?'

이규가 다시 말했다.

3_ 대장간에서 불린 쇠를 올려놓고 두드릴 때 받침으로 쓰는 쇳덩이로 대부분 머리가 튀어나와 있다.

"어이, 이름이나 알고 지내자고."

"소인은 탕륭湯隆이라 합니다. 부친이 원래 연안부에서 지채知寨 일을 하셨는데 쇠를 잘 다루어 노종 경략상공 휘하에 임용되었지요. 근래에 부친께서 재임 중에 돌아가셨고 소인은 노름에 빠져 있다가 결국은 강호를 떠돌아다니게 되었습니다. 지금은 여기에서 잠시 대장장이 일을 하면서 지내고 있습니다. 창봉 연마하는 것을 미치도록 좋아합니다. 온몸에 마마 자국이 있어 사람들이 소인을 금전표자金錢豹子라 부릅니다. 그런데 형님의 크신 이름은 어떻게 됩니까?"

"내가 바로 양산박의 호걸 흑선풍 이규일세."

탕륭이 듣고서 다시 절했다.

"형님의 명성은 익히 들었습니다만, 오늘 이렇게 우연히 만나 뵐 줄 누가 생각이나 했겠습니까!"

"자네 여기서 이래가지고야 언제 출세하겠나! 나와 같이 양산박에 가서 한패가 되어 두령이 되는 것이 어떤가."

"형님께서 버리시지 않고 동생을 데리고만 가주신다면 채찍을 들고 말등자를 받치는 일도 마다하지 않겠습니다."

그 자리에서 이규에게 절하고 형님으로 모셨다. 이규 또한 탕륭을 동생으로 맞이했다.

"제게는 집안식구나 따르는 하인도 없으니, 형님과 시전에 가서 술이나 석 잔 마시면서 의형제를 맺어주신 것에 대한 감사를 표하고자 합니다. 오늘은 여기서 하룻밤 쉬시고 내일 아침 일찍 떠나지요."

"스승님 한 분이 바로 앞 주점에 있네. 내가 대추떡을 사오면 먹고 떠나기로 했는데 너무 늦어 더 이상 지체할 수 없다. 당장 돌아가야 한다네."

"어찌 이렇게 서두르십니까?"

"자네는 모르네. 송 공명 형님께서 지금 고당주에서 싸우시며 내가 이 스승님을 모셔와 구원해주기만 바라고 있다네."

"그 스승님은 누구입니까?"

"자네는 물을 것 없고 빨리 짐이나 꾸리고 가세나."

탕륭이 급히 보따리를 싸면서 여비로 쓸 은자도 챙기고 삿갓을 쓰고 요도를 가로로 차고 박도를 들었다. 살던 낡은 집과 무거운 가재도구는 모두 버리고 이규를 따라 주점에 있는 공손승한테 바로 달려갔다.

주점에 도착하자 공손승이 이규를 나무랐다.

"자네는 도대체 어디를 다녀오기에 이제야 돌아왔는가? 또다시 이렇게 지체하면 나는 그냥 돌아가겠네!"

이규가 감히 대꾸도 못하고 탕륭을 끌어 공손승에 절하게 한 다음 형제의 의를 맺은 일을 자세히 설명했다. 공손승은 탕륭이 대장장이 출신이라는 것을 듣고 속으로 매우 기뻐했다. 이규가 대추떡을 꺼내 점원을 불러 음식을 차리게 했다. 세 사람은 술 몇 잔에 대추떡을 먹고 술값을 계산했다. 이규와 탕륭이 보따리를 지고 공손승과 함께 무강진을 떠나 고당주로 향했다.

도중에 세 사람이 역참 세 개 중 두 번째 역참을 지날 때 대종이 일찌감치 나와서 맞이했다. 공손승이 기뻐하면서도 다급하게 물었다.

"요즘 싸움은 어떻소?"

"고렴 그놈이 요 며칠 새 화살 맞은 상처가 회복되자 매일 병사를 끌고 나와 싸움을 걸고 있습니다. 형님께서 지키기만 한 채 나가 싸우지 못하고 선생께서 도착하시기만을 기다리고 계십니다."

"일이 쉽게 되는구먼."

이규가 탕륭을 대종에게 뵙게 하고 있었던 일들을 상세하게 이야기했다. 네 사람이 서둘러 고당주로 발걸음을 재촉했다.

진채 5리 밖에서 벌써부터 여방과 곽성이 군마 100여 기를 이끌고 와서 맞이했다. 네 명이 모두 말에 올라 진중에 도착했고 송강과 오용 등이 나와 맞이했다. 각자 예를 갖춰 인사하고 술대접을 마친 뒤 서로 간에 안부를 묻고 중군中軍 막사로 들어갔다. 여러 두령 또한 막사로 찾아와 축하 인사를 했고, 이규가 탕륭을 데리고 송강과 오용과 여러 두령에게 인사를 시켰다. 인사가 끝나자 진채에서는 축하 연회가 열렸다. 다음 날 중군 막사에 송강, 오용, 공손승이 고렴을 격파할 작전을 상의했다. 공손승이 말했다.

"주장께서 명령을 내려 방책을 치우고 싸움을 준비하십시오. 적군이 어떻게 나오는지 보고 난 후에 소인이 나름대로 대책을 마련하겠습니다."

그날 송강은 각 진채에 일제히 군사를 일으키도록 명령했고 곧바로 고당주 해자까지 진격하여 진을 치고 주둔했다. 다음 날 오경에 아침밥을 해먹고 군사들이 모두 투구와 갑옷을 입고 무장했다. 송 공명, 오 학구, 공손승 세 사람은 말을 타고 앞장서면서 깃발을 흔들고 북을 두드리며 함성을 지르고 징을 울리며 성 아래로 밀고 들어갔다.

한편 지부 고렴은 성안에서 화살에 맞은 상처가 이미 치유되었는데 하룻밤이 지나자 병졸이 송강의 군마가 다시 왔다고 전했다. 새벽부터 투구와 갑옷을 입고 성문을 열어 조교를 내리게 하고 신병 300명과 크고 작은 장교들을 이끌며 성을 나와 적을 맞았다. 양군이 점점 가까워지고 깃발과 북을 서로 알아볼 수 있게 되자 전투 대형으로 군사를 배열했다. 양군 진영에서 악어 가죽으로 만든 북을 두드리고 각종 색상으로 수놓은 깃발을 흔들었다. 송강 진영의 군문이 열리더니 말 탄 장수 10명이 나와 기러기 날개 모양으로 양쪽으로 벌려 섰다. 왼쪽에는 화영, 진명, 주동, 구붕, 여방 다섯 장수가 있고, 오른쪽에는 임충, 손립, 등비, 마린, 곽성 다섯 장수가 있었다. 중간에는 세 명의 총군 주장이 말을 타고 진 앞으로 나왔다. 상대편 진에서는 징과 북이 함께 울리더니 문기門旗가 열리고 고당주 지부 고렴이 20~30명의 군관에게 둘러싸인 채 진 앞으로 나왔다. 문기 아래 말을 세우고 큰 소리로 호되게 욕을 했다.

"너희 물웅덩이에 사는 도적놈들아! 싸우러 나왔으면 끝장을 봐야지 도망가면 사나이 대장부가 아니다!"

송강이 듣고서 주위를 돌아보며 물었다.

"누가 저 도적놈을 베어버리겠느냐?"

소이광 화영이 창을 들고 말에 박차를 가해 양쪽 부대가 대치 중인 가운데로 달려나갔다. 고렴이 소리질러 물었다.

"누가 저 도적놈을 잡아오겠느냐?"

통제관 부대 안에서 설원휘薛元輝라는 상장上將[4] 한 명이 나왔다. 쌍칼을 휘두르며 사나운 말을 몰아 양측 진영이 둘러싼 가운데로 달려나왔다. 두 사람이 진 앞에서 여러 합을 싸우다가 화영이 말을 돌려 본진으로 달아났다. 설원휘가 말고삐를 놓고 칼을 휘두르며 온 힘을 다해 뒤쫓았다. 화영이 말을 세우더니 활을 들어 화살을 얹고 몸을 돌려 화살 하나를 날렸다. 설원휘가 머리에 화살을 맞고 말에서 거꾸로 떨어져 바닥에 처박혔다. 양군이 일제히 응원하며 소리질렀다.

고렴이 말 위에서 보다가 크게 성내며 급히 말안장 앞의 짐승들이 그려진 동방패를 떼어내고 검을 꺼내 세 번 두드리자 신병 부대 안에서 한바탕 누런 모래가 일어나더니 햇빛이 광채가 없어지면서 하늘과 땅을 컴컴하게 덮었다. 함성이 요란하게 일어나면서 승냥이와 이리 호랑이와 표범 같은 맹수와 독충들이 누런 모래 바람 속에서 쏟아져 나왔다. 따르는 군사들이 기다렸다는 듯이 모두 일어나자, 그때 바로 공손승이 말 위에서 송문松文5 고정검古定劍6을 잡고 적군을 가리키며 속으로 주문을 외우면서 소리질렀다.

"가라!"

한 줄기 금빛이 퍼지더니 맹수와 독충 떼가 모두 누런 모래바람 속에서 우수수 진 앞에 떨어졌다. 군사들이 살펴보니 모두 흰 종이로 오려 만든 맹수와 독충들이었고 누런 모래바람이 모두 흩어져 사라지면

4_ 상장上將: 직급이 높은 장수.
5_ 송문松文: 고대 명검. 검의 표면이 소나무의 문양과 비슷하다고 하여 이렇게 이름.
6_ 고정검古定劍: 고대의 명검. 하북성 고정진에서 만들었기에 이렇게 부른다.

서 그마저 더 이상 나타나지 않았다. 그런 상황을 보고 있던 송강이 바로 채찍 끝으로 지시하니 대소 삼군이 일제히 들이닥쳤다. 병사들은 죽고 말들은 엎어졌으며 두 부대의 깃발과 북들이 한곳에서 서로 얽히고설켜 싸웠다. 고렴이 급히 신병을 물리게 하고 성안으로 달아났다. 송강 군마들이 서둘러 성 아래까지 밀고 갔으나 성 위에서 다급하게 조교를 잡아당겨 올리고 성문을 닫고 뇌목, 포석을 아래로 던져 비 오듯 쏟아졌다. 송강이 징을 울려 군마를 거두어 방책을 세우고 인원을 점고하니 저마다 대승을 거두었다. 군막으로 돌아와 공손승 선생의 신령스런 술법에 감사를 표하고 이어서 삼군의 노고에도 상을 내렸다. 다음 날 병사를 나누어 사방으로 성을 에워싸고 힘을 다하여 공격했다. 공손승이 송강과 오용에게 말했다.

"어젯밤 비록 적군이 패하여 태반이 죽었으나 300여 신병이 물러나 성안으로 들어가는 것을 직접 눈으로 보았습니다. 오늘 공격이 거세지면 그놈들이 야간에 반드시 기습할 겁니다. 오늘 밤 군사를 한곳에 모아 깊은 밤이 되면 사면으로 나누어 매복하십시오. 이곳에는 빈 진채를 세우고 여러 장수로 하여금 벼락 소리가 들리고 진채 중간에 불길이 일어나는 것이 보이면 일제히 병사를 진격시키십시오."

영을 내려 그날 성을 공격하다가 패시牌時7가 되기 전에 사방 군졸들을 거두어 진채로 돌아오게 했고 군영에서 크게 떠들며 술을 마셨다.

7_ 패시牌時: 미시未時. 오후 1시~3시.

날이 점차 어두워지자 여러 두령은 은밀하게 조를 나누어 진채를 나가 사방에 매복했다.

한편 송강, 오용, 공손승, 화영, 진명, 여방, 곽성 등은 비탈 위에 올라 기다렸다. 밤이 되자 고렴이 과연 300여 신병을 이끌고 등에는 각자 황산과 염초焰硝8, 불꽃을 일으키는 화약 재료 등이 담겨 있는 쇠 호리병을 메고 갈고리 모양의 칼날이 구부러진 칼과 쇠 빗자루를 쥐고 입에는 갈대 호루라기를 물었다. 이경 전후에 성문이 크게 열리고 조교를 내려 고렴이 앞장서고 신병들을 끌고 전진하는데 뒤에 30여 기가 앞으로 내달려왔다. 진채에 가까워지자 고렴이 말 위에서 술법을 일으켰는데, 검은 기운이 하늘에 가득하고 광풍이 크게 일어나면서 모래가 날리고 돌이 구르며 땅에는 먼지가 일어났다. 300여 신병이 불을 켜 호리병 입구에 붙이면서 일제히 갈대 호루라기를 불었다. 어둠 속에서 불이 켜져 밝게 비치자 큰 칼과 도끼를 휘두르며 진채 안으로 쏟아져 들어갔다. 높은 언덕 위에서 공손승이 검을 잡고 술법을 일으키니 비어 있는 진채 안 평지에서 쾅 소리가 나며 벼락이 쳤다. 300여 신병이 다급하게 벗어나려 했지만 비어 있는 진채에 불이 일어나고 화염이 어지럽게 날려 온통 붉은빛이라 길을 찾아 탈출할 수 없었다. 사방에 매복해 있던 병사들이 일제히 일어나 진채를 에워싸니 불빛이 어두운 곳까지 두루 비추었다. 300여 신병은 한 사람도 달아나지 못하고 모두 진채

8_ 염초焰硝: 질산칼륨, 인화성이 강해 불붙이는 데 사용한다.

안에서 죽었다. 고렴이 급히 30여 기를 이끌고 성으로 달아났다. 곧 군마가 뒤쫓고 있었는데 표자두 임충이었다. 금방 따라잡힐 듯하자 다급하게 조교를 내리라 소리질렀다. 고렴이 고작 8~9기만 데리고 성으로 돌아왔고 나머지는 사람뿐만 아니라 말까지도 임충에게 사로잡혔다. 성안으로 물러난 고렴은 모든 백성을 모아 성을 방비하게 했다. 송강과 임충이 고렴의 신병을 모두 무찔렀다.

다음 날 송강이 또 군마를 이끌고 성을 에워싸니 몹시 다급한 상황이었다. 고렴은 곰곰이 생각했다.

'내가 수년간 법술을 배웠는데 오늘 저들에게 패할 줄은 생각지도 못했구나. 이 일을 어찌한단 말인가?'

인근 주부에 사람을 보내 구원을 요청하는 방법밖에는 없었다. 서둘러 편지 두 통을 써서 동창東昌9, 구주寇州10로 보냈다.

'두 곳은 여기서 멀지 않은 데다 지부 두 명도 우리 고 태위 형님께서 발탁하신 사람들이니 빨리 군대를 이끌고 도와달라고 해야겠다.'

두 명의 통제관을 불러 편지를 가지고 두 곳으로 보내기로 했다. 서문이 열리고 두 통제관이 포위를 뚫고 서쪽으로 달려갔다가 여러 장수가 그들을 쫓았다. 오용이 영을 내려 추격을 멈추게 했다.

"그들이 가게 놔두시오. 그들의 계책을 거꾸로 이용할 수 있소."

9_ 동창東昌: 지금의 산둥성山東省 랴오청聊城.
10_ 구주寇州: 산동에 구주는 없고 구현寇縣이 있는데 요성聊城(랴오청) 서쪽에 있으며 원래부터 주州로 승격된 적은 없다.

송강이 물었다.

"군사는 어떻게 저들을 이용하려고 하시오?"

"지금 성안에는 군사가 부족하고 장수도 모자라기 때문에 구원을 요청하러 그들을 보낸 것입니다. 우리가 여기에서 군사 두 부대를 구원하러 오는 군사로 가장하여 혼전을 벌이면 고렴이 반드시 성문을 열고 전투를 도우러 나올 터이니, 그런 형세를 이용하여 한편으로는 비어 있는 성을 취하고 다른 한편으로는 고렴을 좁은 길로 유인한다면 반드시 생포할 수 있을 겁니다."

송강이 역이용의 계책을 듣고 크게 기뻐하며 대종을 양산박으로 보내 새로 군사를 선발하여 두 길로 나누어 오도록 했다.

한편 고렴은 성안 넓은 공터에 땔나무를 쌓아놓고 매일 밤 하늘이 붉게 물들도록 불을 질러 신호를 올리며 성 위에서 구원병이 오기만을 기다렸다. 며칠이 지나자 성을 지키는 병사들이 송강 진영에 싸움이 없는데도 혼란스러운 것을 보고 황급히 보고했다. 고렴이 듣고서 급히 갑옷을 입고 성에 올라 앞을 내다보니, 두 부대가 맹렬하게 진격하는데 먼지가 일어나 해를 가리고 함성 소리가 천지를 뒤흔들었다. 성을 겹겹이 에워쌌던 양산박 군사들도 사방으로 흩어져 달아났다. 고렴은 두 곳에서 구원병이 온 것으로 알고 최소한의 군사와 군마만 남겨두고 성문을 활짝 열고 여러 부대로 나누어 돌격해 나왔다.

고렴이 송강의 진 앞에 다다르니 송강이 화영, 진명과 함께 오솔길로 달아나는 것이 보였다. 고렴은 군사를 이끌고 정신없이 그 뒤를 쫓았다. 산비탈 뒤에서 갑자기 연주포連珠炮11 터지는 소리가 들렸다. 문득 의심이 든 고렴이 군사를 거두어 되돌리려는 순간 양쪽에서 징 소리가 요란하게 울리더니 왼쪽에서는 소온후 여방이, 오른쪽에서는 새인귀 곽성이 각각 500여 군사를 이끌고 쏟아져 나왔다. 놀란 고렴이 급히 길을 찾아 달아나는데, 따르던 부하와 군마가 대부분 꺾였고 겨우 포위를 뚫고 성 쪽으로 황급히 달아났으나 성 위를 바라보니 모두 양산박의 깃발이었다. 눈을 들어 자세히 살펴보니 구원병은 어디에도 보이지 않았고 단지 패한 군졸들만이 따르고 있을 뿐이었다. 다시 후미진 산 오솔길을 찾아 달아났다. 10여 리도 못 가서 산 뒤에서 한 무리의 군사가 뛰쳐나왔다. 병울지 손립의 군사가 한꺼번에 밀려오면서 길을 가로막고 엄하게 꾸짖었다.

"내가 여기서 오랫동안 너를 기다렸다. 순순히 말에서 내려 오라를 받아라!"

고렴이 군사를 되돌리려 하는데 뒤에서 군사들이 막았다. 말 위의 장수는 미염공 주동이었다. 두 장수가 앞뒤에서 공격해오니 사방 퇴로가 끊겨 하는 수 없이 고렴은 말을 버리고 산 위로 기어올랐다. 사방에 에워싸고 있던 군사들이 일제히 산 위로 쫓아오니 고렴은 황망하여 다급하게 주문을 외우면서 소리쳤다.

"일어나라!"

11_ 연주포連珠炮: 폭죽의 일종. 한 꿰미에 죽 꿴 연발 폭죽, 지상에서 한 번 폭음을 내고 공중에서 다시 한번 폭음을 내는 쌍발 폭죽 등이 있다.

검은 구름이 한 조각 생기자 올라타 서서히 공중으로 떠오르더니 산꼭대기로 향했다. 마침 공손승이 산비탈을 돌아오다 떠오르는 고렴을 봤다. 즉시 말 위에서 검을 들어 허공을 바라보며 주문을 외우면서 소리쳤다.

"가라!"

검을 들어 고렴을 보면서 가리키자 구름에 타고 있던 고렴이 아래로 굴러떨어졌다. 공교롭게도 서둘러 달려오던 삽시호 뇌횡이 박도를 휘둘러 고렴을 두 토막 내버렸다.

뇌횡은 고렴의 수급을 들고 산 아래로 내려오면서 먼저 사람을 보내 송강에게 보고했다. 송강은 고렴이 이미 죽었다는 것을 알고 군사를 거두어 고당주 성안으로 들어갔다. 서둘러 영을 내려 백성들을 해치지 못하게 하고, 한편으로는 방을 붙여 백성을 안정시키고 추호도 위반하는 일이 없도록 했다. 더욱 중요한 것은 감옥에 갇혀 있는 시진을 구하는 일이었다. 감옥의 절급, 옥졸들은 이미 도망갔고 30~50명의 죄수만 있었다. 칼과 족쇄를 풀어 모두 석방했는데 죄수들 중에 시진 한 사람만 보이지 않자 송강은 침울해졌다. 다른 감방을 뒤지니 시황의 일가족이 수감되어 있었고, 또 다른 감방에는 창주에서 잡혀온 시진 일가족이 갇혀 있었다. 모두 수감되어 있었으나 계속되는 싸움 때문에 심문하여 처리하지 못한 것이었다. 그러나 여전히 시 대관인이 있는 곳만 찾지 못했다. 오 학구가 고당주의 옥졸들을 불러 모아 물었는데 그중 한 사람이 아뢰었다.

"소인은 감옥의 절급 인인藺仁이라고 하옵니다. 전날 지부 고렴이 제게 시진을 전담하여 단단히 지키고 놓치는 일이 없도록 하라 했습니다. 또한 '예상치 못한 일이 생기면 네가 즉시 처분해야 한다'고 분부했습니다. 사흘 전에는 지부 고렴이 시진에게 형을 집행하려고 했는데 소인이 보니 호걸이라 차마 손을 쓰지 못하고 '이 사람은 병들어 죽기 직전이니 굳이 손쓸 필요도 없다'고 말렸습니다. 그 이후 다시 재촉하기에 소인이 '이미 죽었다'고 했습니다. 연일 싸움이 이어져 지부가 생각할 틈이 없었으나, 소인은 고렴이 사람을 보내 살펴보고 벌을 줄까 두려워 어제 시진을 감옥 뒤쪽 마른 우물로 데려가 칼과 족쇄를 풀어주고 우물 속으로 밀어 숨게 했는데 지금 생사는 모르겠습니다."

송강은 듣자마자 황급히 인인을 데리고 우물로 갔다. 감옥 뒤쪽 마른 우물에 가서 안을 내려다보니 몹시 어두워 깊이가 어느 정도인지 알 수 없었다. 밖에서 우물 안으로 소리를 질렀으나 아무 대답이 없었다. 밧줄을 내려 가늠하니 깊이가 8~9장丈이었다. 송강이 말했다.

"아무래도 시 대관인이 죽은 것 같구나!"

송강이 눈물을 흘리자 오 학구가 말했다.

"총대장께서 걱정은 나중에 하시고 먼저 내려갈 사람을 골라 살아 있는지 그렇지 않은지 살펴보시지요."

말도 다 끝나기 전에 흑선풍 이규가 불쑥 튀어나와 소리쳤다.

"내가 내려가겠소!"

송강이 말했다.

"좋다. 애당초 네가 저지른 일이니 오늘 마땅히 보답해야지."

이규가 웃으며 말했다.

"내려가는 것은 두렵지 않소. 여러분이 밧줄이나 끊지 마시오!"

오 학구가 말했다.

"너도 무지하게 약아졌구나!"

큰 광주리를 구해다 밧줄을 그물처럼 얽고 끝을 길게 이어 받침대로 묶어세우고 위쪽에 밧줄을 걸었다. 이규가 옷을 벗고 알몸으로 양손에 도끼를 들고 광주리 안에 앉아 우물 안으로 내리게 했다. 밧줄 위에는 두 개의 구리방울을 묶었다. 천천히 줄을 늘어뜨려 우물 바닥에 도달했다. 이규가 광주리에서 기어나와 우물 밑바닥을 더듬을 때 뭔가 손에 잡히는 것이 있었는데 만져보니 해골이었다.

"엄마 아빠야, 이런 거지 같은 게 여기 다 있어!"

이규가 다시 한쪽을 더듬어 찾는데 바닥이 질퍽하여 발 디딜 곳이 없었다. 이규가 쌍도끼를 뽑아 광주리 안에 놓고 양손으로 바닥을 더듬어가는데 사방이 널찍했다. 물웅덩이 안에서 바닥을 훑다가 사람이 웅크리고 있는 게 만져졌다. 이규가 놀라 소리쳤다.

"시 대관인 아니십니까?"

불러도 그 사람이 꼼짝하지 않아 손으로 더듬어보니 입으로 약한 소리를 내는 것이 느껴졌다.

"천지신명께 감사드립니다. 이 정도면 살릴 수 있겠다!"

즉시 광주리 안으로 기어 들어가 구리방울을 흔들었다. 여러 사람이 잡아당겨 올리니 이규 혼자만 올라왔고, 이규가 우물 안의 상황을 자세하게 이야기하자 송강이 말했다.

"네가 다시 내려가 먼저 시 대관인을 광주리 안에 놓거라. 시 대관인을 먼저 위로 끌어올린 다음에 광주리를 다시 내려 너를 올려주마."

"형님, 모르시는 말씀. 내가 계주에서 두 도사 애들한테 당했는데 이번에 세 번은 안 당하지."

송강이 웃으며 말했다.

"내가 무슨 까닭으로 너를 가지고 놀겠느냐! 빨리 내려가기나 해라."

이규가 할 수 없이 다시 광주리 안에 앉아 우물 밑으로 내려갔다. 바닥에 이르자 이규는 광주리 밖으로 기어나와 시 대관인을 안아 넣고 밧줄에 달려 있는 구리방울을 흔드니 위에서 듣고서 끌어당겼다. 우물 위에 도달하자 여러 사람이 크게 기뻐했다. 시진을 보니 머리가 깨지고 이마는 찢어졌으며 양다리의 피부와 살은 떨어져나갔다. 눈만 힘없이 떴다 감았다 하는데, 참혹하기 이를 데 없었다. 서둘러 의원을 불러 치료하게 했다.

이규가 우물 밑에서 고함을 질렀다. 송강이 듣고서 그제야 급히 광주리를 밑으로 보내 올라오게 했다. 이규가 올라오자마자 성질부터 부렸다.

"이런 나쁜 사람들 같으니, 빨리 광주리를 내려 보내 나를 구하지 않고 뭐했어!"

송강이 말했다.

"우리가 시 대관인을 돌보느라 깜빡했다. 너무 언짢아하지 마라!"

송강은 즉시 영을 내려 시진을 부축하여 수레에 눕혀 재웠다. 두 집안의 가족들과 빼앗은 허다한 재산을 모두 거둬 20여 대의 수레에 싣고 이규와 뇌횡을 시켜 먼저 양산박으로 호송하게 했다. 또한 고렴 일가는 나이와 신분 귀천에 관계없이 가족 30~40명을 저잣거리에 끌어내 모두 참수했다. 인인에게는 상을 내려 감사하고 부고府庫12의 재물과 창고의 양식 그리고 고렴이 소유했던 가산을 모두 털어 싣고 양산박으로 보냈다.

크고 작은 장교들이 고당주를 떠나 양산박으로 돌아가면서 여러 주와 현을 통과했지만 터럭만큼도 백성들을 해치지 않았다. 며칠 만에 양산박으로 돌아왔다. 시진이 병을 무릅쓰고 일어나 조개와 송강 그리고 여러 두령에게 감사를 표했다. 조개는 시 대관인을 산 정상 송 공명 거처에서 쉬게 하고 별도로 집을 지어 가솔들을 편안히 지내게 했다. 조개와 송강 등 여러 두령이 크게 기뻐했고 또한 고당주에서 돌아온 뒤 시진과 탕륭 두 두령을 맞이하게 되어 축하 연회가 이어졌다.

한편 동창과 구주 두 곳에서는 이미 고당주 고렴이 죽고 성이 점령당했다는 것을 알았다. 표表13를 쓰고 사람을 파견해 조정에 알렸다. 또한 고당주에서 피난한 관원들도 모두 동경에 와서 사실을 알렸다. 고 태위가 보고를 듣고 사촌 동생 고렴이 죽었다는 사실을 알았다. 다음 날 오경에 대루원待漏院14에서 경양종景陽鍾15이 울리기를 기다렸다. 백관들이 관복을 갖춰 입고 붉은 계단에 마주하고 황제를 알현했다.

12_ 부고府庫: 문서, 재물, 병기 등을 보관하는 곳.
13_ 표表: 신하가 황제에게 상황을 진술하는 의견서.
14_ 대루원待漏院: 백관들이 모여서 천자에게 알현하기 위해 준비하던 곳.

오경 삼점이 다 되어 도군황제道君皇帝(송宋 휘종徽宗)가 어전에 올랐다. 정편淨鞭16이 세 번 울리자 문무 양반兩班이 도열하고 천자가 어가御駕에 탔다. 전두관殿頭官17이 소리쳤다.

"아뢸 일이 있으면 대열에서 나와 상주하라. 없으면 발을 내리고 조회를 파하겠다."

고 태위가 대열에서 나와 아뢰었다.

"지금 제주 양산박에 조개, 송강 등의 도적 우두머리가 있어 큰 악행을 거듭 저지르고 있습니다. 성에 쳐들어와 곳간을 약탈하고, 포악하고 악행을 저지르는 무리를 한데 모아 제주에서 관군을 살해했고 강주와 무위군을 어지럽혔습니다. 또한 고당주의 관원과 백성들을 모조리 살육하고 창고에 보관된 것들을 모두 약탈해갔다고 합니다. 이것은 큰 우환 거리로 만약 조기에 토벌하지 않으면 도적의 세력이 더욱 커져 제압하기 어려울 것입니다. 엎드려 청하건대 결단을 내려주시옵소서."

천자가 그 말을 듣고 크게 놀라 즉시 성지를 내려 고 태위에게 장수

15_ 경양종景陽鍾: 남조南朝 시기 제齊나라 무제武帝 때 궁궐이 몹시 깊어 정남문正南門의 시각을 알리는 북소리가 들리지 않자 경양루 위에 종을 설치하여 궁전 사람들이 종소리를 듣고 일찍 일어나 준비하게 하여 경양종이라 함. 매일 경양종을 울려 조회의 시작을 알리며 군신 백관들이 직급에 따라 도열했다.

16_ 정편淨鞭: 궁중의 조회朝會 의식 중 하나. 청조淸朝 이전에 있었던 의식. 황색 명주실로 엮어 만든 것으로 채찍 끝에 납을 먹였다. 땅바닥을 쳐 소리를 내는데 목적은 신하들에게 경고하기 위함이었다. 황제가 도착하여 중요한 의식의 시작됨을 알리고 모두 즉시 조용해야 했다.

17_ 전두관殿頭官: 어전에서 황제의 말을 전달하는 일을 담당한 내시관內侍官.

선발과 병력 이동을 위임했다. 양산박을 토벌하고 반드시 깨끗이 쓸어 버려 씨도 남기지 말고 몰살시키라는 어명이었다.

고 태위가 다시 아뢰었다.

"신이 헤아리건대 이 도적 떼에 맞서고자 대군을 일으킬 필요는 없습니다. 신이 추천하는 사람을 보낸다면 굴복시킬 수 있으리라 생각됩니다."

"경이 등용하는 사람이라면 착오가 없겠지. 당장 영을 내려 시행하라. 승리하여 공로를 보고하면 벼슬을 높이고 상을 내릴 뿐만 아니라 높이 임용하겠노라."

고 태위가 추천하며 아뢰었다.

"이 사람은 개국 초에 하동河東의 명장 호연찬呼延贊의 직계 자손입니다. 이름은 작灼으로 호연작呼延灼이라 합니다. 강편鋼鞭[18] 두 개를 사용하는데 만 명을 당해낼 용맹을 지니고 있습니다. 지금은 여령군汝寧郡[19] 도통제都統制로 있으며 수하에 정예병과 용맹한 장수가 많이 있다고 합니다. 신이 이 사람을 추천하오니 양산박을 토벌하여 섬멸할 수 있을 겁니다. 병마지휘사兵馬指揮使로 삼아 정예 마보군을 거느리게 한다면 기한 내에 양산박을 쓸어버리고 개선하여 돌아올 것입니다."

천자는 고 태위의 제안을 비준하고 성지를 내렸다. 즉시 추밀원에서

18_ 강편鋼鞭: 무기의 일종이다. 쇠막대기 몇 개를 고리로 이어 만들었고 날은 없다. 구절편九節鞭, 수마강편水磨鋼鞭 등이 있다.

19_ 여령군汝寧郡: 오늘날 허난성河南省 루난汝南이다.

사람을 파견하여 여령주로 밤새 달려 칙서를 전달하게 했다. 그날 조회가 파하자 고 태위는 전수부로 가서 추밀원 군관 한 명을 뽑아 성지를 받들고 전달하게 했다. 출발한 그날 기일을 정해 호연작에게 동경으로 와 명을 따르게 했다.

그때 호연작은 여령주의 통군사統軍司에 있었다. 어느 날 문지기가 와서 보고했다.

"천자께서 장군께 성지를 내려 동경으로 불러 임용하고자 하십니다."

호연작과 여령주 관원은 성 밖으로 나가 통군사에서 맞이했다. 성지를 읽고 난 뒤 연회를 열어 사신을 대접했다. 다급하게 투구를 쓰고 갑옷을 입고 안장과 말, 무기를 챙긴 뒤 수행 인원 30~40명만 이끌고 사신과 함께 여령주를 떠나 밤새 달려 동경에 도착했다. 오는 중에 별다른 일은 없었고, 동경 성내 전수부 앞에서 말에서 내려 고 태위를 만났다.

그날 고구는 마침 전수부 관아에 앉아 있었다. 문을 지키는 관리가 알렸다.

"여령주에서 호연작이 도착했는데 문밖에서 기다리고 있습니다."

고 태위가 크게 기뻐하며 불러들여 알현하게 했다. 고 태위가 안부를 물은 뒤 그에게 상을 내렸다. 다음 날 아침 조회 때 도군황제에게 인도했다. 천자가 평범하지 않은 호연작을 보고 기뻐하며 척설오추마踢雪烏騅馬 한 필을 하사했다. 이 말은 온몸이 먹처럼 검었고 네 발굽은 새하얀 명주같이 희어 '척설오추'라 불리며 하루에 천 리를 달리는 말이었다. 성지를 받들어 호연작에게 주어 타도록 했다.

호연작이 은혜에 감사하고 고 태위를 따라 다시 전수부로 와서 군사를 일으켜 양산박을 토벌하는 일을 상의했다. 호연작이 말했다.

"태위께 상황을 설명드리겠습니다. 소인이 양산박을 정탐해보니 병사들이 거칠고 장수가 많으며 말과 병기도 풍부하여 무척 강성하니 가볍게 볼 수 있는 적이 아닙니다. 청컨대 두 명의 장수를 발탁해 선봉으로 삼아 군마를 이끌도록 하면 반드시 큰 공을 이룰 수 있을 겁니다."

고 태위가 듣고서 크게 기뻐하며 물었다.

"장군이 누구를 추천하여 선봉으로 삼으려 하는가?"

十一 호연작전

제 5 4 회

연환마[1]

고 태위가 호연작에게 물었다.

"장군은 누구를 천거해 선봉으로 삼으려 하느냐?"

"소인은 진주陳州[2]의 단련사로 있는 한도韓滔를 천거하고자 합니다. 원래는 동경 사람으로 일찍이 무과에 급제했고, 대추나무로 만든 자루가 긴 창을 쓰는데 사람들이 '백승장군百勝將軍'이라 부릅니다. 이 사람을 선봉으로 쓰고자 합니다. 또 한 사람은 영주潁州[3] 단련사로 있는 팽기彭

---

[1] 제54장 고 태위가 세 갈래 길로 토벌군을 동원하다高太尉大興三路兵. 호연작이 연환마진을 펼치다呼延灼擺布連環馬.

[2] 진주陳州: 지금의 허난성河南省 화이양淮陽.

[3] 영주潁州: 지금의 안후이성安徽省 푸양시阜陽.

刀입니다. 역시 동경 사람으로 대대로 장수 집안 후손으로 삼첨양인도三尖兩刃刀를 쓰는데 무예가 출중하여 '천목장군天目將軍'이라 부릅니다. 이 사람을 부선봉으로 쓰고자 합니다."

고 태위가 듣고서 크게 기뻐하며 말했다.

"한도, 팽기 두 장수가 선봉이 된다면 어찌 미친 도적 떼를 섬멸하지 못할 것을 근심하겠는가!"

그날로 고 태위는 두 개의 공문을 전수부가 수결하게 하고 추밀원에 명하여 사람을 진주, 영주로 보내 한도와 팽기를 긴급히 동경으로 오라 했다. 열흘이 안 되어 두 장수는 동경에 도착했고 전수부에 와서 태위와 호연작을 알현했다.

다음 날 고 태위는 세 사람을 데리고 어교장御敎場으로 가서 무예 훈련을 시키도록 했다. 군사를 맡기기에 적당한지 살펴보고 전수부에 와서 추밀원 관원들과 함께 군사 전략의 중요 업무를 상의했다. 고 태위가 물었다.

"그대들 세 지역 군사는 합쳐서 얼마나 되느냐?"

호연작이 대답했다.

"세 지역 군마는 5000명이고 보군을 합치면 1만 정도 됩니다."

"그대들 세 사람은 각자의 주로 돌아가 정예군으로 마군 3000, 보군 5000명을 선발하고 약속을 정해 출발하여 양산박을 토벌해라."

호연작이 아뢰었다.

"이 세 갈래 마보군은 모두 잘 훈련된 정예 군사들이라 사람은 굳세고 말은 건장하여 전수께서는 걱정하실 필요가 없습니다. 다만 갑옷을 온전하게 갖추려면 제날짜를 지키기 어렵습니다. 싸우기도 전에 죄를 짓는 것이 마땅하지 않으니 기한을 늦춰주시길 청하옵니다."

"이렇게 된 바에야 그대들은 동경 갑장고甲仗庫 안에서 수량에 구애받지 말고 갑옷, 투구, 칼을 마음대로 골라 받아가거라. 군마를 잘 완비해서 대적해야 하느니라. 출병하는 날 내가 관리를 보내 살펴보게 하겠다."

호연작은 명령을 받들어 사람을 데리고 갑장고에 장비를 수령하러 갔다. 호연작은 철갑옷 3000벌, 무두질한 가죽으로 된 말 갑옷 5000벌, 구리쇠 투구 3000개, 긴 창 2000개, 곤도 1000자루, 헤아릴 수 없이 많은 활과 화살, 화포, 철포 500여 대를 모두 수레에 실었다. 그들이 작별하는 날 고 태위는 또 전마戰馬4 3000필을 내줬다. 세 사람에게 각각 금은과 비단을 상으로 내리고 삼군에게는 양식을 상으로 내렸다. 호연작과 한도, 팽기는 모두 필승의 군령장5을 바치고, 고 태위 및 추밀원의 관리들과 작별했다. 세 사람은 말에 올라 여령주로 갔다. 도중에 별다른 일은 일어나지 않았다. 본주에 도착하자 호연작은 바로 한도와 팽기를 각각 진주와 영주로 보내 군사를 선발하여 여령에서 합류하기로 했다. 보름도 안 되어 세 지역 병마들이 모두 준비를 마쳤다. 호연작은 동경에서 도착한 갑옷, 투구, 칼과 깃발, 말과 안장, 아울러

4_ 전마戰馬: 훈련을 거쳐 전투에 사용하는 말.
5_ 필승군장必勝軍狀: 반드시 승리할 것을 보증하며 쓰는 문서.

고리를 잇달아 펜 철갑옷과 무기 등 물품을 만들고 삼군에 나누어주고 출병을 기다렸다. 고 태위는 전수부의 군관 두 명을 보내 점고하게 했다. 삼군을 위로하고 포상하는 의식을 마친 후 호연작은 병마를 셋으로 나누어 배치하고 성을 나갔다. 전군은 한도가 맡아 길을 열고 중군은 주장 호연작, 후군은 팽기가 맡아 뒤를 살피니 마보 삼군은 기세 드높게 양산박으로 전진했다.

한편 양산박에서는 멀리서 정탐하고 말을 달려 산채에 이 일을 알렸다. 그때 취의청에서는 조개, 송강, 군사 오용, 법사 공손승과 여러 두령이 새로 합류한 시진을 축하하고 종일 연회를 열고 있었다. 여령주의 쌍편雙鞭 호연작이 군마를 이끌고 정벌에 나섰다는 보고를 듣고, 모두 모여 적을 맞을 계책을 상의했다. 먼저 오용이 말했다.

"내가 듣기로 이 사람은 개국공신 하동의 명장 호연찬의 후예라 합니다. 무예에 정통하고 강편 두 개를 사용하는데 근접하기 매우 어렵다고 합니다. 반드시 용감한 장수를 내보내 먼저 힘으로 맞서고 다음에 지혜를 써야 사로잡을 수 있을 겁니다."

말이 끝나기도 전에 이규가 말했다.

"나하고 당신이 나가서 그놈을 잡아옵시다!"

송강이 말했다.

"네가 가서 뭐하려고? 내게 따로 정해놓은 게 있다. 벽력화 진명이 선봉을 맡고, 표자두 임충이 제2진을 맡으며 소이광 화영이 제3진을 맡는다. 일장청 호삼랑이 제4진, 병울지 손립이 제5진을 맡는다. 이

5진의 부대가 앞에 나서서 물레가 돌듯이 한 부대씩 싸우고 마치면 물러나고 뒤에 부대가 이어서 싸우도록 하라. 나는 직접 10명의 형제와 함께 대부대를 이끌고 뒤를 받치겠다. 좌군은 주동, 뇌횡, 목홍, 황신, 여방 다섯 장수가 맡고 우군은 양웅, 석수, 구붕, 마린, 곽성 다섯 장수가 맡는다. 물길은 이준, 장횡, 장순, 완씨 삼형제가 배를 타고 호응한다. 또한 이규와 양림은 보군을 이끌고 양쪽 길에 나누어서 매복했다가 지원하도록 하라."

송강의 각 군사 배정이 정해지자 선발 진명이 군사를 이끌고 하산하여 평평한 산세의 넓은 들판에 전투 대형으로 진을 배열했다. 때는 비록 겨울이었으나 날이 따스하고 좋았다. 하루를 기다리자 멀리 관군이 몰려오는 것이 보였다. 선봉대 안에 백승장군 한도가 병사를 인솔하여 방책을 세우고 저녁이 되었는데도 싸우러 나오지 않았다.

다음 날 동틀 무렵 양군이 진영을 갖추고 삼통화고三通畫鼓6를 두드리자 서서히 전진했다. 진명이 말 위에 낭아곤을 비껴들고 진 앞으로 나왔다. 진문 깃발이 열리는 곳을 보니 선봉장 한도가 나오고 있었다. 긴 창을 비껴들고 말고삐를 당기면서 진명에게 큰 소리로 욕했다.

"천병天兵이 여기에 왔으니 일찌감치 투항하고 감히 저항하지 않는다

6_ 삼통화고三通畫鼓: 삼통고는 여러 취타악기가 혼합된 악대를 말한다. 고대에 전쟁은 통상적으로 양군이 직접 대면하여 진을 치고 한쪽이 북을 치며 전진하면 다른 쪽도 북을 두드리며 응전했다. 상대방이 북을 두드리며 응전하지 않으면 싸움을 거는 쪽에서 삼통고를 두드린 후 진공했다.

면 죽음을 자초하는 일은 없을 것이다. 그렇지 않으면 나는 너희 호수를 평평하게 메우고 양산을 짓밟아 박살내고 너희 도적 역적들을 사로잡아 동경으로 끌고 가 갈기갈기 찢어 죽이겠노라!"

진명은 원래 성미가 급한 사람이라 그 말을 듣자마자 대답도 않고 말을 박차고 낭아곤을 휘두르며 바로 한도에게 달려들었다. 한도 또한 긴 창을 들고 말을 몰아 진명을 맞아 싸웠다. 두 장수가 20합쯤 겨루었을 때 한도가 힘에 밀리자 틈이 생기길 기다렸다가 달아나려 했는데, 뒤에서 중군 주장 호연작이 이미 도착한 터였다. 한도가 진명과의 싸움에서 뒤지는 것을 보고 쌍편을 휘두르며 천자가 하사한 척설오추마를 타고 고함을 지르면서 달려오는데 순식간에 진 앞까지 왔다. 진명이 보면서 호연작이 싸우러 오기를 기다리는데 제2진 표자두 임충이 도착해 소리쳤다.

"진 통제는 잠시 쉬시오. 내가 저놈과 300합을 다 싸우거든 다시 나서시오!"

임충이 사모를 들어올리고 호연작에게 달려갔다. 진명은 군마를 이끌고 좌측으로 돌아 산비탈 뒤로 갔다. 호연작과 임충 사이에 싸움이 벌어졌는데 두 사람은 정말 대단한 호적수였다. 창이 오고 편이 가면 둥근 꽃이 한 송이 피어나고, 편이 가고 창이 오면 화려한 한 폭 비단을 펼친 것처럼 사모와 강편이 아름답게 어울렸다. 두 사람이 50합 넘게 싸웠으나 승패가 나지 않았다. 그때 제3진 소이광 화영 부대가 도착하여 진문 아래에서 크게 고함쳤다.

"임 장군, 잠시 쉬면서 내가 저놈을 사로잡는 것을 구경하시오!"

임충이 말을 돌려 달아났다. 호연작도 임충의 무예가 출중함을 알았기 때문에 쫓지 않고 본진으로 돌아왔다. 임충은 군마를 이끌고 산비탈 뒤로 돌아가고 화영으로 하여금 출전하게 했다. 호연작 후군 또한 도착했고 천목장군 팽기가 4개의 구멍에 8개 고리가 달린 삼첨양인도를 비껴들고 오명천리황화마五明千里黃化馬를 타고 진 앞에 나와 화영에게 욕을 퍼부었다.

"나라를 배반한 역적 놈들아, 말할 가치도 없다. 나와 승부나 가리자!"

성난 화영이 대답도 없이 말을 몰아 팽기에게 달려들었다. 두 사람이 20여 합을 싸웠을 때 호연작이 힘에 밀리는 팽기를 보고 말고삐를 놓고 편을 휘두르며 화영에게 곧장 달려갔다.

3합을 채 싸우기도 전에 제4진 일장청 호삼랑이 군사를 이끌고 달려오면서 소리질렀다.

"화영 장군은 물러나 쉬면서 내가 저놈을 사로잡는 것이나 구경하시오!"

화영 또한 군사를 이끌고 우측으로 돌아 산비탈 뒤로 사라졌다. 팽기가 나와 일장청과 싸우고 있는데 제5진 병울지 손립이 군마를 이끌고 나타났다. 진 앞에 말고삐를 풀고 배열하여 호삼랑이 팽기와 싸우는 것을 구경했다. 두 사람이 먼지를 뒤집어써 흐릿한 가운데 살기가 가득하여 음산하기까지 했다. 한 사람은 크고 긴 칼을 사용하고 다른 사람은 쌍칼을 사용했다. 두 사람의 싸움이 20여 합에 이르자 갑자기 일장청이 쌍칼을 버리고 말을 돌려 달아나기 시작했다. 팽기가 공을 세우고 싶은 생각에 말고삐를 놓고 쫓아갔다. 일장청이 쌍칼을 말안장 턱 위에 걸고 도포 밑에서 24개의 금속 갈고리가 달린 붉은 목면 올가미를 꺼냈다. 팽기의 말이 접근하기를 기다렸다가 가까워졌음을 보고 몸을 돌려 올가미를 공중으로 던졌다. 팽기는 미처 손쓸 새도 없이 올가미에 걸려 말 아래로 떨어졌다. 손립이 군사들에게 잡으라고 소리치니 한꺼번에 달려들어 팽기를 사로잡았다.

팽기가 잡히는 것을 본 호연작이 크게 분노하며 필사적으로 구하고자 달려왔으나, 일장청이 말을 차며 달려와 가로막았다. 호연작은 그런 일장청을 한입에 통째로 삼키지 못하는 것이 한스러울 따름이었다. 두 사람이 10합 이상을 싸웠으나 다급해서인지 일장청을 이길 수 없었다. 호연작이 속으로 생각했다.

'이 무지막지한 년이 나와 이렇게 여러 합을 대적하다니 정말 대단하구나!'

더욱 마음이 급해진 호연작은 빈틈을 보여 그녀가 찔러 들어오게 하려고 도리어 쌍편 하나는 숨기고 하나는 내려치니 바로 일장청의 쌍칼이 가슴속으로 파고들었다. 기다렸다는 듯이 호연작이 오른손으로 구리 편을 들어올려 일장청의 정수리 앞부분을 후려쳤다. 그러나 눈치 빠른 일장청이 잽싸게 칼을 들어 내려치는 편을 막으려고 오른손으로 위로 향하게 하고 휘둘렀다. 마침 내려친 편과 올려 막은 칼날이 부딪쳐 쇳소리가 울리고 불꽃이 튀면서 흩어졌다. 일장청이 말을 돌려 본진으로 달아나니 호연작이 말고삐를 놓고 쫓아갔다. 병울지 손립이 구경하다가 창을 들고 말을 몰아 호연작을 맞아 싸웠다. 이때 뒤에서 송강이

10명의 명장을 이끌고 당도하여 전투 대형으로 진을 배열했다. 일장청은 군사를 이끌고 산비탈로 사라졌다.

송강이 천목장군 팽기를 사로잡았다는 말을 듣고 속으로 매우 기뻐했다. 진 앞으로 나와 손립과 호연작이 싸우는 것을 구경했다. 손립이 창을 팔목 위에 놓고 죽절강편竹節鋼鞭을 움켜쥐고 호연작을 대적했다. 두 사람 모두 강편을 사용하니 더욱 엇비슷한 상황이었다. 병울지 손립은 양쪽으로 뿔 두 개가 달린 철복두幞頭[7]를 쓰고 진홍색의 비단 머리띠를 이마에 묶었으며 온갖 꽃이 그려진 비취색의 검은 도포를 입고 검은 윤기가 흐르는 상감 갑옷을 입었다. 오추마烏騅馬를 타고 죽절호안편竹節虎眼鞭을 드니 울지공尉遲恭을 능가할 만했다. 호연작 또한 뿔이 하늘로 치솟은 철복두를 쓰고 황금을 녹여 만든 것 같은 비단 머리띠를 이마에 묶고 북두칠성 형태로 못을 박아넣은 검은 비단 도포를 입었으며 검은 윤택이 나는 상감 갑옷을 입었다. 하사받은 척설오추마를 타고 두 가닥의 수마팔릉강편水磨八棱鋼鞭을 사용하는데, 왼쪽의 무게는 12근이고 오른쪽은 무게가 13근으로 마치 명장 호연찬呼延贊[8]이 살아 돌아온 것 같았다. 두 사람이 진 앞에서 좌우로 소용돌이치듯이 돌면서 30여 합을 싸웠으나 승패를 가릴 수 없었다.

관군 방책 안에 있던 한도는 팽기가 사로잡히는 것을 보고 후군의

7_ 복두幞頭: 머리에 쓰는 건. 고대에 머리에 쓰는 모자는 대부분 신분을 나타냈다. 중국 후주 시대부터 쓰던 건이다.

8_ 호연찬呼延贊: 북송 초기의 명장.

군사들을 모두 이끌고 일제히 싸우러 나왔다. 송강이 직접 부딪치는 것이 두려워 채찍을 들어 지시하니 두령 10여 명이 각자 군사를 이끌고 들이쳐나갔다. 뒤에 있던 네 무리 군사들도 각각 두 부대로 합쳐 협공했다. 호연작이 상황이 급박함을 보고 본진 부대를 거두어 각각의 적을 막게 했다. 무엇 때문에 완승할 수 없었는가? 호연작의 진 안에 편제된 부대는 모두 '연환마군連環馬軍'이었다. 연환마군은 말에게도 갑옷을 두르고 사람에게는 철갑옷을 입혔다. 모두 갑옷을 입어 말은 발굽 네 개만 밖에 드러났고, 사람은 두 눈만 번득였다. 송강의 부대에도 말 갑옷이 있었으나 단지 붉은 술로 된 얼굴 덮개와 꼬리에 구리방울만 달렸을 뿐이었다. 이쪽에서 아무리 화살을 쏘아도 저들은 모두 갑옷으로 감싸 보호하고 있어 소용없었다. 그러한 3000마군이 각기 화살을 당겨 정면으로 쏘아대니 감히 앞으로 접근할 수가 없었다. 송강이 급히 징을 울려 군사를 물리게 했고, 호연작 또한 20여 리를 물러나 진지를 세웠다.

송강 역시 군사를 거두고 산 서쪽으로 후퇴해 진지를 만들고 군마를 주둔시켰다. 좌우 군사들이 칼을 들고 팽기를 에워싼 채 끌고 왔다. 송강이 보고 몸을 일으켜 소리질러 군사를 물리고 직접 결박을 풀어줬다. 부축해 군막 안으로 이끌고 들어와 손님으로 모셔 앉히고 절했다. 팽기가 황망히 답례했다.

"소인은 잡혀온 사람으로 이치를 따지자면 죽어 마땅한데 장군께서는 어떤 이유로 손님의 예로 대하십니까?"

"저희는 몸을 맡길 데가 없어 잠시 이 호수를 차지하여 임시로 피난을 왔습니다. 지금 조정에서 장군을 파견하여 우리를 체포하게 했으니, 본래는 목을 늘이고 결박을 받는 것이 합당하나 목숨을 보존할 수 없을까 두려워 죄를 짓고 있는 줄 알면서도 싸우게 되었습니다. 무심결에 장군의 위엄을 해치는 잘못을 저질렀으니 용서해주십시오!"

"평소에 장군이 의를 중시하고 인을 행하며 위험에 처한 사람을 돕고 생활이 곤궁한 백성을 구제한다는 것을 알고 있었으나, 이토록 의기가 가득한 분인 줄은 생각도 못했습니다. 미천한 목숨이나마 살려주신다면 있는 힘을 다해 은혜를 갚겠습니다."

송강은 그날로 천목장군 팽기를 사람을 시켜 산채로 올려 보내 조천왕과 만나게 하고 그곳에 머무르게 했다. 그리고 삼군과 여러 두령을 위로하고 포상한 뒤 군사 상황을 협의했다.

한편 호연작은 군사를 거두어 진채를 세우고 한도와 함께 양산박과 싸워 승리할 방법을 상의했다. 한도가 말했다.

"오늘 이놈들이 우리 부대가 전진하는 것을 보고 허겁지겁 맞서 싸웠습니다. 내일 기병을 모두 동원하여 몰아붙인다면 반드시 대승을 거둘 것입니다."

"나도 이미 그렇게 준비해놨네. 단지 자네와 상의해 의견을 같이하려 했을 뿐이네."

즉시 군령을 내려 3000필의 마군을 배열시킨 뒤 쇠사슬을 연결하여 말 30~40필을 한 줄로 묶었다. 적군과 맞닥뜨렸을 때 거리가 멀면 화살을 쏘고, 가까우면 창을 사용하며 돌격하는 것이었다. '연환마군' 3000을 100개의 부대로 나누어 묶고, 5000명의 보군이 뒤에서 호응하면서 협동작전을 펴기로 했다.

"내일 싸움은 걸지 말고 나와 자네는 연환마 대열 맨 뒤를 따르면서 감독 지휘해야 하네. 교전이 벌어지면 세 방면으로 나누어 돌격하세."

계책을 상의하고 다음 날 새벽에 출전하기로 정했다.

다음 날 송강은 군마를 진 앞에 다섯 부대로 나누고, 후군 10명의 장수가 둘러싸게 했다. 또한 병사를 좌우 둘로 나누어 매복시켰다. 선봉에 선 진명이 호연작을 부르며 말을 타고 나오도록 싸움을 걸었으나 반대편 진영에서 함성만 지르고 결코 싸우려들지 않았다. 다섯 부대의 두령들이 모두 진 앞에 일자로 배열했는데, 가운데는 진명이고 왼쪽은 임충과 일장청, 오른쪽에는 화영과 손립이었다. 뒤에서 송강이 10명의 장수를 이끌고 이르렀는데 겹겹이 군사들을 배열했다. 상대편 진을 살펴보니 대략 1000명의 보군이 단지 북 치고 함성만 지를 뿐 아무도 나와 싸우려들지 않았다. 송강이 바라보다가 문득 의심이 들었다. 조용히 명령을 전달하여 후군을 물러나게 하고 화영 부대를 보내 몰래 관찰했다. 별안간 적진에서 연주포 터지는 소리가 맹렬히 들리더니, 1000명의 보군이 갑자기 양쪽으로 나뉘면서 삼면 '연환마군'이 쏟아져 달려나왔다. 양쪽에서는 화살을 어지럽게 쏘아대고 중간은 모두 긴 창으로 무장했다. 송강이 크게 놀라 급히 따르는 군사들에게 화살을 발사하라고 명령을 내렸으나 어떻게 적을 막아낼 수 있겠는가? 말 30필씩 연결된 부대가 일제히 달려오니, 오직 앞으로 내달려오는 것만 허락될 뿐이었다. 그 '연환마군'이 온 산과 들판에 가득하고 종횡무진 돌진해왔다. 앞의 다섯 부대가 당황하여 크게 동요하니 계책을 세울 수도 없고 뒤에 있는 큰 부대의 군사들도 저지하지 못하고 제각기 목숨을 건지고자 달아날 뿐이었다.

송강이 황망히 달아나자 10명의 장수가 호위하면서 달렸다. '연환마군'의 한 부대가 바로 뒤에서 쫓아왔으나 매복해 있던 이규와 양림이 군사를 이끌고 갈대숲에서 뛰쳐나와 싸워 송강을 구했다. 송강이 물가로 달아났을 때 이준, 장횡, 장순 및 완씨 삼형제 등 여섯 수군 두령이 전선戰船을 늘어놓고 호응했다. 송강이 다급하게 배에 오르며 군령을 내려 제각기 흩어져 두령들을 배에 태워 구하도록 했다. '연환마'가 물가에 도착하여 어지럽게 활을 쏘아댔으나 배 위에 방패가 있어 막고 보호해줘 손상을 받지는 않았고 허둥지둥 겨우 배를 돌려 압취탄에 당도하여 본채에 내렸다. 수채水寨에서 군사를 점검하니 태반을 잃고 말았다. 그나마 여러 두령이 온전한 것이 다행이었고 약간의 말이 죽고 또 잃어버리기도 했으나 모두 생명을 구할 수는 있었다. 잠시 후 석용, 시천, 손신, 고대수가 모두 목숨을 건져 산에 올라와 알렸다.

"보군이 밀고 들어와 객점들을 모조리 부숴버렸습니다. 신호에 맞게 배가 와서 구해주지 않았다면 저희 모두 사로잡혔을 겁니다!"

송강이 한 명 한 명 직접 위로하고 여러 두령을 일일이 세어보며 살폈다. 화살에 맞은 두령이 임충, 뇌횡, 이규, 석수, 손신, 황신 여섯이었고 졸개들 중 화살에 맞아 다친 자는 그 수를 헤아릴 수 없었다. 상황이 좋지 않음을 들어 알게 된 조개는 오용, 공손승과 함께 산을 내려와 자세하게 물었다. 송강은 양미간을 펴지 못하고 근심에 찬 얼굴을 하고 있었다. 오용이 먼저 격려했다.

"형님, 걱정하지 마십시오. 옛말에 '이기고 지는 것은 병가에 흔히 있는 일이니 어찌 마음속에 새겨둘 것인가?'라고 했습니다. 따로 좋은 계책을 마련하면 연환마를 깨뜨릴 수 있습니다."

조개가 즉시 영을 내려 수군에게 방책을 견고하게 하고 배들은 모래사장을 지키며 밤낮으로 방비하라 분부했다. 송 공명을 산에 올라 쉬게 했다. 송강은 산에 오르지 않고 압취탄 진채 안에서 머물면서 다친 두령들만 산에 올려 보내 치료받게 했다.

완승을 거둔 호연작은 본채로 돌아와 '연환마'를 풀고 모든 병사에게 차례차례 와서 공로를 보고하도록 했다. 죽인 적은 그 수를 헤아릴 수 없었고 생포한 적이 500여 명이었으며 말도 300여 필을 빼앗았다. 즉시 사람을 동경으로 보내 승리를 알리게 하는 한편 삼군에게 포상하고 공로를 치하했다.

한편 고 태위는 전수부에 있다가 보고를 받았다.

"호연작이 양산박 도적들을 붙잡고 싸움에 이겼다는 승전보를 전해 왔습니다."

속으로 크게 기뻐한 고 태위는 다음 날 아침 조회 때 열에서 나와 천자에게 보고했다. 천자 또한 매우 기뻐하며 황봉어주黃封御酒[9] 10병, 비단 도포 한 벌을 상으로 하사하고 관원 한 명을 파견하여 돈 10만

9_ 황봉어주黃封御酒: 송나라 때 관(국가)에서 빚은 술로 누런 그물 헝겊이나 누런 종이로 밀봉함.

관을 가지고 군영에 가서 군사들에게 포상하게 했다. 고 태위는 성지를 받아 들고 전수부로 돌아와 곧장 관리를 뽑아 하사품을 호연작에게 보냈다.

호연작은 황제의 사자가 이미 도착한 것을 알고 한도와 함께 20리 밖까지 나와 맞이했다. 진중에 영접하여 천자의 은혜에 감사하고 상을 받고 난 후 술자리를 마련해 사자를 대접했다. 선봉장 한도에게 명해 군사들에게 상으로 돈을 나누어주게 하는 한편, 진채 안에 있는 사로잡힌 500여 명의 죄수는 도적의 우두머리를 잡을 때까지 기다렸다가 모두 동경으로 압송하여 백성들 앞에서 형벌을 집행하겠노라고 했다. 사자가 물었다.

"팽기 장군은 어찌하여 보이지 않소?"

"송강을 사로잡으려고 욕심 부리다 적진으로 몹시 깊숙이 들어가 그만 사로잡히고 말았소이다. 이제는 도적들이 감히 다시 오지는 못할 것이외다. 소생이 군사를 나누어 공격하여 산채를 쓸어버려 호수를 깨끗하게 청소하고 도적들을 모두 잡아 소굴을 허물어버리겠습니다. 다만 사방이 물이라 길이 없어 들어갈 수 없는 것이 한스럽습니다. 산채를 살펴보니 화포를 발사하여 적의 소굴을 분쇄해야 합니다. 동경에 '굉천뢰轟天雷' 능진凌振이라는 포수가 있다고 들었는데 이 사람이 화포를 잘 만든다고 합니다. 석포石炮10로 쏘면 14~15리 날아가 떨어지는데 하늘

10_ 석포石炮: 돌을 날리는 일종의 전쟁 기구.

이 무너지고 땅이 움푹 패며 산이 무너지고 돌이 갈라진다고 합니다. 이 사람을 얻는다면 도적의 소굴을 깨뜨릴 수 있을 겁니다. 더욱이 그가 무예에 정통하고 말 타고 활쏘기에도 능숙하다고 합니다. 천사天使께서 동경으로 돌아가시면 태위께 이 일을 말씀드리고, 조속히 이 사람을 보내주시면 기한 안에 도적의 소굴을 빼앗을 수 있을 겁니다."

사자는 그렇게 하기로 승낙하고, 다음 날 출발하여 별일 없이 동경에 도착하자마자 고 태위에게 호연작이 포수 능진을 보내주면 큰 공을 세울 수 있다는 말을 전했다. 고 태위가 듣고서 갑장고 부사副使를 불러 포수 능진을 오라 명을 내렸다. 능진은 원래 원적이 연릉燕陵[11]으로 송나라 때 천하제일의 포수로 사람들이 모두 그를 굉천뢰라 불렀으며 무예 또한 정통하여 능숙했다. 부름을 받자마자 능진은 고 태위를 알현했다. 행군통령관行軍統領官이란 임명장을 받고 안장과 말, 무기 등을 챙겨 떠날 준비를 했다.

또한 화약을 만드는 데 필요한 각종 발화 물질과 재료들, 제작해놓은 온갖 종류의 화포들 그리고 화포 발사에 사용하는 돌탄환, 포를 지지하는 포대 등을 수레에 실었다. 입을 갑옷, 투구와 칼 등의 짐을 꾸린 뒤 30~40명의 병졸과 함께 동경을 떠나 양산박으로 향했다. 군영에 이르자 먼저 주장인 호연작을 알현하고 선봉 한도를 만났다. 수채

---

[11]_ 연릉燕陵: 당시 연산부燕山府를 가리킴. 연산부는 송대宋代 선화宣和 4년에 설치되었으며 지금의 허베이성河北省 북부와 동북부 지역이다.

의 가깝고 먼 곳의 거리, 산채의 험준한 장소를 자세히 물어 본 후 세 종류의 공격할 돌탄환을 배치했다. 첫 번째는 풍화포風火砲, 두 번째는 금륜포金輪砲, 세 번째는 자모포子母砲였다. 우선 건장한 군사들에게 명하여 포 받침대를 정돈하고 물가로 끌고 가 포대를 세워 발사 준비를 하게 했다.

한편 송강은 압취탄 소채에서 군사 오 학구와 관군의 진을 격파할 방법을 상의했으나 특별한 방법이 떠오르지 않았다. 그때 적의 상황을 살펴보고 온 척후병이 보고했다.

"동경에서 굉천뢰 능진이라는 포수를 새로 파견했습니다. 오자마자 물가에 포대를 세우고 화포 발사를 준비하고 있는데 곧 저희 방책을 공격할 것 같습니다."

오 학구가 말했다.

"걱정할 필요가 없습니다. 저희 산채는 사면이 물로 둘러싸여 있는 호수라 물길이 매우 많고 또한 완자성은 물가에서 멀리 떨어져 있어 비천화포飛天火砲가 있다 한들 어찌 성까지 다다를 수 있겠습니까? 그렇다 하더라도 압취탄 소채는 일단 버리시고 어떻게 포를 발사하는지 본 뒤에 다음 일을 상의하시지요."

즉시 송강은 소채를 버리고 관 위로 올라갔다. 조개와 공손승도 취의청에 올라 물었다.

"이런 상황에서 어떻게 적을 격파한단 말인가?"

미처 다 물어보기도 전에 산 아래에서 포 소리가 울렸다. 연달아 세 개의 화포를 발사했는데, 두 개는 물속에 떨어졌지만 나머지 하나는 곧바로 압취탄 소채를 맞혔다. 송강은 보고를 받고 불안해하면서 더욱 침울해졌고 여러 두령 또한 놀라 모두 얼굴빛이 새파랗게 변했다.

"만약 능진을 물가로 유인하여 사로잡을 수 있다면 적을 깨뜨릴 방도를 상의할 수 있을 것이오."

오 학구의 제안을 듣자마자 조개가 영을 내렸다.

"이준, 장횡, 장순, 완씨 삼형제 등 여섯 두령이 배를 저어나가 이 일을 실행하시오. 주동과 뇌횡 두령은 물가에서 호응하고 도와주시오."

여섯 수군 두령들은 군령을 받고 두 부대로 나누었다. 이준과 장횡이 먼저 물에 익숙한 병사 40~50명을 데리고 두 척의 빠른 배를 이용하여 갈대숲 깊은 곳으로 은밀하게 배를 저어가고, 그 뒤에서는 장순과 완씨 삼형제가 40여 척의 작은 배를 이끌고 따라갔다. 또한 이준과 장횡은 건너편 물가에 이르러 함성을 지르며 달려가 포대를 뒤집었다. 군사들이 다급하게 능진에게 알렸다. 능진이 풍화포 2대를 끌고 창을 잡고 말에 올라 직접 1000여 명을 이끌고 쫓아오자 이준과 장횡이 군사를 데리고 바로 달아났다. 능진이 갈대숲 물가까지 쫓아오니 40여 척의 작은 배가 일자로 늘어서 있는 게 보였다. 배 위에는 모두 100여 명의 수군이 타고 있었다. 이준과 장횡은 얼른 배 위로 뛰어올랐으나 일부러 배를 몰아 달아나지 않았다. 능진의 군사들이 다가오자 함성만 지르고 모두 물속으로 뛰어들었다. 능진의 군사가 도착하여 배를 끌어갔다. 주동과 뇌횡도 맞은편에서 함성을 지르고 북만 두드릴 뿐이었다. 능진이 많은 배를 탈취하자 건장한 군사들을 모두 배에 오르게 하여 주동과 뇌횡이 있는 맞은편으로 배를 저어왔다. 배가 막 물 한가운데에 도달했을 때 물가에서 주동과 뇌횡이 징을 울리자, 갑자기 물속에서 40~50명의 수군이 튀어올라와 고물의 쐐기12를 빼버렸다. 물이 콸콸 배 안으로 쏟아져 들어오고 바깥에서 배를 흔들어 뒤집으니 군사들이 모두 물속으로 빠졌다. 능진이 다급하게 배를 돌리려 했으나 고물의 노가 이미 물속 아래로 끌려 들어가고 있었다. 그때 양쪽에서 두 명의 두령이 튀어올라와 힘을 합쳐 배를 뒤집으니 능진은 그만 물속에 빠져버렸고, 물 밑에 있던 완소이가 끌어안아 물가까지 끌고 왔다. 물가에 있던 두령들이 능진을 받아 꽁꽁 묶어 먼저 산채로 올려 보냈다. 물에 빠진 병사 200여 명을 생포했고 절반은 물에 빠져 죽었으며 몇 명만 간신히 목숨을 건져 달아났다. 호연작이 알고 급히 기병을 이끌고 쫓아왔으나 이미 모든 배가 압취탄으로 돌아간 뒤였다. 화살을 쏘아도 미치지 않고 사람도 보이지 않자 분통만 터뜨릴 뿐이었다. 호연작이 한참 동안 이를 갈다가 군사를 이끌고 돌아갔다.

한편 여러 두령이 굉천뢰 능진을 잡아 산채로 끌고 오면서 먼저 사람을 보내 알렸다. 송강이 산채에 있는 두령들과 두 번째 관문까지 내려와 맞이했다. 능진을 보자마자 급히 묶인 밧줄을 풀어주며 두령들을 꾸짖었다.

12_ 어선에 물고기를 산 채로 보호하기 위해 배 옆구리나 고물에 구멍을 내어 물이 드나들게 했다. 보통 때에는 쐐기를 꽂아 막아놓았다.

"내가 자네들에게 예를 다하여 통령統領을 산으로 모시라고 했는데 어찌하여 이런 무례를 범했느냐!"

능진이 감격하며 살려준 은혜에 감사했다. 송강이 그에게 술잔을 들어 예를 마치고 직접 손을 잡고 산에 오르기를 청했다. 대채에 도착하니 팽기가 이미 두령이 되어 있자, 능진은 입을 다물고 아무 말도 하지 않았다. 팽기가 달래며 권했다.

"조개, 송강 두령은 천자를 대신해 도를 행하는 분들이오. 호걸들을 받아들이면서 조정에 귀순하여 국가를 위해 힘을 다할 수 있을 때를 기다리고 있소이다. 우리가 이미 이곳에 있으니 명을 따를 수밖에 없소이다."

송강이 다시 정중히 사과하자 능진이 대답했다.

"소인이 이곳에 있는 것은 상관없지만 노모와 처자식이 모두 동경에 있소이다. 만일 사람들이 알기라도 한다면 살육당할 터인데 어찌하면 좋습니까!"

"안심하십시오. 즉시 통령께 모셔오리다."

"두령께서 그렇게 도와주신다면 죽어도 여한이 없습니다."

조개가 말했다.

"됐소이다. 잔치를 열어 축하합시다."

다음 날 취의청에 두령들이 술자리를 마련하여 송강과 여러 두령이 '연환마'를 깨뜨릴 계책을 논의했다. 마땅한 좋은 계책이 없었는데 금전표자 탕륭이 몸을 일으키더니 말했다.

"소인이 비록 재주는 없으나 한 가지 계책을 올리겠습니다. 병기 한 가지와 제 형님 한 분만 있으면 '연환마갑'을 깨뜨릴 수 있습니다."

오 학구가 놀라며 물었다.

"동생, 자네가 말하는 병기가 도대체 무엇인가? 또 자네 형님이라는 사람은 누군가?"

탕륭이 차분하게 두 손을 맞잡고 앞으로 나와 그 병기와 형님에 대해 이야기하기 시작했다.

제 5 5 회

구겸창[1]

탕륭이 여러 두령에게 말했다.

"소생은 조상 대대로 병기 만드는 것을 생업으로 삼은 집안의 자손입니다. 돌아가신 아버님도 이 재주로 노종 경략상공 밑에서 연안부 지채 노릇까지 할 수 있었습니다. 전대에 '연환마갑'을 이용하여 싸움에서 이기기도 했습니다. 연환마를 깨뜨리려면 반드시 '구겸창鉤鎌槍'을 사용해야만 합니다. 제게 조상 대대로 전해진 구겸창 모양 그림이 있어 만들어야 한다면 즉시 만들 수 있습니다. 그러나 구겸창을 만들 수는 있어

1_ 제55장 오용이 시천을 시켜 갑옷을 훔치다吳用使時遷偸甲. 탕륭이 서녕을 속여 입산시키다湯隆賺徐寧上山.

도 사용하는 방법은 모릅니다. 만약 사용할 수 있는 사람이 필요하다면 저의 고종사촌 형님이 유일한 사람입니다. 구겸창을 사용할 줄 아는 사람은 그 교두 한 분입니다. 그 형님 집안 조상 대대로 전해 내려오는 사용법인데 다른 사람한테는 가르쳐주지 않습니다. 말 위에서 쓰기도 하고 혹은 걸으면서 쓰기도 하는데 모두 제각기 사용법이 있다고 합니다. 구겸창을 정말 자유자재로 귀신같이 씁니다."

탕륭의 말이 미처 끝나기도 전에 임충이 물었다.

"혹시 그 사람이 금창반金槍班2 교사敎師로 있는 서녕徐寧이 아닌가?"

"예, 바로 그분입니다."

"자네가 이야기하지 않았다면 나도 잊고 있을 뻔했네. 그 사람 서녕의 '금창법金槍法'과 '구겸창법'은 정말 천하에서 독보적인 것이지. 동경에 있을 때 나와 만나면서 무예도 겨뤄보고 서로 존중하고 아끼면서 지냈다네. 그렇지만 어떻게 그를 양산박으로 오게 할 수 있단 말인가?"

"서녕에게는 조상 때부터 물려받은 보물이 있는데 세상에 둘도 없으며 바로 집안을 안정시키는 보배鎭家之寶입니다. 제가 이전에 지채로 계셨던 아버님을 따라 동경에 가서 고모님을 뵈었을 때마다 '안령체취권금갑雁翎砌就圈金甲'이라 불리는 갑옷을 여러 번 보았습니다. 그 갑옷을 입으면 가볍고 또한 편안하며 칼이나 화살이 빨라도 뚫을 수 없어 사

2_ 금창반金槍班: 송나라 전전사殿前司 산하 기병 금위군.

람들이 '새당예賽唐猊'3라고 부르기도 합니다. 많은 귀공자가 한 번이라도 보기를 원했지만 사람들에게 함부로 보여주지 않았습니다. 그 갑옷을 자기 생명같이 여겨 가죽 상자에 넣어 침실 대들보 위에 걸어놓았습니다. 먼저 그 갑옷을 빼내서 오게 한다면 이리로 오지 않을 수 없을 겁니다."

오용이 말했다.

"그렇다면 무엇이 어렵겠는가? 여기에 재능 있는 형제가 많으니 보내면 되지 않겠는가? 이번에는 고상조鼓上蚤 시천이 한번 다녀오게나."

시천이 즉시 대답했다.

"그 물건이 거기에 없다면 모를까 확실히 있다면 이유를 불문하고 무조건 가지고 오겠습니다."

탕륭이 말했다.

"갑옷을 훔쳐오기만 한다면 제가 책임지고 그를 속여서라도 데리고 오겠습니다."

송강이 물었다.

"자네가 어떻게 그를 꾀어 데려올 수 있겠는가?"

탕륭이 송강의 귓가에 대고 낮은 소리로 몇 마디 하니 송강이 웃으면서 말했다.

3_ 당예唐猊: 전설 속의 맹수다. 가죽이 단단하고 두꺼워 갑옷으로 만들었다. 뒷날 훌륭한 갑옷을 지칭하게 되었고 당이唐夷라고도 함.

"그것 참 대단히 절묘한 계책이구나!"

오 학구가 말했다.

"동경에 세 사람을 더 보내야겠습니다. 한 사람은 발화 재료와 포에 사용할 원료를 사오게 하고 두 사람은 능진의 가솔들을 데려오게 해야겠습니다."

듣고 있던 팽기가 일어나 아뢰었다.

"한 사람이 영주에 가서 소인의 식구들을 여기로 데려온다면 진실로 그 은덕에 엎드려 감사하겠습니다."

"단련께서는 안심하시오. 두 분께서 편지를 써주시면 소생이 사람을 시켜 모셔오리다."

송강은 바로 큰 소리로 지시했다.

"양림은 금은과 편지를 가지고 졸개를 데리고 영주로 가서 팽기 장군의 가솔을 데려오라. 설영 또한 약을 파는 사람으로 가장하여 동경에 가서 능진의 가족들을 데려오도록 하거라. 이운은 행상으로 꾸며 동경에 가서 발화 물질과 원료 등을 사오고, 악화는 탕륭과 동행하면서 또한 설영과 왕래하며 가솔들 인솔하는 것을 곁에서 도와주거라."

먼저 시천을 하산시켜 보낸 다음 탕륭에게 구겸창 하나를 표본으로 만들게 하고 뇌횡을 불러 감독하게 했다. 즉 탕륭에게 구겸창 견본을 만들게 한 다음 산채 안에서 대장장이들이 견본에 따라 구겸창을 제조하고 뇌횡에게 그 일을 감독하게 한 것이다.

산채에서는 송별연의 술자리가 벌어졌고 연회가 끝나자마자 양림, 설영, 이운, 악화, 탕륭 등은 작별하고 산을 내려갔다. 다음 날 다시 대종을 하산시켜 왔다 갔다 하면서 돌아가는 상황을 알아보게 했다.

한편 시천은 양산박을 떠나 표창 단검 같은 암기와 다양한 소도구를 몸에 감추고 느긋하게 걸어서 동경에 도착하여 객점에서 편안히 쉬었다. 다음 날 성을 돌아다니며 금창반 교사 서녕의 집이 어디인지를 알아봤다. 어떤 사람이 알려주며 말했다.

"금창반 반문班門4 안으로 들어가면 동쪽으로 다섯 번째 검은색의 작은 문이 있는데 바로 그 집이오."

시천이 반문 안으로 돌아 들어가 먼저 정문을 살펴보고 그다음 빙 돌아가 후문을 살펴보았다. 높은 담장으로 되어 있고 담장 안으로 두 칸의 작고 정교한 이층 누각이 멀리 보였는데 옆에 솟아오른 가옥을 지탱하는 나무 기둥5 하나가 있었다. 시천이 집을 한번 둘러보고 이웃사람에게 물었다.

"서 교사께서는 댁에 계십니까?"

"저녁에나 돌아오실 겁니다. 아침 오경이면 궁 안으로 일하러 가시지요."

"실례 많았습니다."

시천은 객점으로 돌아와 각종 소도구를 챙겨 몸에 숨기고 점소이에게 당부했다.

4_ 반문班門: 내부인의 문전.
5_ 창주戧柱: 옆에서 집을 지탱해주는 나무 기둥.

"내가 오늘 밤에는 돌아올 수 없으니 방이나 잘 봐주게."

"안심하고 다녀오시지요. 여기는 궁궐이 있는 곳이라 좀도둑 따위는 없습니다."

다시 성안으로 들어온 시천은 저녁을 사먹고 금창반 서녕의 집 근처를 서성거렸다. 주변을 살펴보아도 몸을 숨기기에 좋은 곳이 없었다. 할 수 없이 시천은 날이 어두워지기를 기다린 뒤에야 사람이 없는 틈을 이용해 반문 안으로 들어갔다. 그날은 밤인 데다 겨울 날씨라 달빛조차 비추지 않았다. 시천은 토지신을 모시는 사당 뒤에서 한 그루의 커다란 측백나무를 발견하고 양다리를 끼고 나무 꼭대기를 향해 기어올라가 나뭇가지 위에 말 타듯이 걸터앉았다. 조용히 살펴보는데 서녕이 돌아와 집으로 들어가고 반문 안에서 두 사람이 초롱을 들고 나와 문을 닫고 자물쇠로 잠그고 각자 돌아가는 것이 보였다. 초루譙樓6에서 시간을 알리는 북소리가 울리자 시각이 초경으로 바뀌었다. 구름은 차고 별들은 빛이 없으며 이슬이 흩어지면서 서리꽃이 점점 하얗게 변했다. 반문 안이 쥐 죽은 듯이 조용해지자 시천은 미끄러지듯 나무에서 내려와 서녕의 집 뒷문 쪽으로 돌아갔다. 힘을 조금도 들이지 않고 담장 위로 올라가 집 안을 살펴보니 작은 정원 하나가 있었다.

시천이 부엌 바깥에 숨어서 살펴보니 주방 아래에 등불이 밝게 빛나고 있었고 두 명의 계집종이 설거지와 정돈을 아직 마치지 않은 상태

6_ 초루譙樓: 성문 위의 망루로 밤에 북을 쳐 시간을 알린다.

였다. 시천이 건물 옆 나무기둥 상반上盤에서 박풍판榑風板7 쪽으로 가서 엎드려 누각 위층을 살펴보니 금창수 서녕이 부인과 화롯불을 마주보고 앉아 있는데 품안에 6~7세쯤 된 아이를 안고 있었다. 시천이 그 침실 안을 둘러보니 과연 들은 대로 커다란 가죽 상자가 대들보 위에 묶여 있었다. 방 입구에는 활과 화살 한 벌, 요도 한 자루가 걸려 있었고, 옷걸이에는 각양각색의 의복이 걸려 있었다. 서녕이 방 입구에서 소리쳤다.

"매향아, 이리 와서 관복을 개어놓아라."

아래층에서 계집종 하나가 올라와 옆쪽 식탁 위의 자색으로 수놓은 원령圓領8 한 벌을 먼저 개고 다시 순녹색의 속옷 도포를 개었다. 또한 아래로 오색 꽃으로 수놓은 척관踢串9과 목덜미를 감싸는 채색 비단 수건 한 장, 울긋불긋 매듭과 손수건을 한 꾸러미로 싸고, 그 외에 별도로 작은 황색 보자기로 한 쌍의 수달 꼬리와 여지荔枝 금띠를 묶어 전부 보따리 안에 넣고 바구니 위에 잘 놓았다. 시천이 이 모든 광경을 지켜보고 있었다.

대략 이경이 지나자 서녕은 하던 일을 멈추고 침상에 올랐다. 아내가

7_ 박풍판榑風板: 동양 전통 건축물의 측면에서 기와와 건물 사이가 뜨기 때문에 뜬 사이로 들어오는 바람이나 빗물을 막기 위에 댄 나무.

8_ 원령圓領: 명조明朝 때 관리들의 상용 예복. 옷깃이 원형이다.

9_ 척관踢串: 일종의 허리를 묶는 띠로 복부 앞에 정丁자형으로 되어 있고, 세로로 한 가닥이 바짓가랑이 아래에 드리워져 있으며 올릴 수 있다.

물었다.

"내일 수직隨直10을 하십니까?"

"내일 천자께서 용부궁龍符宮으로 행차하시오. 일찍 일어나 오경까지는 가서 모셔야 하오."

아내가 그 말을 듣고서 매향을 불러 분부했다.

"나리께서 내일 오경까지 입궐하셔야 한다. 너희는 사경에 일어나 씻을 물을 끓이고 아침상을 준비하거라."

시천이 곰곰이 생각했다.

'대들보 위에 보이는 저 가죽 상자 안에 갑옷이 있을 게야. 한밤중에 손을 쓰면 좋겠는데 그러다 혹시 시끄러워지면 내일 성을 나갈 수 없을 테니 큰일을 그르치지 않겠는가? 오경까지 기다렸다가 손을 써도 늦지 않겠다.'

서녕 부부가 침상에서 잠들고 두 계집종도 방문 바깥에 만들어놓은 임시 잠자리에 들었다. 방 안 탁자 위에 사발 등이 켜져 있고 다섯 사람 모두 잠이 들었다. 두 계집종은 하루 종일 저녁까지 시중드느라 피곤해서 졸렸던지 드르렁 드르렁 코를 골았다. 시천이 미끄러지듯 내려와 몸에 지니고 있던 갈대 줄기로 격자창 구멍 안으로 넣고 부니 사발 등이 꺼졌다.

10_ 수직隨直: 반직班直은 송나라 때 황제에게 가장 근접해 있던 위병 중 하나, 수직은 반직을 따라 경호 임무를 맡았다.

시간이 흘러 사경쯤에 서녕이 일어나 계집종을 불러 깨우고 물을 끓이라 했다. 잠에서 깨어나 일어난 두 계집종은 방 안에 등불이 꺼져 있자 소리를 지르며 말했다.

"아이고! 간밤에 등불이 꺼졌네."

서녕이 말했다.

"얼른 뒤에 가서 등을 가져오지 않고 뭐하느냐, 언제까지 기다리란 말이냐?"

매향이 누각 문을 열고 계단을 내려가는 소리가 들리자 시천은 기둥을 타고 내려와 뒷문 밖 어두운 그림자 속에 숨었다. 계집종이 뒷문을 열고 나가 담장 문까지 열어젖히는 소리를 듣자 시천은 얼른 부엌으로 숨어 들어가 조리 탁자 밑에 몸을 붙였다. 매향이 등불을 얻어가지고 들어와 다시 문을 닫고 부뚜막 앞에서 불을 피웠다. 계집종은 다시 일어나 숯불을 가지고 위층으로 올라갔다. 한참 지나 물이 끓자 뜨거운 세숫물을 받쳐 들고 올라갔다. 서녕이 세수와 양치질을 한 뒤 술을 뜨겁게 데워오게 했다. 계집종이 고기와 밥, 취병을 가지고 올라가니 서녕이 아침을 먹었다. 밖에 있는 하인에게도 밥을 먹게 했다. 시천은 서녕이 내려와 하인들을 불러 밥을 먹이고 보따리를 지게 하여 금창金槍을 들고 문을 나서는 소리를 들었다. 두 계집종은 등불을 들고 서녕을 배웅했다. 시천이 부엌 조리 탁자 밑에서 나와 위층으로 올라갔다. 장지문 옆에서 바로 대들보에 올라가 몸을 숨겼다. 두 계집종은 대문을 닫고 등불을 불어 끄고 누각에 올라 옷을 벗고 눕자마자 잠이 들었다.

시천은 두 계집종이 잠들자 대들보 위에서 갈대 줄기로 불어 등불을 다시 끄고 조용히 가죽 상자를 풀었다. 막 대들보에서 내려오려고 하는데 서녕의 아내가 잠에서 깨어나 소리나는 것을 듣고 계집종에게 소리쳤다.

"대들보 위에서 나는 소리가 뭐냐?"

시천이 바로 쥐 소리를 냈다.

"마님, 쥐 소리가 들리지 않으세요? 서로 싸워서 이렇게 소란스러운 거예요."

시천이 다시 쥐가 싸우는 소리를 내면서 미끄러지듯 내려왔다. 살금살금 위층 문을 열고 여유 있게 가죽 상자를 등에 지고 계단을 내려와 곧장 밖으로 나갔다. 반문 입구에 도착했는데 이미 수반하는 사람들이 나가고 있었고 문은 이미 사경에 열려 있었다. 가죽 상자를 손에 넣은 시천은 사람들로 인해 시끄러운 틈을 타 단숨에 성 밖으로 달려나갔다. 객점 문 앞에 도착했는데도 아직 날이 밝지 않았다. 객점 문을 두드려 열게 하고 방으로 가서 짐을 꾸려 단단히 동여매고 방세를 계산한 뒤 객점을 나와 동쪽으로 달렸다. 40여 리를 달린 다음에야 비로소 객점에 들어가 불붙여 아침밥을 해먹고 있는데 한 사람이 뛰어 들어오는 것이 보였다. 시천이 보니 다름 아닌 신행태보 대종이었다. 시천이 이미 갑옷을 손에 넣은 것을 보고 두 사람은 은밀하게 몇 마디 나누었다. 대종이 말했다.

"내가 먼저 갑옷을 가지고 산채로 갈 테니 자네는 탕륭과 함께 천천히 오게나."

시천이 가죽 상자를 열어 안령쇄자갑을 꺼내 보자기에 쌌다. 대종이 몸에 묶고 객점을 나가 신행법을 일으켜 양산박으로 달려갔다.

시천이 빈 가죽 상자를 눈에 띄게 멜대에 묶고, 밥을 먹고 밥값을 치른 후 멜대를 지고 주점을 나와 걸었다. 20리쯤 걸었을 때 탕륭과 마주쳤고 두 사람은 주점에 들어가 상의했다. 탕륭이 말했다.

"자네는 내가 가라는 길로만 가게. 길에서 주점, 음식점, 객점을 지나다 문 위에 백분으로 그려진 동그라미가 보이면 무조건 거기에서 술과 고기를 사먹고 편안하게 쉬게나. 그 대신 이 상자를 눈에 띄는 곳에 놓게나. 여기서 일정 거리 떨어진 곳에서 나를 기다리게."

시천이 계책대로 떠났다. 탕륭은 천천히 술을 마신 후 동경성 안으로 들어왔다.

한편 서녕 집 안에서는 날이 밝자 두 계집종이 일어났는데, 누각 문이 열려 있고 아래 중문과 대문 모두 닫혀 있지 않은 것을 보고 깜짝 놀랐다. 다급하게 집 안을 살펴보았으나 다행히 잃어버린 물건은 없었다. 두 계집종이 위층에 올라와 부인에게 말했다.

"왜 그런지는 모르겠지만 문이 모두 열려 있는데 잃어버린 물건은 없는 것 같아요."

부인이 누워서 뭔가 의심쩍어하면서 말했다.

"오경에 대들보 위에서 소리가 났는데 너희는 쥐들이 싸우는 소리라고 하지 않았느냐. 너희 혹시 가죽 상자는 살펴보았느냐?"

두 계집종이 대들보 위를 쳐다보고서 '아이고' 하면서 소리질렀다.

"가죽 상자가 어디로 갔는지 보이지 않아요!"

부인이 벌떡 일어나 말했다.

"빨리 사람을 용부궁으로 보내 관인에게 알리거라. 빨리 오셔서 상자를 찾게 해야 한다."

계집종이 서둘러 사람을 용부궁으로 보내 서녕에게 알리게 했다. 연이어 서너 명을 보내 알렸으나 모두 같은 답변을 했다.

"금창반이 어가를 따라 내원內苑11으로 들어갔느니라. 바깥은 모두 친군親軍(호위병)이 지키고 있는데 누가 감히 들어갈 수 있겠는가? 그가 돌아오기를 기다릴 수밖에 없느니라."

서녕 부인이 두 계집종과 함께 '달궈진 솥 안에 든 개미'처럼 아무런 방법을 찾지 못하여 밥도 제대로 먹지 못하고 발만 동동 굴렀다.

서녕이 황혼 무렵 비로소 도포와 복식을 벗고 당직까지 선 뒤 금창을 들고 천천히 집으로 돌아왔다. 반문 입구에 이르자 이웃이 소식을 알렸다.

"부인이 집에 도둑이 들었다는군요. 그렇게 기다려도 돌아오시지 않더니 이제 오십니까!"

서녕이 놀라 정신없이 집으로 달려갔다. 두 계집종이 문에서 맞이하며 말했다.

"나리께서 오경에 나가신 후 도적이 몰래 들어와 대들보 위에 있는 가죽 상자만 훔쳐갔습니다!"

11_ 내원內苑: 황궁 안의 정원.

서녕이 듣고서 연거푸 '아이고' 하는 고통에 찬 소리가 단전丹田 아래에서 곧바로 입가까지 부글부글 끓어올랐다. 부인이 큰 잘못을 저지른 사람처럼 기어들어가는 목소리로 말했다.

"그 도둑이 도대체 언제 집 안에 숨어들었는지 모르겠어요!"

서녕이 탄식하며 말했다.

"다른 것은 모두 잃어버려도 상관없는데 이 안령갑雁翎甲은 잃어버린 적 없이 4대째 내려오는 보물이오. 이전에 왕태위께서 3만 관의 돈을 준다고 했어도 내가 팔지 않았소. 나중에 군에서 사용될 것 같아 그랬는데, 혹시나 잘못될까 두려워 대들보 위에 묶어둔 것이오. 많은 사람이 내게 보여달라고 해도 사양하고 보여주지 않았소. 이제 소문이라도 나면 나를 얼마나 비웃겠소. 잃어버렸으니 이제 어찌한단 말이오!"

서녕이 밤새도록 잠 못 이루고 곰곰이 생각했다.

'어떤 놈이 훔쳐갔는지 도무지 알 수가 없네. 분명히 나한테 그 갑옷이 있는 것을 아는 놈일 거야!'

부인이 생각났다는 듯이 말했다.

"어젯밤에 등불이 꺼졌을 때 그 도둑놈이 이미 집 안에 숨어 있지 않았을까요? 분명히 당신이 애지중지하는 것을 아는 어떤 사람이 돈을 줘도 살 수 없으니까 솜씨 좋은 도둑을 시켜 훔쳐간 거예요. 당신이 사람을 시켜 조용히 찾아보면서 다른 방법을 알아봐야 해요. 괜히 공개적으로 떠들었다가 경계심만 높이면 안 되잖아요."

들어보니 부인의 말이 일리가 있었다. 다음 날 아침에 일어나 집에 앉아 근심에 차 고민하고 있었다.

막 아침밥을 먹으려고 하는데 어떤 사람이 문을 두드리는 소리가 들렸다. 하인이 나가 이름을 물어보고 들어와 알렸다.

"연안부 탕 지채의 아들 탕륭이 찾아와 뵙고자 합니다."

서녕이 듣고서 손님을 안으로 들이게 하고 자리를 같이했다. 탕륭이 절을 올리며 말했다.

"형님, 그동안 평안하셨는지요?"

"외숙께서 돌아가셨다는 말은 들었는데, 관리라 몸이 공무에 매인 데다 가는 길도 멀어 조문을 가지 못했네. 동생의 소식 또한 몰랐는데 그동안 어디에 있었나? 오늘은 무슨 일로 왔는가?"

"이야기하자면 끝도 없지요! 부친께서 돌아가신 후 운수가 나빠서인지 줄곧 강호를 떠돌아다녔습니다. 지금은 산동에서 형님을 찾아 뵈러 동경에 왔습니다."

"그랬구나, 동생 일단 앉게나."

술상을 차려오게 하여 대접했다. 탕륭이 짐 꾸러미에서 20량쯤 되는 금 두 덩이를 꺼내며 서녕에게 바쳤다.

"아버님께서 돌아가실 때 이 금덩이를 남겨주셨습니다. 형님께 드리라 하셨는데 믿을 만한 심복이 없어서 인편으로 보내드리지 못했습니다. 이번에 아우가 동경에 온 김에 형님께 드리는 것입니다."

"외숙께서 이렇게까지 생각해주시니 감사할 뿐이네. 내가 효도한 적이 조금도 없었는데 어떻게 보답을 한단 말인가?"

"형님, 그런 말씀 마십시오. 부친께서 살아 계셨을 때 항상 형님의 무예를 생각하셨습니다. 길이 아득해 만나 뵐 수 없음을 한탄하셨기에 이 물건을 남기시고 형님께 드리고 싶어하셨습니다."

서녕이 감동하여 탕륭에게 감사했다. 금덩이를 거두어들이고 술상을 차려 대접했다.

탕륭과 술을 마시면서도 서녕은 양미간을 펴지 못하고 얼굴이 잔뜩 근심스런 표정이었다. 탕륭이 일어나며 물었다.

"형님, 어찌하여 즐겁지 않으십니까? 마음속에 틀림없이 우울하고 해결하기 어려운 일이 있는 듯합니다."

서녕이 길게 한숨 쉬며 말했다.

"동생은 모르네. 한마디로 말할 수 없는 일이네! 어젯밤에 집에 도둑이 들었다네."

"잃어버린 물건이 많습니까?"

"도적맞은 물건은 단지 조상에게 물려받은 '새당예'라 불리는 '안령쇄자갑' 하나라네. 어젯밤에 이것을 도적맞아 이렇게 마음이 편치 않은 것이네."

탕륭이 말했다.

"형님, 그 갑옷은 동생도 본 적이 있습니다. 어느 것하고도 비할 수 없이 뛰어나 선친께서도 항상 칭찬하셨지요. 도대체 어디에 두셨기에 도둑맞았습니까?"

"내가 이 갑옷을 가죽 상자에 담아 침실 대들보 위에 묶어놨었네. 도둑이 언제 들어와 그것을 훔쳐갔는지 도무지 모르겠네."

"그런데 어떻게 생긴 가죽 상자에 담았습니까?"

"붉은 양가죽 상자에 담았는데 안에는 최상급 솜으로 채워넣었네."

탕륭이 깜짝 놀라며 말했다.

"붉은 양가죽 상자요?"

"혹시 위에는 흰 줄로 푸른 구름무늬 여의如意가 그려져 있고 중간에는 사자가 공을 굴리고 있는 것 아닙니까?"

서녕이 물었다.

"동생, 자네 어디서 봤나?"

"소인이 밤에 오는데 성에서 40여 리 떨어진 곳에 한 시골 주점이 있기에 거기서 술을 마셨습니다. 한참 마시고 있는데 눈깔이 또랑또랑하며 검고 바싹 마른 놈이 멜대 안에 넣어 짊어지고 들어왔습니다. 제가 속으로 '저 가죽 상자 안에 무슨 물건이 있을까?' 하면서 궁금해했지요. 그래서 문을 나오면서 슬쩍 물어봤습니다. '이 가죽 상자는 어디에 쓰는 물건이오?' 물으니까 그놈이 '원래는 갑옷을 넣는 상자인데, 지금은 이것저것 잡다한 옷가지가 들어 있지요' 대답하더라구요. 생각해보니까 바로 그놈이네요! 그놈이 다리를 삐었는지 한 걸음 한 걸음 디디는 게 시원찮아 보였습니다. 우리가 당장 쫓아가는 것이 어떻습니까?"

서녕이 말했다.

"쫓아가 잡을 수 있다면 하늘이 도와준 것이 아니고 무엇이겠는가!"

"이렇게 된 이상 지체 말고 빨리 쫓아갑시다."

서녕이 듣고서 급히 미투리를 신으며 요도를 차고 박도를 들어 탕륭과 함께 동곽문東郭門을 나갔다. 발걸음을 힘껏 내디디며 쫓아가는데 벽에 흰 동그라미가 그려진 주점이 눈앞에 보이자 탕륭이 말했다.

"저 술집에서 술 한잔 마시면서 아는 게 있는지 물어보지요."

탕륭이 들어가 앉자마자 물었다.

"주인장, 한 가지 물어봅시다. 눈깔이 또랑또랑하며 시커멓고 바싹 마른 사내가 붉은 양가죽 상자를 메고 가는 거 본 적 있소?"

주점 주인이 대답했다.

"어젯밤 늦게 양가죽 상자를 메고 지나갔던 사람 같소이다. 넘어졌는지 절뚝거리며 가던데요."

"형님, 들으셨죠?"

서녕이 듣고서 아무 말 없이 서두르기만 했다. 두 사람이 술값을 치르고 문을 나와 서둘러 쫓았다. 다시 앞에 객점이 눈에 들어왔는데 역시 하얀 동그라미가 그려져 있었다. 탕륭이 발걸음을 멈추고 말했다.

"형님, 이 동생은 더 이상 못 가겠소. 잠시 이 객점에서 쉬었다가 내일 다시 쫓아가지요."

"나는 관직에 매인 몸이라 혹여 점고라도 있는데 못 가게 되면 관아에서 틀림없이 문책을 할 텐데 어찌하면 좋은가?"

"형님께서는 걱정하지 마십시오. 형수님이 적당한 핑계로 알아서 처리하실 겁니다."

그날 밤 다시 객점에서 물어보니 점소이가 대답했다.

"어젯밤 어떤 맑은 눈에 검고 마른 사내가 저희 주점에서 하룻밤 묵고 오늘 해가 거의 중천에 떴을 때 떠났습니다. 산동 가는 길을 묻던데요."

"이제 됐습니다. 따라잡을 수 있습니다."

그날 밤 두 사람은 쉬고 다음 날 사경에 일어나 객점을 나와 다시 뒤를 쫓았다. 탕륭은 벽에 하얀 동그라미만 그려져 있으면 술과 밥을 사 먹었다. 그리고 물을 때마다 한결같이 같은 답변을 들었다. 서녕은 오직 잃어버린 갑옷 생각으로 다급했기에 탕륭만 따라 쫓아갔다.

날이 다시 저물어오는데 앞에 낡은 사당 하나가 눈에 들어왔다. 사당 앞 나무 아래에 시천이 멜대를 내려놓고 앉아 있었다. 탕륭이 보고서 소리질렀다.

"저기 보십시오! 앞쪽 나무 아래에 있는 저게, 혹시 형님이 갑옷을 담아둔 붉은 양가죽 상자가 아닙니까?"

서녕이 보고서 쏜살같이 달려가 시천을 붙잡고 소리질렀다.

"네 이놈 정말 대담하구나. 어찌하여 내 갑옷을 훔쳐갔느냐!"

시천이 말했다.

"놔, 놓으라니까. 소리를 지르고 지랄이야! 그래, 내가 갑옷을 훔쳤다. 어쩔 건데?"

"이런 짐승 같은 놈, 도리어 나한테 덤벼들어!"

"이 상자 안에 당신 갑옷이 있는지 없는지부터 봐야 하는 거 아냐?"

탕륭이 얼른 상자를 열어보니 텅 비어 있었다. 서녕이 말했다.

"네 이놈, 내 갑옷을 어디로 빼돌렸느냐?"

시천이 말했다.

"제 말 좀 들어보십시오. 소인은 장일張一이라 하고 태안주泰安州 사람입니다. 그곳에 노종 경략상공과 친분을 맺고자 하는 부자가 하나 있는데 나리 댁에 이 안령쇄자갑이 있다는 것을 알고 상공과 안면을 트기 위해 선물로 바치려 했습니다. 나리께서 팔지 않으니까 저와 이삼李

삼이라는 놈을 시켜 그 갑옷을 훔쳐오면 1만 관을 주겠다고 했습니다. 그런데 뜻하지 않게 제가 나리 집 기둥 위에서 뛰어내려 오다 다리를 접질려 도망가기가 쉽지 않았습니다. 하는 수 없이 이삼이라는 놈이 먼저 들고 떠났고 저는 빈 상자만 들고 여기에 있게 된 것입니다. 나리께서 만약 저를 어찌 해보려고 관아로 끌고 가시면 저는 목숨을 버리는 한이 있어도 불지 않을 것입니다. 그렇지만 저를 용서해주신다면 함께 가서 그 갑옷을 찾아 돌려드리겠습니다."

서녕이 한참을 망설이기만 하고 결단을 내리지 못했다. 탕륭이 말했다.

"형님, 저놈이 달아날 것은 걱정할 필요 없으니 가서 갑옷을 찾아오시죠! 만약 갑옷이 없으면 그때 관아로 끌고 가서 고발하면 됩니다."

"동생 말이 맞네."

세 사람이 서둘러 가다가 다시 객점에 투숙하고 쉬었다. 서녕과 탕륭은 시천을 한곳에 쉬게 하고 감시했다. 원래 시천은 일부러 명주로 다리를 묶어 다리를 뺀 것처럼 한 것이었다. 서녕도 시천이 달아나지 못할 것이라 생각했기 때문에 반쯤은 그를 방치했다. 세 사람이 다시 하룻밤을 보내고 다음 날 아침 일찍 길을 나섰다. 시천은 길에서 술과 고기를 사서 서녕에게 대접하며 사과했고, 또 하루가 지났다.

다음 날 서녕은 가는 길에 정말 갑옷이 있는지 없는지 알 수 없어 초조해하며 의심하는 마음이 생겼다. 한참 가던 중에 길옆에서 서너 명이 빈 수레 한 량을 끌고 가고 있고, 뒤에는 한 사람이 몰고 있었다. 옆의 한 길손이 탕륭을 보자 고개 숙여 절했다. 탕륭이 물었다.

"동생이 여긴 어쩐 일인가?"

"정주鄭州로 장사하러 가는데 태안주로 돌아가려고 합니다."

"잘됐네. 우리 세 사람을 태우고 태안주로 같이 가세나."

"세 사람이 아니라 더 많아도 상관없습니다."

탕륭이 크게 기뻐하며 서녕에게 인사를 시켰다. 서녕이 물었다.

"이 사람은 누군가?"

"제가 작년에 태안주에 분향하러 갔다가 이 동생을 알게 됐지요. 이영李榮이라고 하는데 아주 의기가 있는 사람입니다."

"그렇다면 장일이도 걷지 못하니 같이 수레를 타고 가세."

수레꾼으로 하여금 수레를 끌게 하고 갔다. 네 사람이 수레에 앉아 가면서 서녕이 물었다.

"장일아, 그 부자라는 사람 이름을 말해주게나."

시천이 여러 번 핑계를 대며 거절하다가 말했다.

"그 사람은 유명한 곽 대관인입니다."

서녕이 이영에게 확인하려고 묻자, 대답했다.

"그 곽 대관인이라는 분은 대단한 부호지요. 관료들도 좋은 관계를 가지려고 왕래가 잦고 문하에도 많은 한량이 붙어살지요."

서녕이 듣고서 속으로 생각했다.

'이미 주모자가 있으니 틀림없이 괜찮을 거야.'

또한 이영이 길에서 창봉 쓰는 이야기를 하고 노래도 부르니 지루한 줄 모르고 또 하루가 지났다.

양산박까지 어림잡아 이틀 정도 거리가 남았을 즈음 이영이 수레꾼에게 술 호리병과 고기를 사오게 하여 수레 위에서 술을 마셨다. 이영이 한 바가지 떠서 먼저 서녕에게 권하자 단숨에 마셨다. 이영이 다시 술을 따르게 하자 수레꾼이 일부러 손에서 호리병을 놓쳐 술을 전부 땅바닥에 쏟았다. 이영이 수레꾼에게 소리질러 다시 사오게 했는데 서녕이 입가에 침을 질질 흘리며 수레 위에 거꾸러졌다. 이영은 누구인가? 바로 철규자 악화였다. 세 사람이 수레 위에서 뛰어내리고 뒤를 쫓아 달려서 곧바로 한지홀률 주귀의 주점으로 달렸다. 여러 사람이 서녕을 들어 배에 태우고 모두 금사탄으로 건너갔다. 송강이 이미 보고를 받고 두령들과 하산하여 맞이했다.

서녕은 이때 사람들이 해독약을 써서 이미 마취약에서 깨어난 터였다. 서녕이 눈을 떠 사람들을 보고 깜짝 놀라 탕륭에게 물었다.

"동생, 자네는 어찌하여 나를 속여 여기까지 데려왔는가?"

"형님, 제 말을 들어주십시오. 소인이 송 공명께서 사방의 호걸들을 받아들인다는 것을 들은 데다 지난번 무강진에서 흑선풍 이규 형님을 만나 산채에 의지하여 도적이 되었습니다. 이번에 호연작이 '연환마갑'을 써서 쳐들어와도 깨뜨릴 방법이 없어서 소인이 형님만이 사용할 수 있는 '구겸창법'의 계책을 올렸습니다. 결국 이 계책을 쓰기로 결정하여 시천을 시켜 먼저 형님의 갑옷을 훔치게 한 다음 제가 형님을 속여 길에 오르게 한 것입니다. 나중에 악화가 이영으로 가장해 산을 지날 때 몽환약을 쓴 것입니다. 청컨대 형님께서 산에 오르셔서 두령 자리에 앉아주십시오."

"모든 것이 동생이 나를 이리로 보낸 것이구나!"

송강이 잔을 들어 사과하며 말했다.

"지금 송강은 잠시 양산박에 자리잡고 있으나 오로지 조정에서 불러주기만을 기다리고 있습니다. 충성을 다하고 있는 힘을 다하여 나라에 보답할 것입니다. 결코 재물을 탐하거나 사람 죽이기를 좋아하여 어질지 못하고 불의한 일을 행하려는 것이 아닙니다. 관찰께서는 이러한 진심을 두루 살피시고 함께 천자를 대신하여 도를 행할 수 있기를 간절하게 바랍니다."

임충 또한 다가와 잔을 들고 미안함을 표하며 말했다.

"동생도 여기에 있으니 형님께서는 물리치지 말아주십시오."

서녕이 말했다.

"탕륭 동생, 자네가 나를 속여 여기까지 왔지만 집에 있는 처자는 반드시 관아로 잡혀갈 터인데 어찌하면 좋은가!"

송강이 말했다.

"관찰께서는 그런 걱정 마시고 마음 놓으십시오. 소생에게 맡기시면 조만간 가솔들을 이곳으로 모셔오도록 하겠습니다."

조개, 오용, 공손승 모두 서녕에게 사과하고 술자리를 마련해 축하했다. 건장한 졸개들을 선발해 구겸창 사용법을 배우게 하고, 다른 한편으로는 대종과 탕륭을 시켜 밤새 동경으로 달려가 서녕의 가족을 데려오게 했다.

열흘이 안 되어 양림이 영주로부터 팽기의 가족을 데리고 도착했고, 설영은 동경에서 능진의 가족을 데리고 왔으며, 이운도 다섯 수레의 발화 물질과 화약 재료를 사서 돌아왔다. 며칠 지나자 대종과 탕륭이 서녕의 가족을 데리고 산에 올랐다. 서녕이 처자식이 온 것을 보고 크게 놀라 어떻게 빨리 오게 되었는지 물었다. 아내가 대답했다.

"당신이 나간 뒤 관사에서 점고가 있었는데 제가 금은과 장신구를 써서 병으로 침상에 누워 있다고 핑계를 댔더니 더 이상 부르러 오지 않더군요. 그런데 갑자기 탕륭 삼촌이 안령갑을 주면서 말하기를 '갑옷은 찾았지만 형님이 길에서 병에 걸려 아마도 객점에서 돌아가실 것 같습니다. 지금 형님께서 형수님과 아이를 보고 싶어하시니 빨리 가시지요'라고 하더군요. 나를 속여 수레에 태웠고 가는 길도 모르고 여기까지 오게 되었어요."

서녕이 말했다.

"동생, 잘하긴 잘했네! 하지만 갑옷을 집에 두고 온 것이 애석하네."

탕륭이 웃으며 말했다.

"형님, 기뻐하십시오. 형수님이 탄 수레를 보낸 뒤 제가 다시 집에 들어가 갑옷을 챙겼습니다. 두 계집종도 꾀어내고 집 안에 있는 귀중품들도 수습해 여기에 메고 왔습니다."

서녕이 말했다.

"이렇게 됐으니 우리가 다시는 동경으로 돌아갈 수는 없게 됐구나!"

탕륭이 또 말했다.

"제가 형님께 한 가지 더 말씀드리지요. 오는 도중에 장사꾼들과 마주쳤습니다. 제가 형님의 안령갑을 입고 얼굴에 분말을 바르고 형님의 이름을 대면서 그 장사꾼들의 재물을 모조리 빼앗았습니다. 아마 조만간 동경에서 공문을 내려 형님을 잡으려들 겁니다."

서녕이 말했다.

"동생, 네가 나를 이렇게까지 해쳐야 했느냐!"

조개와 송강이 모두 사과하며 말했다.

"만약 그렇게 하지 않았으면 관찰께서 어찌 이곳에서 살려고 하시겠습니까?"

즉시 가옥을 배정해 서녕의 식구들을 편안히 쉬게 해주었다. 여러 두령이 연환마를 깨뜨릴 방법을 상의했다. 이때 뇌횡이 구겸창 제조를 감독하여 이미 완비된 상태였다. 송강과 오용 등이 군사들에게 구겸창 사용법을 가르쳐주도록 서녕에게 부탁했다. 서녕이 말했다.

"제가 이제 힘껏 두목들에게 구겸창 사용법을 훈련시킬 터이니 우선 신체 건장한 군사들을 선발해주십시오."

여러 두령이 모두 취의청에 올라 서녕의 군사 선발과 구겸창 사용법을 들었다.

제 5 6 회

도망간 호연작[1]

    조개, 송강, 오용, 공손승과 여러 두령이 취의청에서 서녕에게 구겸창 사용법을 가르쳐달라고 청했다. 여러 두령이 서녕을 보니 과연 뛰어난 인물이었다. 키는 6척 5~6장이었으며 얼굴은 둥글고 하얀데 가늘고 검은 수염을 세 갈래로 길렀고, 몸통은 허리가 굵고 어깨가 쩍 벌어졌다. 군사 선발이 끝나 취의청에 와서 구겸창을 잡고 한 차례 시범을 보이자 모여 있던 사람들이 모두 갈채를 보냈다. 서녕이 선발된 군사들에게 사용법을 설명했다.

1_ 제56장 서녕이 구겸창 사용법을 가르치다徐寧教使鉤鐮槍. 송강이 연환마를 대파하다宋江大破連環馬.

"말 위에서 이 구겸창을 쓸 때는 허리에 힘을 주어야 한다. 상단과 중단 자세에서 일곱 가지 동작이 있는데 걸어서 끌어올리는 것이 세 가지이고 밀어젖히는 것이 네 가지다. 또 밀어서 찌르고 당겨서 자르는 것 두 가지를 더하여 모두 아홉 가지 변화가 있다. 보병이 이 구겸창을 사용할 때 가장 효율적일 수 있다. 먼저 8보에 네 번 방향을 바꾸며 크게 자세를 잡는다. 12보가 한 번의 변화로 16보에 방향을 완전히 전환하는데 걸고, 자르며, 찌르고, 당기는 동작으로 나눈다. 24보에 위에서 내려쳐 아래에서 걸어 돌리고 걸어 당기는 것이다. 36보에 온몸을 보호하고 강적을 물리친다. 이것이 '구겸창 정법'이다. 비법을 증명한 시가 있는데 다음과 같다."

네 번 밀어젖히고 세 번 걸어올리는 것 모두 일곱 가지 방법이며
신기에 가까운 동작이 모두 아홉 가지로 변화하는구나.
이십사 걸음을 가서 뒤로 돌며
십육 걸음을 가서는 몸을 한 바퀴를 돌린다.

四撥三鉤通七路

共分九變合神機

二十四步挪前後

一十六翻大轉圍

서녕이 구겸창 정법을 하나씩 자세히 설명하면서 여러 두령에게 보여

줬다. 병졸들이 서녕의 구겸창 사용법을 보고 모두 기뻐했다. 그날을 시작으로 선발된 건장한 정예병들은 밤낮으로 구겸창 사용법을 배웠다. 또한 보군들에게는 숲에 숨고 풀밭에 엎드려 구겸창으로 말 하체 발굽과 다리를 걸어 끌어당기는 세 가지 비법을 가르쳤다. 보름이 안 되어 산채에 500~700명의 군사가 구겸창 사용법을 능숙하게 익혔다. 송강과 여러 두령이 크게 기뻐하며 적을 격파할 준비를 했다.

한편 호연작은 팽기와 능진이 붙잡혔어도 매일 양산박 물가로 기병을 몰고 와 싸움을 걸었다. 양산박에서는 수군 두령들이 견고하게 지키면서 모래사장 물 밑에 보이지 않게 말뚝을 박았다. 호연작이 비록 산 서쪽과 북쪽 두 길로 정찰을 보내 살펴보았으나 결코 산채 가까이 다다를 수 없었다. 양산박에서는 도리어 능진이 여러 대의 화포를 제작하여 산을 내려가 적을 맞이할 때가 되었고, 선발된 병사들이 구겸창을 배워 이미 능숙하게 익혔다. 송강이 말했다.

"제 얕은 견해로는 이제 싸울 때가 되었다고 생각하는데 여러 두령은 어떻소?"

오용이 물었다.

"어떤 계책이 있으신지 들려주십시오."

"내일은 단 한 필의 마군도 쓰지 않을 테니 여러 두령은 모두 보군만으로 싸우시오. 손오孫吳 병법에 산림과 수초가 무성한 소택지역에서 싸우는 게 이롭다 했소. 지금 보군은 하산하여 10개의 부대로 나누어 적을 유인하시오. 적의 군마가 밀려오는 것이 보이면 모두 갈대와 가시

나무 숲으로 흩어져 달아나도록 하시오. 그곳에는 구겸창을 든 군사들이 매복해 있을 것이오. 구겸창을 사용하는 병사 10명마다 쇠갈고리를 사용하는 병사 10명이 한 무리입니다. 쇠갈고리를 들고 있다가 연환마가 다다르면 구겸창으로 당겨 쓰러뜨리고, 쇠갈고리로 잡아당겨 사로잡으면 되오. 들판과 비좁은 길에서도 이처럼 매복하면 될 것 같은데 계책이 어떠냐?"

오 학구가 말했다.

"바로 이렇게 병사를 매복하여 적장을 사로잡아야 합니다."

서녕도 말했다.

"구겸창은 쇠갈고리와 같이 사용하는 것이 제대로 된 방법이지요."

송강은 그날 보군 부대를 10개로 나누었다. 유당과 두천이 한 부대를 이끌고, 목홍과 목춘, 양웅과 도종왕, 주동과 등비, 해진과 해보, 추연과 추윤, 일장청과 왕왜호 부부, 설영과 마린, 연순과 정천수, 양림과 이운이 각기 둘이 짝지어 한 부대씩을 이끌었다. 이 10개의 보군 부대는 먼저 산을 내려가 적군을 유인하게 했다. 다시 이준, 장횡, 장순, 완씨 삼형제, 동위, 동맹, 맹강 아홉 수군 두령들은 배를 타고 호응하여 돕게 했다. 화영, 진명, 이응, 시진, 손립, 구붕 등 여섯 두령에게는 말을 타고 군사를 이끌고 산 옆에서 싸움을 걸게 했다. 능진과 두흥에게는 신호포를 쏘게 했다. 서녕과 탕륭은 구겸창 군사를 이끌고 본진을 꾀어 끌어들이게 했다. 중군으로 송강, 오용, 공손승, 대종, 여방, 곽성은 군대를 총괄해 명령을 전달하고 지휘하게 했으며, 나머지 두령들은 산채를 지켰다. 송강은 각 부대를 모두 배치했다. 그날 밤 삼경에 먼저 구겸창 군사들이 강을 건너가 네 갈래로 나뉘어 이미 정해진 곳에 매복했다. 사경에 10개의 보군 부대가 강을 건너갔다. 능진과 두흥도 풍화포 포대를 싣고 높은 언덕에 올라가 포대를 세우고 화포를 설치했다. 서녕과 탕륭도 각자 명령에 따라 강을 건넜다. 여명이 밝아올 때 송강이 이끄는 중군이 물을 사이에 두고 북을 두드리며 함성을 지르고 깃발을 흔들었다.

중군 막사 안에 있다가 정탐꾼의 보고를 들은 호연작은 선봉 한도를 보내 먼저 정찰하게 하고 즉시 연환마갑을 채워 준비했다. 호연작은 갑옷을 입고 척설오추마를 타고 쌍편을 들고 군사들을 몰아 양산박으로 돌진했다. 물을 사이에 두고 송강이 이끄는 많은 군사와 마주했다. 호연작이 기병을 늘어세웠는데 선봉 한도가 와서 호연작과 상의했다.

"정남쪽에 보군 부대가 있는데 그 수가 얼마인지 모르겠습니다."

"숫자가 얼마인지 물을 필요 없이 연환마로 쓸어버리자."

한도가 500여 마군을 이끌고 달려나갔다. 동남쪽에 적군들이 보여 병사를 나누어 보내려 했는데, 서남쪽에 또 한 부대가 깃발을 나부끼며 함성을 질렀다. 한도가 다시 군사를 이끌고 돌아와 호연작에게 알렸다.

"남쪽에 적병 부대가 셋인데 모두 양산박 깃발을 들고 있습니다."

"이놈들이 오랫동안 나오지 않다가 갑자기 몰려나온 걸 보니 반드시 무슨 술책이 있을 것이다."

말을 미처 마치기도 전에 북쪽에서 포 소리가 들렸다.

호연작이 욕을 퍼부으며 말했다.

"이 포는 능진이 도적들과 한패가 되어 쏜 게 분명하다!"

모두 남쪽을 바라보고 있는데, 북쪽에서 세 부대가 몰려왔다. 호연작이 한도에게 말했다.

"이것은 분명히 도적놈들의 간계다! 군사를 두 길로 나누어야겠다. 나는 북쪽 군사를 칠 테니 너는 남쪽을 치거라."

막 군사를 나누려고 할 때 서쪽에 네 부대가 나타났다. 호연작은 당황했다. 또한 정북쪽에서 연주포 소리가 들리더니 곧바로 산비탈 위까지 포석이 날아왔다. 이 포는 '자모포子母砲'라 불리는데 모포 주변에 자포 49개를 배치하고 발사하면 포성이 천지를 뒤흔들어 위세가 대단했다. 호연작의 병사들이 싸우지도 못하고 저절로 혼란에 빠지자 급히 한도가 기병과 보병을 이끌고 각자 사방으로 돌격했다. 호연작의 부대가 동쪽으로 뒤쫓으면 양산박 10개 부대는 동쪽으로 달아나고 서쪽으로 추격하면 서쪽으로 도망갔다.

호연작이 보고 크게 성내며 병사들을 이끌고 북쪽으로 돌격하자 송강 군사들은 갈대숲으로 달아났다. 호연작이 연환마를 몰고 땅을 말듯이 달려왔다. 그 갑옷 입은 전마들이 일제히 말고삐를 당길 수도 없이 질주하여 갈대는 쓰러져 꺾이고 풀이 마르고 황폐해진 숲 안으로 달려왔다. 안쪽에서 휘파람 소리가 들리니 일제히 구겸창을 들고 먼저 양쪽 바깥 말 다리를 구겸창으로 걸어 쓰러뜨렸다. 양쪽 끝의 말이 쓰러지자 가운데 있던 말들이 놀라 앞발을 들고 울부짖으며 뛰어올랐다. 쇠갈고리를 든 군사들이 말에서 떨어진 적병을 갈고리로 걸어 잡아 갈대숲 안에서 묶었다. 호연작이 구겸창 계책에 걸려든 것을 알아차리고 말 머리를 돌려 남쪽에 있는 한도에게로 달아났다. 등 뒤에서 풍화포가 머리를 향해 날아와 떨어졌다. 이쪽저쪽 온 산과 들판에 가득한 것은 모두 양산박의 보군으로 호연작을 뒤쫓았다. 한도와 호연작이 거느리는 연환마갑은 잡초 갈대숲 속에 어지럽게 구르면서 뒤집혀 모두 사로잡혔다. 두 사람은 계책에 넘어간 것을 알고 말을 몰아 사방으로 마군과 길을 찾아 황급히 달리는데 몇 갈래의 길 위에는 삼대가 늘어서듯 모두 양산박의 깃발로 꽉 들어차 있었다. 그 몇 갈래의 길로 감히 달아나지 못하고 곧장 서북쪽으로 길을 잡아 도망갔다.

5~6리도 못 가 두 사람이 이끄는 도적들이 우르르 튀어나와 길을 막았다. 한 명은 몰차란 목홍이었고 다른 한 명은 소차란 목춘이었다. 두 자루의 박도를 들고 크게 소리질렀다.

"패장은 멈추어라!"

분노한 호연작이 쌍편을 춤추듯 휘두르며 목홍과 목춘에게 곧장 달려들었다. 4~5합을 싸우다가 목춘이 달아났다. 호연작은 계략에 빠질 것을 두려워해 뒤쫓지 않고 정북쪽 큰길을 향해 달아났다. 산비탈 아래에서 또 한 부대가 돌아 나왔는데 두 사내가 길을 막았다. 양두사 해진과 쌍미갈 해보였다. 각자 삼지창을 들고 곧장 달려왔다. 호연작이 쌍편을 휘두르며 두 사람과 싸웠다. 5~7합을 싸우지 못하고 해진과 해보가 급히 걸음을 돌려 달아났다. 호연작이 뒤쫓은 지 얼마 되지 않아 길 양쪽에서 24개의 구겸창이 튀어나와 땅을 말듯이 달려왔다. 호연작은 싸울 마음이 없어져 말 머리를 돌려 동북쪽 큰길을 잡아 달아났다. 또 왕왜호와 일장청 부부와 마주쳐 길이 막혔다. 호연작은 길이 고르지 않고, 게다가 사방이 가시나무로 막혀 있어 할 수 없이 말을 박차고 쌍편을 휘두르며 길을 열어 정면으로 달려들었다. 왕왜호, 일장청이 계속 쫓았으나 따라잡지 못하고 결국 산채로 돌아갔다. 호연작은 동북쪽으로 달아났다. 대패하여 손실이 매우 큰 데다 군사들은 모두 죽거나 뿔뿔이 흩어지고 말았다.

송강은 징을 울려 군사를 거두어 산채로 돌아왔고, 각 두령은 각자 공에 따라 상을 청했다. 3000연환마는 태반이 구겸창에 찔려 넘어져 말굽이 상하여 마갑을 벗기고 잡아 고기로 먹게 했다. 다른 좋은 말들은 산으로 끌고 가 사육하여 타는 말로 쓰게 했다. 연환마갑에 타고 있던 군사들은 모두 사로잡혀 산채로 끌려가고, 5000명의 보군도 삼면으로 에워싸여 절박해지자 중군을 향해 달아나던 자들은 모두 구겸창에 걸려 사로잡혔다. 목숨을 건지기 위해 물가로 달아난 군사들도 수군 두령들에게 포위되어 배를 타고 모래사장으로 끌려와 사로잡힌 채 산채로 올려졌다. 이전에 빼앗긴 말들과 사로잡혔던 군사들을 되찾아 산채로 돌아갔다. 호연작의 진채를 모두 부숴버리고 물가에 소채를 세웠다. 바깥에는 정탐하는 주점과 집 등을 다시 지어 이전처럼 손신, 고대수, 석용, 시천으로 하여금 두 곳에 주점을 열게 했다. 유당과 두천이 한도를 사로잡아 꽁꽁 묶어 산채로 끌고 왔다. 송강이 보고서 손수 밧줄을 풀어주고 취의청에 오르기를 청했다. 예를 갖춰 사과하고 연회를 열어 대접했고, 팽기와 능진도 한도에게 투항하기를 청했다. 한도 또한 칠십이지살의 운수²라 자연히 의기투합하여 양산박 두령 중 하나가 되었다. 송강이 즉시 편지를 쓰게 하고 진주로 사람을 보내 한도의 가솔들을 데리고 와 한자리에 모여 살게 했다. 송강은 연환마를 격파했을 뿐만 아니라 많은 군마와 갑옷, 투구와 칼까지 얻자 매우 기뻐하며 매일 연회를 열어 공로를 축하했다. 또한 이전처럼 군사를 파견하여 각 길목을 지키고 관군이 쳐들어오는 것을 방비했다.

한편 허다한 관군과 인마를 잃은 호연작은 감히 동경으로 돌아갈 수 없어 홀로 척설오추마를 타고 갑옷을 말 위에 묶고 길을 따라 도망가는데, 노자도 없을 뿐만 아니라 허리에 매고 있던 금띠를 팔아 여비를 마련해야 할 정도였다. 길 위에서 곰곰이 생각했다.

'오늘 내가 순식간에 이렇게 될 줄은 생각도 못했구나. 대체 누구에게 가야 한단 말인가?'

문득 떠오르는 데가 있었다.

'청주의 모용지부는 나와 이전부터 알고 지내는 사이니 그를 찾아가야겠구나. 게다가 모용귀비의 연줄을 통한다면 나중에라도 다시 군사를 이끌고 원수를 갚아도 늦지 않다.'

길을 간 지 이틀째 저녁 무렵에 갈증이 나고 배도 고팠다. 마침 길옆에 시골 주점이 보이자 호연작은 말에서 내려 문 앞 나무에 말을 묶고 주점으로 들어갔다. 탁자에 편자鞭子를 놓고 앉아 주보를 불러 술과 고

2_ 칠십이지살七十二地煞: 도교에서 북두칠성 중에 있는 72개의 지살성地煞星을 가리키며, 『수호전』에서 양산박의 72두령을 여기에 끌어 붙임.

기를 내오게 했다. 주보가 말했다.

"소인의 주점에서 술은 파는데 고기는 없습니다. 마침 마을에서 양을 잡았는데 드시고 싶다면 소인이 가서 사오지요."

호연작이 허리에서 주머니를 꺼내 풀어 금띠와 바꾼 은자 부스러기를 주보에게 주며 말했다.

"자네는 양다리 하나 사다가 삶아주게. 그리고 말 먹일 풀도 준비해 내 말을 먹여주게. 오늘 밤은 여기에서 쉬었다가 내일 청주부로 갈 것이네."

"나리, 이곳에서 묵는 것은 괜찮으나 침상이 좋지 않습니다."

"나는 군 출신이라 하룻밤 쉴 곳만 있으면 그만이네."

주보가 은자를 받아 양고기를 사러 갔다. 호연작은 말 등에 걸려 있는 갑옷을 내리고 말의 뱃대를 풀고 문 앞에 앉았다. 한참을 기다리니 주보가 양 다리 하나를 들고 돌아오는 게 보였다. 호연작은 그것을 삶게 하고는 밀가루 세 근으로 전병을 만들게 하고 두 각의 술을 내오게 했다. 주보는 고기를 삶고 전병을 만들면서, 다른 한편으로는 씻을 물을 끓여 호연작에게 발을 씻게 했다. 말은 끌어다 집 뒤 마구간에 두었다. 주보가 한편으로는 풀을 자르고 삶으면서 호연작에게 먼저 술을 데워 마시게 했다. 잠깐 사이 고기가 익자 호연작은 주보를 불러 함께 약간의 술과 고기를 먹으며 당부했다.

"나는 조정의 관군으로 양산박 도적들을 체포하려다 패배했기 때문에 청주 모용지부에 가는 길이네. 이 말은 황제께서 하사하신 척설오추마라는 것이니 자네가 정성 들여 보살펴주게. 내일 내가 자네에게 후하게 상을 내리겠네.”

"나리께서 분부하신 대로 하겠습니다. 그런데 나리께서 아셔야 할 것이 하나 있습니다. 여기서 멀지 않은 곳에 도화산桃花山이라는 곳이 있는데 그 산 위에 도적 떼가 있습죠. 우두머리는 타호장 이충이라 하고 둘째는 소패왕 주통이라 하는데, 졸개가 500~700명 된다고 합죠. 떼를 지어 다니면서 재물을 약탈하고 자주 마을을 어지럽혀 관아에서도 여러 차례 관군을 보내 도둑들을 잡으려 했으나 아직 붙잡지 못하고 있습죠. 나리께서도 한밤에는 조심하고 경계하시면서 주무셔야 합니다."

"나에게는 만 명도 당해낼 수 없는 용맹이 있네. 그놈들이 모조리 몰려온다 해도 걱정할 것 없네! 내 말이나 잘 돌봐주게나."

술, 고기와 전병을 먹었고, 주보는 주점 안에 침상을 깔고 호연작을 쉬게 했다.

연일 마음이 우울하고 답답한 데다 술까지 많이 마신 탓에 호연작은 옷을 입은 채로 잠이 들었다. 곯아떨어져 정신없이 자다가 삼경쯤 주점 뒤에서 주보가 '아이고' 하는 소리에 잠에서 깨어났다. 호연작이 급히 일어나 쌍편을 들고 주점 뒤로 가 물었다.

"무슨 일로 그렇게 억울해하느냐?"

"소인이 일어나 말밥을 주려 하는데 울타리가 엎어지더니 어떤 사람이 나리의 말을 훔쳐 달아났습니다. 저 멀리 3~4리 밖에 아직 불빛이 보이는 게 저쪽으로 가는 것 같습니다요!"

"저쪽이 어디로 가는 곳인가?"

"저 길로 가는 것으로 봐서는 바로 도화산 졸개들이 훔쳐가는 것 같습니다요!"

호연작이 놀라 주보에게 길을 안내하게 하고 논두렁 위를 2~3리 쫓아갔지만 불빛은 보이지 않고 어디로 갔는지 알 수가 없었다.

호연작이 말했다.

"천자께서 하사하신 말을 잃어버렸으니 이 일을 어찌한단 말이냐!"

"나리, 내일 청주로 가셔서 알리십시오. 관군을 내어 소탕하시면 말을 찾을 수 있을 겁니다."

호연작은 답답하고 우울하여 날이 밝을 때까지 앉아 있다가 주보를 불러 갑옷을 지게 하고 청주로 향했다. 성안에 도착했을 때는 이미 날이 저물어 객점에서 하룻밤을 보냈다. 다음 날 동이 트자 지부 대청 계단 아래에서 모용지부를 배알했다. 지부가 크게 놀라 물었다.

"듣기로는 장군께서 양산박 도적들을 잡으러 가신 것으로 아는데, 이곳에는 어떤 일로 오셨습니까?"

호연작이 있었던 일들을 이야기했다. 모용지부가 듣고서 위로했다.

"비록 장군께서 많은 인마를 잃으셨으나 이것은 장군이 태만해서 지은 죄가 아니오. 도적들의 간계에 빠져 그런 것이니 어찌할 수 없는 일이오. 본관이 관할하는 곳에도 산적들이 침범하여 피해를 입고 있소. 장군께서 이곳에 오셨으니 먼저 도화산을 쓸어버리고 황제께서 하사하신 말부터 찾읍시다. 그다음에 이룡산, 백호산 두 곳의 도적들을 한꺼번에 소탕한다면 본관도 온 힘으로 조정에 천거하고 보증할 테니, 그때 다시 장군께서 군사들을 이끌고 원수를 갚는 것은 어떻겠소?"

호연작이 다시 절하며 말했다.

"은상의 고명한 판단에 깊이 감사드립니다. 그렇게만 해주신다면 사력을 다하여 은덕에 보답할 것을 맹세합니다."

모용지부는 호연작을 객방에서 잠시 쉬게 하고 옷을 갈아입히고 숙식을 제공했다. 갑옷을 메고 온 주보는 객점으로 돌아가게 했다. 3일이 지나자 어사마御賜馬를 찾는데 급한 호연작은 지부에게 군사를 점고해달라고 부탁했다. 모용지부는 마보군 2000명을 점고하여 호연작에게 빌려주고, 또한 청종마靑鬃馬(푸른 갈기 말) 한 필을 주었다. 호연작은 상공에게 감사하고 갑옷을 입고 말에 올라 군사를 이끌고 도화산으로 말을 찾으러 진군했다.

한편 도화산 타호장 이충과 소패왕 주통은 척설오추마를 얻고서 기뻐하며 매일 산에서 술을 마시고 축하했다. 그날 길에서 잠복해 있던 졸개가 보고했다.

"청주의 관군이 쳐들어옵니다!"

소패왕 주통이 몸을 일으키며 말했다.

"형님은 산채를 지키십시오. 동생이 가서 관군을 격퇴하리다."

100여 명의 졸개를 점고해 거느리고 창을 잡고 말에 올라 관군을 맞이하러 산을 내려갔다. 호연작은 2000여 명의 군사를 이끌고 산 앞에 도착하여 전투 대형으로 벌려놨다. 호연작이 말을 타고 나와 소리 높여 엄하게 꾸짖었다.

"도적놈들아, 어서 나와 오라를 받아라!"

소패왕 주통은 졸개들을 일렬로 벌여놓고 창을 세우고 싸우러 나왔다. 호연작이 말을 몰아 싸우러 나오니 주통 또한 말을 박차고 맞아 싸웠다. 두 말이 엇갈려 싸우며 6~7합 되었을 때 기력이 달린 주통이 말머리를 돌려 산 위로 달아나기 시작했다. 호연작이 곧바로 뒤쫓았으나 계략에 빠질까 두려워 급히 산을 내려와 진채를 세우고 다시 싸우러 오기를 기다렸다.

주통이 산채로 돌아와 이충에게 하소연했다.

"호연작의 무예가 출중하여 저지할 수 없어 일단 물러났습니다. 만약 그가 산채로 쫓아오면 어떻게 합니까?"

이충이 말했다.

"내가 이룡산二龍山 보주사寶珠寺 화화상 노지심에게 도움을 청할 생각이네. 거느리고 있는 무리가 많고 무슨 청면수 양지라는 사람도 있고, 또 새로 온 행자 무송이라는 사람도 있는데 모두 만 명도 당해낼 수 없는 용맹이 있다네. 편지 한 통을 써서 졸개를 보내 도움을 청하세. 만약 이런 위험과 곤란에서 벗어나게 해준다면 월말에 얼마간의 재물을 상납하더라도 합쳐서 그의 산채에 의지하는 것도 괜찮네."

"저도 거기에 있는 호걸들을 잘 압니다만, 그 화상이 처음에 있었던 일들을 마음에 두고 구하러 오지 않을까 두렵소."

이충이 웃으며 대답했다.

"그렇지 않네! 그는 솔직한 성격의 호인이네. 사람을 보내면 반드시 직접 군사를 이끌고 우리를 구하러 올 걸세."

"형님 말씀이 옳습니다."

즉시 편지 한 통을 써서 졸개 두 명으로 하여금 산 뒤로 굴러 내려가 이룡산으로 가게 했다. 이틀을 달려서 산 아래에 도착하니 그쪽 졸개가 오게 된 상세한 정황을 물었다.

그때 보주사 안 대웅전에 세 명의 두령이 앉아 있었다. 우두머리는 화화상 노지심, 둘째는 청면수 양지, 셋째는 행자 이랑 무송이었다. 앞쪽 산문 아래에 네 명의 작은 두령이 또 있었다. 하나는 금안표金眼彪 시은施恩으로, 원래는 맹주孟州의 뇌성牢城 시관영施管營의 아들인데 무송이 장 도감張都監 일가를 죽이자 관아에서 그의 집안을 살인범으로 몰아 뒤쫓으니, 이 일로 그날 밤을 틈타 식구들을 데리고 도주하여 강호를 떠돌았다. 후에 부모가 모두 죽자 무송이 이룡산에 있다는 소식을 듣고 며칠 밤을 달려와 한패가 되었다. 두 번째는 조도귀操刀鬼 조정曹正으로 원래는 노지심, 양지와 함께 보주사를 빼앗고 등룡을 죽이고 후에 한패가 되었다. 나머지는 채원자 장청과 모야차 손이랑 부부 두 명이다. 본래는 맹주도孟州道 십자파十字坡에서 사람 고기로 만두를 만들어 팔았는데, 노지심과 무송이 계속해서 편지를 보내 그들을 부르자 역시 달려와 한패가 되었다. 조정이 도화산에서 편지가 왔다는 연락을 받고 먼저 자세한 상황을 물은 뒤 대웅전에 가서 세 두령에게 아뢰었다. 노지심이 말했다.

"내가 애초에 오대산을 떠났을 때 도화촌에 묵은 적이 있는데 그때 어떤 거지 같은 놈을 두들겨 팼지. 그런데도 그놈이 나를 알아보고 산으로 청하기에 가서 하루 종일 술을 마셨지. 나를 형으로 모시고 산채 두목으로 머물게 했는데 이놈들 하는 짓을 보니까 쩨쩨해서 금은 술잔과 그릇을 조금 들고 나왔지. 그런데 지금 도리어 여기 와서 도움을 청하는 거네. 그 졸개들을 오게 해서 뭐라고 떠드는지 들어보세나."

조정이 나가서 오래지 않아 그 졸개들을 대웅전 아래로 데려왔다. 졸개가 인사하며 말했다.

"청주 모용지부가 근래에 양산박으로 쳐들어갔다가 패배한 쌍편 호연작을 받아들였습니다. 지금 모용지부가 우선 저희 도화산과 이룡산, 백호산 등 몇 개의 산채를 소탕하게 하고, 그다음에 그에게 군사를 빌려줘 양산박을 토벌하여 원수를 갚게 한다고 합니다. 이에 저희 두령께서는 큰 두령 장군께서 하산하시어 구원해주시기를 청하옵니다. 이번 일만 무사히 넘어가게 해주신다면 재물을 상납하시겠다고 합니다."

양지가 말했다.

"우리가 각자 산채를 유지하고 있기 때문에 산채를 보호해야 하므로 가서 구해줄 수는 없습니다. 그러나 하나는 강호의 호걸들과 사이가 틀어질까 걱정이고, 다른 하나는 그놈들이 도화산을 얻은 후 저희를 업신여길까 두렵습니다. 장청, 손이랑, 시은, 조정은 머물러 방책을 지키게 하고 저희 세 사람이 한번 갔다 오는 것이 좋을 것 같습니다."

즉시 500여 명의 졸개와 60여 필의 마군을 일으켜 각자 갑옷과 병기를 갖추고 도화산으로 향했다.

한편 이충은 이룡산의 소식을 듣고 300여 졸개를 이끌고 산을 내려가 호응했다. 호연작이 알고서 급히 거느리고 온 군마로 길을 막고 진을 벌였다. 쌍편을 휘두르며 달려나와 이충을 상대했다. 원래 이충의 원적은 호주濠洲 정원定遠 사람으로, 집안에 조상 대대로 전해지는 창봉을 사용하여 생계를 꾸렸다. 사람들은 그가 체격이 건장했기 때문에 '타호장'이라 불렀다. 그때 산을 내려가 호연작과 싸웠으나 어찌 호연작의 상대가 되겠는가? 10합 넘게 싸우다가 형세가 불리하자 무기를 밀어젖히고 달아났다. 호연작이 그의 기량이 낮은 것을 보고 말을 몰아 산 위로 쫓아갔다. 소패왕 주통이 산허리에서 보고 있다가 자갈을 아래로 던졌다. 호연작이 황망히 말을 돌려 산 아래로 내려가는데 관군들이 계속 함성을 지르는 것이 보였다. 호연작이 물었다.

"뭣 때문에 소리를 지르는가?"

후군이 보고했다.

"멀리서 군마가 나는 듯이 달려오고 있습니다."

호연작이 듣고서 후군 부대로 와서 보니 뚱뚱한 화상 하나가 백마를 타고 먼지를 뚫으며 달려오는데 바로 화화상 노지심이었다. 노지심이 말 위에서 크게 고함을 질렀다.

"저 양산박에서 깨진 거지 같은 놈이 감히 여기에 나타나 소란을 피우느냐!"

호연작이 말했다.

"먼저 너 까까중 놈을 죽여 내 노여움을 풀어야겠구나!"

노지심은 쇠 선장을 돌리며 달려왔고 호연작도 쌍편을 휘두르며 뛰쳐나와 말 두 마리가 어울려 싸우니 양쪽 군사들이 함성을 질렀다. 40~50합을 맞붙어 싸워도 승패가 나지 않았다. 호연작이 속으로 갈채를 보냈다.

'이 중이 보통이 아니구나!'

양편에서 징이 울리자 각자 군사를 거두고 잠시 쉬었다. 호연작이 잠시 쉬다가 참을 수 없어 다시 말을 몰아 진 앞으로 나와 크게 소리질렀다.

"도적 중놈아, 다시 나와라! 반드시 네놈과 승부를 가려 결판을 내겠다!"

노지심이 달려나가려는데 양지가 외쳤다.

"형님, 잠시 쉬십시오. 내가 가서 저놈을 잡아오리다!"

칼을 휘두르며 말을 몰아 호연작과 싸우러 나갔다. 두 사람이 40~50합을 싸워도 승패가 갈리지 않았다. 호연작이 또 속으로 갈채를 보냈다.

'정말 어디서 저런 두 사람이 왔는가? 이렇게 대단한 것을 보면 분명 도적 떼 솜씨는 아니구나!'

양지 또한 호연작의 무예가 높고 강함을 보고 빈틈을 보여 말을 돌려 본진으로 돌아갔다. 호연작도 말고삐를 당겨 말 머리를 돌려 쫓지 않고 돌아오니 양쪽에서 각자 군사를 거두었다. 노지심과 양지가 상의했다.

"우리가 처음 여기에 왔으니 가까이 가서 진채를 세우는 것은 적당하지 않네. 20리 정도 물러났다가 내일 다시 와서 싸우도록 하세."

졸개들을 이끌고 언덕 부근으로 가서 진채를 세웠다.

한편 호연작은 군막 안에서 갑갑해하며 속으로 생각했다.

'여기까지 파죽지세로 몰고 와 도적 떼를 붙잡으리라 기대했는데, 또 이런 적수를 만날 줄을 어찌 알았겠는가. 내 팔자가 참으로 사납구나!'

벗어나 갈 곳이 없어 고민하는데 모용지부가 보낸 사람이 지부가 성으로 돌아오라 한다고 했다.

"장군께서는 군사를 돌려 성을 지켜달라 하십니다. 지금 백호산 도적 떼인 공량과 공명이 군사를 이끌고 청주 감옥을 습격하고 있습니다. 곳간이 털릴까 두려워 특별히 영을 내려 장군께서 성으로 돌아와 방어해주시기를 청하옵니다."

호연작이 듣고서 오히려 기회라 생각했다. 즉시 군사를 이끌고 그날 밤 청주로 돌아갔다. 다음 날 노지심과 양지, 무송이 다시 졸개들을 이끌고 깃발을 흔들고 함성을 지르며 산 아래에 와서 보니 한 마리의 군마도 없어 놀랐다. 산 위에서 이충과 주통이 내려와 세 두령에게 산채로 오르기를 공손하게 청했다. 양과 말을 잡아 잔치를 열어 대접하고 다른 한편으로는 사람을 내려 보내 관군의 상황을 알아보게 했다.

한편 호연작이 군사를 이끌고 성 아래에 이르니 기병이 바로 성으로 달려오는 것이 보였다. 앞장선 사람은 백호산 아래 공태공孔太公의 아들 모두성 공명과 독화성 공량이었다. 두 사람이 고향에서 한 부자와 다투다 그의 일가 양민과 천민을 막론하고 모두 죽인 뒤 500~700명을 모아 백호산을 차지하고 떼 지어 다니며 재물을 약탈하자 모용지부는 청주 성안에 살던 그의 숙부 공빈孔賓을 잡아 옥에 가두었다. 공명과 공량은 소식을 듣고 산채의 졸개들을 일으켜 청주를 쳐서 숙부를 구하러 온 것이었다. 호연작 군사와 마주치자 양쪽으로 에워싸고 대적하여 싸웠다. 호연작도 말을 몰아 진 앞으로 나왔다. 모용지부가 성루에서 살펴보니 공명이 먼저 창을 들고 호연작에게 달려드는 것이 보였다. 두 말이 서로 엇갈려 지나가며 20여 합을 싸웠다. 호연작은 지부가 보는 앞에서 실력을 보여주고 싶었을 뿐만 아니라 공명의 무예는 보잘것없어서 겨우 막는 데 급급할 뿐이었다. 싸우다가 사이가 좁혀지자 말 위에서 공명을 사로잡았다. 놀란 공량은 졸개들을 이끌고 달아나려 했다. 모용지부가 성루에서 이를 가르쳐주자 호연작이 군사를 이끌고 뒤쫓았다. 관군이 일제히 덮쳐 100여 명을 더 사로잡았다. 공량이 대패하자 사방으로 흩어져 달아나 날이 저물어서야 오래된 사당 하나를 찾아 겨우 쉴 수 있었다.

호연작은 공명을 사로잡아 성안으로 끌고 들어와 모용지부에게 데려갔다. 지부는 크게 기뻐하며 공명에게 큰 칼을 씌우고 못을 박아 공빈과 같은 감옥에 감금했다. 삼군에게 상을 내렸고, 다른 한편으로는 호연작을 대접하고 도화산 소식을 자세하게 물었다.

"원래 독 안에 든 자라를 잡는 것만큼 쉬운 일이었는데 느닷없이 다른 도적 떼가 나타나서 지원하는 바람에 그르쳤습니다. 그중 중놈 하나와 얼굴이 푸르스름한 건장한 놈이 있었는데 두 번이나 싸웠음에도 승부를 내지 못했습니다. 이놈들 무예가 예사롭지 않은데 도적 떼 솜씨가 아닌 것 같습니다. 그래서 잡지 못했습니다."

"그 중놈은 연안부 노종 경략 밑에서 군관 노릇 하던 제할 노달이란 놈이지요. 나중에 삭발하고 출가하여 중이 되었는데 화화상 노지심이라 불리지요. 그리고 얼굴이 푸르스름하고 건장한 놈 역시 동경 전수부 제사관制使官을 하던 놈인데 청면수 양지라 합니다. 또 행자 차림인 놈이 하나 더 있는데 무송이라 불리고 원래는 경양강에서 호랑이를 때려잡은 바로 무 도두지요. 이 세 놈이 이룡산을 차지하고 떼 지어 다니면서 재물을 약탈하고 있는 데다 여러 차례 관군을 막아 포도관 3~5명을 죽이기까지 했소. 하여간 지금까지 잡지 못하고 있소이다."

"제가 보기에도 이놈들 무예가 정통하더니 본래 양 제사, 노 제할이군요. 진실로 명성이 헛되이 퍼진 것이 아니군요! 상공께서는 호연작이 오늘 여기 있으니 안심하십시오. 한 놈도 빠짐없이 붙잡아 관아로 넘기겠습니다!"

지부가 크게 기뻐하며 연회를 열어 대접하고 객방으로 청해 쉬게 했다.

한편 공량은 패잔병을 이끌고 달아나는데 갑자기 숲속에서 병마들이 튀어나왔다. 앞장선 호걸은 바로 행자 무송이었다. 공량은 황망히 말안장에서 구르듯 내려 절했다.

"장사께서는 별 탈 없으십니까?"

무송이 얼른 답례하고 공량을 부축해 일으키며 물었다.

"그대 형제께서 백호산에 계시다는 것은 들어 알고 있었소. 몇 차례 찾아 뵙고자 했는데 산을 내려가기 어렵고 게다가 길도 좋지 않아 만나 뵙기 어려웠습니다. 그런데 오늘 무슨 일로 여기까지 오셨소?"

공량은 숙부 공빈을 구하려다가 형 공명이 잡힌 일을 자세히 이야기했다. 무송이 말했다.

"당황하지 마시오. 내게 형제가 6~7명 있는데 지금 이룡산에 모여 있소이다. 이번에 도화산 이충과 주통이 청주 관군에게 공격받아 위급해져 우리 산채가 구원하러 왔소이다. 노지심, 양지 두 두령이 아이들과 함께 먼저 와서 호연작과 하루를 싸웠습니다. 그런데 무슨 일인지 호연작이 갑자기 야밤에 달아났소. 도화산에서 우리 형제 세 명을 머물게 하여 연회를 열고 이 척설오추마도 우리에게 줬소. 지금 나는 군사를 이끌고 산으로 돌아가는 중이고 두 분도 곧 따라올 것이오. 내가 그분들을 불러 청주를 치고 그대의 숙부와 형을 구하면 어떻겠소?"

공량이 무송에게 예를 갖춰 감사했다. 한나절을 기다리니 노지심과 양지 두 사람이 인마를 이끌고 도달했다. 무송이 공량을 이끌어 두 사람을 뵙게 하고 설명했다.

"전에 나와 송강이 이 사람 장원에서 만났을 때 폐를 많이 끼쳤습니다. 오늘 우리가 의리로 서로 뭉쳐 세 곳 산채의 인마를 한데 모아 청주를 공격하도록 합시다. 모용지부를 죽이고 호연작을 사로잡으며 창고의 돈과 양식을 털어 산채를 위해 쓰는 것이 어떻겠습니까?"

노지심이 말했다.

"나 또한 그렇게 생각하네. 사람을 보내 도화산에 알리고 이충과 주통에게 아이들을 이끌고 오라 해서 세 산채가 힘을 합쳐 청주를 치자고."

양지가 말했다.

"청주는 성지가 견고하고 군사들도 강건한 데다 호연작은 매우 용맹한 놈입니다. 지금 제가 한 말은 스스로 우리의 위세를 꺾으려는 것이 아닙니다. 만약 청주를 공격하시겠다면 제 말대로 하시지요. 머지않아 얻을 수 있을 겁니다."

무송이 물었다.

"형님, 그 계책을 들려주십시오."

十二 풍운 양산박

―

제 5 7 회

영웅들이 양산박으로 모이다[1]

 무송이 공량을 이끌고 노지심과 양지에게 인사시키고, 형 공명과 숙부 공빈을 구원해주기를 청했다. 노지심은 세 산채의 인마를 한데 모아 공격하려고 했다. 양지가 말했다.

 "청주를 치고자 한다면 많은 군마가 있어야 비로소 성공할 수 있습니다. 내가 알기로는 양산박 송 공명은 강호에서 명성이 자자하여 모두 그를 급시우 송강이라 부르며 아울러 호연작과도 원수지간입니다. 우리 형제와 공씨네 형제의 군사를 모두 한곳에 모으고 여기서 도화산 군사를 기다려 준비된 후에 한꺼번에 청주를 쳐야 합니다. 그러려면 공

---

[1] 제57장 세 산이 연합하여 청주를 공격하다三山聚義打青州. 영웅들이 한마음으로 양산박으로 귀순하다衆虎同心歸水泊.

량 아우가 서둘러 친히 양산박으로 가서 송 공명을 오도록 청하여 함께 성을 공격하는 것이 상책입니다. 또한 송 삼랑과 자네는 지극히 관계가 돈독하지 않은가. 형제분들 생각은 어떻소?"

노지심이 말했다.

"바로 그것이네. 내가 오늘도 사람들이 송 삼랑이 좋다고 말하는 것을 보았고 내일 또한 송 삼랑이 좋다고 말할 텐데 애석하게도 난 만나지 못했네. 사람들이 그의 이름을 말하는 것이 떠들썩하여 내 귀가 먹을 정도라네. 그 사람은 진정한 사내대장부라서 천하에 명성을 날리지 않겠는가. 지난번 화 지채와 청풍산에 있을 때 내가 가서 그 사람하고 만나려고 했지. 내가 갔을 때는 어디론가 가버려서 인연이 닿지 않아 만나지 못했어. 어쨌든 공량 동생, 자네가 형을 구하고자 한다면 빨리 직접 양산박에 가서 그를 이곳으로 오도록 청하게. 우리는 먼저 여기서 기다리면서 그 거지 같은 놈하고 싸워보겠네!"

공량은 모든 졸개를 노지심에게 맡기고, 졸개 한 명만 데리고 장사꾼으로 꾸며 그날 밤 바로 양산박으로 떠났다.

한편 노지심, 양지, 무송 세 사람은 산채로 돌아가 시은, 조정을 불러 다시 졸개 100~200명을 거느리고 도우러 산을 내려왔다. 도화산 이충과 주통이 소식을 듣고는 산채의 군사를 모조리 이끌어 30~50명의 졸개만 방책을 지키게 하고, 나머지는 모두 산을 내려가 청주성 아래에 한데 모아 함께 청주성을 공격했다.

청주를 떠난 공량은 양산박 근처 최명판관 이립의 주점에 도착하여 술을 마시며 길을 물었다. 이립은 낯선 두 사람을 보고 자리를 청한 뒤 물었다.

"손님은 어디서 왔소?"

"청주에서 왔소이다."

"손님은 양산박에 누구를 찾으러 가시오?"

"산에 아는 사람이 있는데 특별히 그를 찾으러 왔소이다."

"산채에는 모두 대왕님들이 사시오. 그대가 어떻게 갈 수 있겠소?"

"송 대왕님을 찾으러 가는 길이오."

"바로 송 두령을 찾으러 오신 거군요. 그럼 여기에 정상적인 술을 드려야겠군."

그러고는 점원을 불러 빨리 정상적인 술상을 차려오게 해 대접했다.

"처음 보는 사람인데 어째서 이렇게 환대하시오?"

"손님께서는 모르실 겁니다. 산채 두령들을 찾아오시는 손님이 계시면 그분들 중 옛 친구도 계실 텐데 어찌 감히 접대를 소홀히 할 수 있겠습니까? 바로 보고하겠습니다."

"소인은 바로 이전에 송 공명이 계셨던 백호산 장원의 공량이라 합니다."

"일찍이 송 공명 형님으로부터 크신 이름을 들었습니다. 오늘 산채에 오시니 기쁩니다."

두 사람이 술 마시기를 끝내자마자 창문을 열고 물가 정자 위에서 우는 화살 한 대를 쏘았다. 건너편 갈대 깊은 곳에서 졸개가 노를 저어 오는 것이 보였다. 물가 정자에 이르자 이립은 공량을 배에 태우고 함께 금사탄 기슭에 다다른 후 관문으로 올라갔다.

공량이 보니 세 개의 관문이 웅장하고 창, 칼, 검, 미늘창이 숲처럼 가득했다. 공량이 속으로 생각했다.

'양산박이 번창한다는 말은 들었지만 이렇게 대단한 업적을 이룰 줄은 생각도 못했구나!'

이미 졸개들이 먼저 보고했기 때문에 송강은 황망히 내려와 공량을 영접했다. 공량이 얼른 무릎을 꿇고 절했다. 송강이 물었다.

"동생이 무슨 일로 여기까지 왔는가?"

공량이 절을 마치고 목을 놓아 큰 소리로 울었다. 송강이 물었다.

"자네는 마음속에 어떤 해결하기 어려운 고통이 있기에 이러나. 모두 말해보게나. 물불을 무릅쓰고라도 힘껏 자네를 돕겠네. 일어나시게."

"스승님과 이별한 뒤 아버님께서도 돌아가셨습니다. 그런데 형 공명이 고향 어떤 부자와 하찮은 일로 다툼이 일어나 그만 그 일가를 죽이고 말았습니다. 관가에서 체포하려 했기 때문에 하는 수 없이 백호산에 들어가 500~700명을 모아 떼 지어 강도질하며 살았습니다. 그러자 모용지부가 청주성 안에 사시는 숙부님을 잡아가 무거운 칼을 씌우고 못을 박아 옥에 가두었습니다. 그래서 저희 형제 둘이 성을 쳐 숙부님을 구하려고 했습니다. 성 아래에 도착했을 때 쌍편을 사용하는 호연작과 맞닥뜨리게 될 줄 누가 생각이나 했겠습니까? 형님이 그와 싸우다가 사로잡혀 청주로 호송되어 감옥에 갇혀 있는데, 지금 생사조차 알 수 없습니다. 이 동생 또한 그에게 한바탕 쫓겨 죽임을 당할 뻔했는데, 다음 날 우연히 무송을 만나 저를 동료들에게 데려가 만나게 해주었습니다. 한 명은 화화상 노지심이었고, 다른 사람은 청면수 양지였습니다. 그 두 사람은 저를 처음 보는데도 옛 벗을 만난 것처럼 대해주고 형을 구할 일을 상의했습니다. 무송이 제게 말하기를 '이룡산과 도화산의 이충, 주통 세 산채가 군사를 한데 모아 청주를 공격하고, 당신은 양산박에 달려가 스승인 송 공명께 숙부와 형 두 사람을 구해달라 청하라'고 하여 오늘 여기까지 곧장 달려온 겁니다."

송강이 말했다.

"이것은 어렵지 않은 일이니 자네는 안심하게."

송강은 공량을 데리고 조개, 오용, 공손승과 아울러 여러 두령을 만나게 했다. 이어 호연작이 청주로 달아나 모용지부에게 몸을 의탁했고, 지금 공명이 사로잡혀 공량이 와서 구원해주기를 간절히 청하게 된 일들을 상세하게 설명했다. 조개가 말했다.

"이미 그 두 곳에 있는 호걸이 여전히 의리를 중시하고 인을 행하며 송 두령이 그들과 지극히 가까운 친구인데, 어찌 가지 않겠는가? 송 두령, 자네는 여러 차례 산을 내려갔으니 이번에는 자네가 잠시 산채를 지키고 어리석은 형이 자네를 대신해 한번 갔다오겠네."

"형님께서는 산채의 주인이시니 가볍게 움직이시면 안 됩니다. 이것은 제 형제의 일입니다. 그가 멀리 와서 의기투합한 이상 소인이 가지 않는다면 그 형제들이 마음속으로 불안해할까 두렵습니다. 소생이 형제 몇 명과 함께 다녀오겠습니다."

말이 미처 끝나기도 전에 취의청 위아래에서 형제들이 일제히 말했다.

"개나 말 정도의 하찮은 힘이라도 충성을 다할 테니 함께 데려가주십시오!"

송강이 크게 기뻐했다. 그날로 연회를 열어 공량을 대접했다. 술자리 중간에 송강이 철면공목 배선을 불러 산을 내려갈 인원을 선발하여 5군으로 나누어 출발하기로 했다. 전군은 화영, 진명, 연순, 왕왜호가 선봉이 되어 길을 안내하고, 제2부대는 목홍, 양웅, 해진, 해보, 중군은 주장인 송강, 오용, 여방, 곽성, 제4부대는 주동, 시진, 이준, 장횡, 후군은 손립, 양림, 구붕, 능진이 군사를 독려하여 뒤를 맡기로 했다.

양산박이 일으킨 5군은 20명의 두령과 마보군 2000명의 군사였다. 나머지 두령들은 조개와 함께 산채를 지키기로 했다. 송강은 바로 조개와 작별하고 공량과 함께 산을 내려가 전진했다. 여러 주와 현을 지나쳤지만 터럭만큼도 백성들을 해치지 않았다. 청주에 이르자 공량은 먼저 노지심 등의 군중에 가서 여러 호걸에게 알렸고, 노지심 등은 양산박 군사들을 맞이할 준비를 했다. 송강의 중군이 도착하자 무송이 노지심, 양지, 이충, 주통, 시은, 조정 등을 모두 데리고 만나러 왔다. 송강이 노지심에게 자리를 양보하려 하자 노지심이 사양하며 말했다.

"형님의 크신 이름을 오래전에 들었으나 인연이 없어 일찍이 찾아 뵙지 못했습니다. 오늘 이렇게 형님을 알게 되어 기쁘기 그지없습니다!"

"재주가 없으니 어찌 말할 만한 게 있겠소! 강호의 의사들이 스님의 고결한 품격을 칭송하는데 오늘 이렇게 자비로운 얼굴을 뵙게 되니 평생의 행운인 것 같습니다."

양지가 몸을 일으켜 다시 절하며 말했다.

"제가 이전에 양산박을 지날 때 의리를 중시하여 저더러 산채에 남으라고 권했으나 제가 어리석어 머무르려 하지 않았습니다. 지금 다행히 의사들께서 산채에 웅장한 기상을 더하셨으니 이것은 천하제일의 경사이옵니다!"

"제사의 명성이 강호에 퍼져 있는데 송강이 너무 늦게 만난 것이 한스러울 뿐이오!"

노지심은 부하들에게 술자리를 마련하라 영을 내리고 환대하며 모두 서로 인사를 했다.

다음 날 송강은 청주에서 근래 승패가 어떠했는지 세세히 물었다. 양지가 대답했다.

"공량이 양산박으로 떠난 후 3~5차례 싸움이 있었으나 확실한 승패는 없었습니다. 지금 청주는 호연작 한 사람에게 의지하고 있어 만일 이 사람을 잡는다면 청주성은 눈 위에 뜨거운 물을 뿌리는 것과 다를 바 없습니다."

오 학구가 말했다.

"이 사람은 힘으로 대적해서는 안 될 것이오. 꾀를 써서 사로잡아야 합니다."

송강이 물었다.

"어떤 꾀를 써야 이 사람을 잡을 수 있겠소?"

오 학구가 송강에게 자세한 계책을 설명했다. 송강이 크게 기뻐하며 맞장구쳤다.

"이 계책은 실로 기묘하오!"

그날로 군사를 나누고 배정했다. 다음 날 일찍 군사를 일으켜 청주성 아래로 전진했다. 사면을 모두 군마로 에워싸고, 북을 두드리며 깃발을 흔들고 함성을 지르며 싸움을 걸었다. 성안에서 모용지부가 보고를 받고 황망히 호연작을 청하여 상의했다.

"이번에 도적 떼가 양산박에까지 알려 송강까지 왔으니 이 일을 어찌하면 좋겠소?"

호연작이 말했다.

"상공께서는 걱정하지 마시오. 도적 떼가 왔으나 우선 지리적인 우세를 잃었습니다. 이놈들이 물가에서는 날뛰지만 지금은 소굴에서 이탈했으니 한 놈씩 오는 대로 잡으면 됩니다. 저놈들이 어떻게 수완을 발휘하겠습니까? 상공께서는 성에 오르셔서 이 호연작이 싸우는 것을 구경이나 하시지요."

호연작이 서둘러 갑옷을 입고 말에 올라 성문을 열고 조교를 내리게 하여 1000여 군사를 이끌고 성 가까이에 진을 벌여놓았다. 송강의 진중에서 한 장수가 말을 몰고 나왔다. 손에 낭아곤을 들고 지부를 소리 높여 준엄하게 꾸짖었다.

"뇌물 먹고 법을 어기는 벼슬아치에다 백성을 해치는 도적놈아! 내 가족을 살육했으니 오늘 바로 원수를 갚아 원한을 풀겠노라."

모용지부가 그 장수가 진명임을 알고 욕했다.

"네 이놈 조정에서 임명한 관리로서 나라가 너를 버리지 않았거늘 어찌하여 감히 반역을 했느냐! 네놈을 잡는다면 갈가리 찢어 죽이겠노라. 호연작 장군, 먼저 이 도적놈부터 잡으시오!"

호연작이 듣고서 쌍편을 휘두르며 말을 몰아 진명에게 달려들었다.

진명 또한 말을 몰아 낭아대곤을 춤추듯 흔들며 호연작을 맞이했다. 두 장수가 말을 나란히 달리며 싸우니 그야말로 호적수로 40~50합을 싸워도 승부가 나지 않았다. 모용지부가 싸우는 것을 한참 보다가 호연작이 자칫 실수라도 할까 두려워 황망히 징을 울려 군사를 거두어 성으로 들어오게 했다. 진명 또한 더 이상 뒤쫓지 않고 본진으로 물러났다. 송강이 여러 두령과 군교에게 15리를 물러나 진채를 세우게 했다.

호연작이 성안으로 들어와 말에서 내려 모용지부를 보고 말했다.

"소장이 막 진명을 잡으려고 했는데 상공께서는 어찌하여 군사를 거두셨습니까?"

"내가 보기에 장군이 많은 합을 싸워도 승부가 나지 않고 피로할까 두려워 군사를 거두고 잠시 쉬게 하려고 한 것이오. 진명 그놈은 원래 내 밑에서 통제 노릇을 했는데 화영과 함께 배반했소. 이놈 또한 가볍게 볼 적은 아니외다."

"상공께서는 안심하십시오. 소장이 반드시 그 의리를 저버린 도적놈을 사로잡겠소! 방금 그놈과 싸울 때 몽둥이 쓰는 법이 이미 어지러워지고 있었습니다. 내일 상공께서는 내가 이 도적놈을 즉시 베어버리는 것을 보실 수 있을 것입니다."

"장군께서 이렇듯 영웅이시니 내일 만약 적과 싸울 때 적을 죽이고 길을 열 수 있다면 세 사람을 내보내겠소. 한 명은 동경으로 가 구원을 청하고, 두 사람은 인근 부주에 보내 군사를 일으켜 적들을 토벌하게 구원병을 보내도록 하겠소이다."

"상공, 지극히 현명한 판단입니다."

그날로 지부는 구원을 요청하는 문서를 쓰고, 세 명의 군관을 선발하여 언제라도 갈 수 있게 준비시켰다.

호연작은 거처로 돌아와 갑옷을 벗고 잠시 쉬었다. 날이 채 밝기도 전에 군교가 와서 보고했다.

"성 북문 밖 비탈 위에 세 필의 말이 몰래 성을 관찰하고 있다고 합니다. 가운데 사람은 붉은 전포에 백마를 타고 있고 양쪽의 두 사람 중 오른쪽은 소이광 화영이고 왼쪽은 도사 복장을 차려입었다 합니다."

"그 붉은색 옷을 입은 자는 송강일 것이고, 도사 복장을 한 자는 반드시 군사 오용일 것이다. 너희는 그들을 놀라게 하지 말고 100여 군마를 준비해라. 나와 함께 이 세 놈을 잡아야겠다."

호연작은 급히 갑옷을 입고 말에 올라 쌍편을 들고 100여 기의 마군을 이끌어 조용히 북문을 열고 조교를 내려 군사를 이끌고 비탈 위로 내달렸다. 세 사람이 멍하니 성을 바라보다가 호연작이 말을 박차고 비탈로 올라오자 말 머리를 돌려 천천히 달아났다. 호연작이 있는 힘을 다해 뒤쫓는데 앞쪽에 몇 그루의 고목 근처에 이르니 세 사람이 모두 말을 세우는 게 보였다. 호연작이 막 고목 근처에 다다랐을 때 함성 소리가 들리더니 호연작이 말과 함께 파놓은 함정에 빠져버렸다. 양쪽에서 50~60명의 군사가 갈고리 창을 들고 나와 먼저 호연작부터 걸어올린 뒤 포박하고 뒤쪽에서 그 말을 끄집어냈다. 나머지 기병들이 쫓아오자 화영이 활을 쏴 앞선 5~7명을 쓰러뜨리니 뒤쪽의 따르던 마군들이 함성을 지르며 말 머리를 돌려 모두 달아났다.

송강이 진채로 돌아오니 칼을 든 부하들이 호연작을 끌고 왔다. 송강이 보고서 황망히 일어나 빨리 밧줄을 풀라 소리지르며 직접 호연작을 부축해 막사 윗자리에 앉혔다. 송강이 절하자 호연작이 말했다.

"어찌하여 이러십니까?"

"소생 송강이 감히 어떻게 조정을 배신하겠습니까? 관리들이 과도하게 부패하여 지나치게 윽박지르는 바람에 실수로 대죄를 저질렀습니다. 이로 인해 잠시 호수에 피난하여 살면서 조정에서 사면하여 불러주기를 기다리고 있습니다. 그러나 생각지도 않게 장군이 오셔서 범상치 않은 능력을 발휘하셨습니다. 진실로 장군의 늠름한 기개를 사모했는데 오늘 무례를 저질렀으니 용서를 비옵니다."

"사로잡힌 몸으로 만 번을 죽어도 할 수 없는데 의사께서는 무슨 까닭으로 예를 갖춰 사죄하십니까?

"송강이 어찌 감히 장군의 목숨을 상하게 할 수 있겠습니까? 하늘에 대고 맹세할 수 있습니다."

송강이 간절히 애원하자 호연작이 말했다.

"형님의 고견은 저더러 동경에 가서 투항하려는 뜻을 알리고 돌아와 사면해달라는 것입니까?"

"장군께서 어떻게 가실 수 있겠습니까? 고 태위 그놈은 속이 좁아 다른 사람의 큰 은혜는 잊고 작은 실수는 기억하는 자입니다. 장군께서 많은 군마와 재물, 식량을 잃으셨는데 그가 어찌 처벌하지 않겠습니까? 한도, 팽기, 능진이 이미 저희 산채에서 같이 지내고 있으니, 장군께서 저희 산채가 미천하다고 하여 버리시지만 않는다면 송강이 장군께 자리를 양보하겠습니다. 조정에서 다시 장군을 써주기를 기다렸다가 귀순을 받아들이면 그때 충성을 다하여 나라에 보답해도 늦지 않사옵니다."

호연작이 한참 동안 망설였다. 하나는 송강이 지극정성으로 예의를 갖추었고, 또 하나는 송강의 말에 이치가 있어 한숨만 쉬다가 땅바닥에 무릎 꿇고 말했다.

"이 호연작이 국가에 불충하고자 한 것이 아니라 형님의 의기가 뛰어나 따르지 않을 수 없습니다. 말채찍과 등자를 드는 일이라도 하여 보답하겠습니다."

송강이 크게 기뻐하며 호연작을 여러 두령에게 인사 시키고 이충과 주통을 시켜 척설오추마를 호연작에게 돌려주게 했다.

다시 여러 두령이 공명을 구원할 계책을 논의했다. 오용이 제안했다.

"호연작 장군께서 적을 속여 성문을 열게만 한다면 공명을 구하는 일은 손바닥에 침을 뱉는 것같이 쉬운 일입니다. 그렇게만 된다면 호연작 장군께서는 절대로 마음을 돌려 다시 돌아갈 수 없게 되는 것이지요."

송강이 듣고서 호연작을 불러 예를 갖추고 사과하며 말했다.

"이 일은 제가 청주성을 탐내 약탈하려는 것이 아니라 감옥에 있는 공명과 숙부 공빈을 구하고자 하는 것이니, 장군께서 적들을 속여 성문을 열게 해주시지 않는다면 그들을 구할 수 없을 겁니다."

"형님께서 이미 저를 받아주셨으니 온 힘을 다하겠습니다."

그날 밤 진명, 화영, 손립, 연순, 여방, 곽성, 해진, 해보, 구붕, 왕영 등 두령 10명은 병졸 복장으로 꾸미고 호연작을 따랐다. 모두 11기의 군마가 성에 다다라 해자 위쪽으로 크게 소리쳤다.

"어서 성문을 열어라. 내가 죽지 않고 돌아왔다!"

성 위에 있던 병사가 호연작의 목소리를 알아듣고 급히 모용지부에게 보고했다. 이때 지부는 호연작이 패했다는 소식을 듣고 답답해하던 중이었다. 호연작이 살아 돌아왔다는 보고를 받자 기뻐하며 말에 올라 성 위로 달려갔다. 호연작이 10여 기의 말과 함께 서 있는 것이 보였다. 날이 어두워 얼굴이 잘 보이지는 않았지만 목소리는 호연작이 틀림없었다.

"장군은 어떻게 돌아올 수 있었소?"

"내가 그놈들 함정에 빠져 산채로 잡혀갔으나 원래 나를 따르던 두목이 몰래 이 말을 도둑질해주고 여기까지 따라왔습니다."

지부는 호연작의 말을 의심하지 않고 군사들에게 성문을 열고 조교를 내리게 했다. 10명의 두령이 성안으로 들어오자 지부가 나와서 맞이했다. 진명이 맞이하러 나온 지부에게 낭아봉을 휘둘러 말에서 떨어뜨렸다. 해진, 해보는 곳곳에 불을 질렀고 구붕과 왕왜호는 성 위로 올라가 군사들을 죽였다. 성벽 위에서 불길이 일어나는 것이 보이자 송강이 이끄는 대군이 일제히 성을 에워싸며 밀고 들어왔다. 송강은 즉시 군령을 내려 무고한 백성들을 해치지 못하게 하고 창고의 돈과 양식만 거두게 했다. 감옥에 있던 공명과 숙부인 공빈의 가솔들을 모두 구해냈다. 또한 성안의 불을 끄게 하고 모용지부 일가는 노소를 막론하고 모두 참수했으며 가산을 수색하여 몰수하고 병사들에게 나누어 줬다. 날이 밝자 성안에서 간밤의 불로 집을 잃은 백성들을 일일이 조사하여 양식을 나누어주어 구제했다. 청주성 창고에 있는 황금, 비단과 양식들을 거두니 500~600수레나 되었으며, 좋은 말 또한 200여 필이나 얻었다. 청주부 안에서 축하 연회가 열렸고 세 산채의 두령들에게 양산박으로 같이 가기를 청했다. 이충과 주통은 사람을 도화산으로 보내 모든 인마와 양식을 수습하여 산을 내려오고 산채와 방책을 불사르게 했다. 노지심 또한 시은과 조정을 이룡산으로 보내 장청과 손이랑으로 하여금 산채의 인마와 양식을 수습하고 보주사 산채를 불 지르게 했다.

며칠 사이에 세 산채의 인마가 모두 준비를 마쳤다. 송강은 대부대를 인솔하여 양산박으로 철수했다. 먼저 화영, 진명, 호연작, 주동 네 명의 장수에게 길을 인도하게 하여 여러 주와 현을 지나면서도 터럭만큼도 백성을 해치지 않았다. 향촌 백성들은 나이 든 노인은 부축하고 어린아이들은 손을 잡고 향을 사르며 예를 갖춰 맞이했다. 며칠 지나 양산박에 도달했고 여러 수군 두령이 배를 준비해두고 맞이했다. 조개도 마보군 두령들을 이끌고 금사탄까지 마중 나왔다. 산채에 도착하여 취의청에 올라 서열대로 자리를 잡고 큰 잔치를 열어 새로 온 두령들을 환영했다. 호연작, 노지심, 양지, 무송, 시은, 조정, 장청, 손이랑, 이충, 주통, 공명, 공량 등 모두 열두 두령이었다. 술자리 사이에 임충은 노지심이 자신을 구해준 일을 이야기했다. 노지심이 임충에게 궁금하여 물었다.

"내가 교두와 헤어진 뒤로 하루라도 생각하지 않은 날이 없었네. 혹시 근래에 제수씨에게 소식이라도 있었는가?"

"왕륜을 죽이고 사람을 보내 식구들을 데려오려고 했습니다. 하지만 고 태위 아들놈에게 시달리다 목을 매어 죽었고 장인 또한 실의에 빠져 사시다가 돌아가셨습니다."

양지가 이전에 왕륜의 수중에 있던 산채에서 만난 이야기를 꺼내자 모두 말했다.

"여기 사람들은 모두 만날 수밖에 없는 운명으로 정해진 거야. 결코 우연이 아니라니까."

조개가 황니강에서 생신 선물을 빼앗은 이야기를 꺼내자 모두 크게 웃었다. 다음 날에도 잔치가 계속 이어졌다.

산채에 수많은 인마가 보태졌으니 송강이 어찌 기뻐하지 않겠는가? 탕륭을 불러 대장장이 총책임자로 임명하여 각종 병기를 제조하는 일을 감독하게 하고 철판으로 된 연환마갑을 만들게 했다. 후건에게는 각종 깃발과 의복을 전체적으로 관리하게 했다. 또 삼재三才[2], 구요九曜[3], 사두오방[4], 이십팔수二十八宿[5] 등을 나타내는 각종 깃발, 비룡飛龍, 비호飛

---

[2] 삼재三才: 천天, 지地, 인人.

[3] 구요九曜: 북두칠성과 곁에서 보좌하는 두 개의 별.

[4] 오방五方: 동서남북과 중앙의 다섯 방향. 사면팔방四面八方을 가리키기도 한다.

[5] 이십팔수二十八宿: 하늘의 별자리를 28수로 나눔. 동서남북으로 각각 7수씩 있음. 동쪽 창룡蒼龍(각角, 항亢, 저氐, 방房, 심心, 미尾, 기箕), 북쪽 현무玄武(두斗, 우牛, 여女, 허虛, 위危, 실室, 벽壁), 서쪽 백호白虎(규奎, 누婁, 위胃, 묘昴, 필畢, 자觜, 삼參), 남쪽 주작朱雀(정井, 귀鬼, 류柳, 성星, 장張, 익翼, 진軫).

虎, 비웅飛熊, 비표飛豹의 깃발, 황월黃鉞6, 백모白旄7, 붉은 술이 달린 조개皂盖8 등을 만들게 했다. 산 사방에 긴급한 신호를 보낼 수 있는 돈대를 설치하고 산 서쪽 길과 남쪽 길 두 곳에 주점을 더 열어 왕래하는 호걸들을 산채로 불러들이고 군사 상황이 발생하면 탐문하여 급히 산채에 알리게 했다. 산 서쪽 길에는 원래 주점을 했던 장청과 손이랑 부부가 맡아 지키게 했다. 남쪽 길은 종전대로 손신과 고대수 부부가 관리하게 했고, 동쪽 길 주점은 이전처럼 주귀와 악화가 맡고, 산 북쪽 길 주점은 이립과 시천이 맡아 운영하게 했다. 또한 세 개의 관문에 추가로 방책을 축조하고 두령들을 배치하여 지키게 했다. 관리할 부분이 정해지니 저마다 따르고 복종했다.

어느 날 화화상 노지심이 송 공명을 찾아와 말했다.

"제가 잘 아는 사람이 있는데 이충 형제의 제자로 구문룡 사진이라고 합니다. 지금 화주 화음현 소화산에서 신기군사神機軍師 주무朱武, 도간호跳澗虎 진달陳達, 백화사白花蛇 양춘楊春 등과 함께 네 명이 그곳에서 산채를 꾸리고 있습니다. 전에 와관사에서 헤어진 뒤 하루도 잊지 않고 늘 보고 싶어했습니다. 이번에 제가 가서 그 네 명을 만나보고 모두 데

6_ 황월黃鉞: 황금으로 장식한 도끼. 제왕이 전용한 것으로, 적을 정벌한 중신에게 특별히 하사하기도 했다.
7_ 백모白旄: 일종의 군기로 장대 머리를 소꼬리로 장식함. 전군全軍을 지휘할 때 사용.
8_ 조개皂盖: 관원이 사용하는 검은색 우산.

리고 와 함께하고 싶은데 어떻게 생각하시는지요?"

"나도 이전에 사진이라는 이름을 들어서 압니다. 만약 스님께서 가셔서 그를 오게 한다면 정말 좋지요. 그렇지만 혼자 가셔서는 안 되고 번거롭더라도 무송 형제와 같이 한번 갔다 오시죠. 그는 모습이 출가한 행자와 같으니 동행하는 것이 좋을 듯합니다."

무송도 송강의 뜻을 받아들였다.

"제가 형님과 같이 가지요."

그날로 짐을 꾸리고 돈주머니를 챙겨, 노지심은 승려로 꾸미고 무송은 따르는 행자 차림으로 하여 여러 두령과 작별하고 산을 내려갔다. 금사탄을 건너 하루도 쉬지 않고 부지런히 걸어 화주 화음현에 도착했고 바로 소화산으로 갔다.

한편 송강은 노지심과 무송이 떠난 뒤 그들을 산에 내려가게는 했으나 늘 마음을 놓을 수가 없었다. 신행태보 대종으로 하여금 뒤를 따르게 하여 소식을 알아보게 했다.

노지심과 무송은 소화산 아래에 이르렀는데 길옆에 숨어 있던 졸개가 길을 막으며 물었다.

"너희 두 중놈은 어디로 가느냐?"

무송이 되물었다.

"이 산에 사 대관인이 계신가?"

"사 대왕을 찾아오셨다면 여기서 잠시 기다리시오. 내가 산에 올라 두령에게 보고하면 바로 내려오셔서 맞이하실 겁니다."

무송이 말했다.

"자네가 올라가서 노지심이 찾아왔다고 이르거라."

졸개가 올라간 지 얼마 안 되어 신기군사 주무, 도간호 진달과 백화사 양춘 세 사람이 산을 내려와 노지심과 무송을 맞이했으나 사진은 보이지 않았다. 노지심이 물었다.

"사 대관인은 어디에 있소? 어찌 보이지 않는 거요?"

주무가 가까이 다가와 오히려 물었다.

"스님께서는 연안부 노 제할 아니시오?"

"그렇소. 이 행자는 경양강에서 호랑이를 때려잡은 무송이오."

세 사람이 황급히 말 위에서 내려와 절하며 말했다.

"오래전부터 크신 이름을 들었습니다! 두 분께서는 이룡산에서 산채를 꾸리시고 계신 걸로 들었는데, 오늘 어떤 일로 이곳까지 오셨습니까?"

"우리는 지금 이룡산에 있지 않소. 양산박 송 공명에게 의지하고 있는데 오늘 사 대관인을 만나러 특별히 온 것이오."

노지심이 그렇게 대답했는데도 주무는 바로 대답하지 않고 다른 말을 했다.

"두 분께서 이미 오셨으니 산채에 가시면 소인이 상세하게 말씀드리리다."

노지심이 말했다.

"할 말이 있으면 여기서 하시오. 사진 형제가 보이지 않는데 누가 지랄같이 한가롭게 산에는 올라가겠느냐!"

무송이 말했다.

"우리 형님께서는 성질이 급하신 분이니 할 말이 있으면 바로 하는 게 좋을 거요."

주무가 말했다.

"소인 등 세 사람은 이곳 산채에서 사 대관인이 산에 오른 후 상당히 번창했지요. 그런데 얼마 전 사 대관인이 산을 내려가 어떤 환쟁이를 우연히 만나면서 문제가 생겼습니다. 원래는 북경 대명부에 살던 사람으로 왕의王義라고 하는데, 서악 화산西岳華山의 금천성제묘金天聖帝廟9에 벽화를 그리기로 하여 딸 옥교지玉嬌枝를 데리고 벽화를 그리러 갔지요. 그런데 그곳 하 태수賀太守가 그의 딸을 마음에 두고 말았습니다. 하 태수란 놈은 원래 채 태사의 식객이었는데 탐욕이 끝이 없고 백성을 괴롭히는 나쁜 놈이지요. 하루는 사당에 향을 사르러 왔다가, 우연히 옥교지의 용모를 보고 마음에 들자 여러 차례 사람을 보내 첩으로 달라고 요청했습니다. 왕의가 들어주지 않자 태수란 놈이 그의 여식을 강탈하고 도리어 왕의에게 자자 형벌을 내린 뒤 멀리 군주로 귀양을 보냈습니다. 귀양가는 길에 이곳을 지나다 뜻밖에 사 대관인을 만나 지난 억울한 일들을 이야기했죠. 사 대관인이 두 압송인을 죽이고 왕의를 구해 산채로 왔지요. 그러나 곧바로 하 태수도 죽이려고 갔다가 오히려 발각되어 잡혀 감옥에 갇히고 말았습니다. 이제는 태수 그놈이 군마까

9_ 금천성제묘金天聖帝廟: 화산은 예부터 서악이라 했는데 서방은 오행 중 금에 속했다. 그러므로 화산의 신묘를 금천성제라 명명했다.

지 모아 산채까지 소탕하려 하니 우리는 여기에서 어찌 해볼 도리가 없습니다!"

노지심이 듣고서 말했다.

"이 죽일 놈이 감히 이렇게 무례하다니, 정말 지독한 놈이구나. 내가 가서 그놈을 끝장내겠다!"

주무가 말했다.

"두 분께서는 산채에 가서서 어떻게 할지 상의하시죠."

그래도 노지심이 마음먹은 뜻을 굽히지 않자 무송이 한 손으로 선장을 끌어당기고 다른 손으로 저무는 해를 가리키며 말했다.

"형님, 날이 저물어 해가 나뭇가지 끝에 걸린 것이 보이지 않습니까?"

노지심이 보더니 고함을 지르고 분을 참지 못해 씩씩거리며 할 수 없이 산채에 올라와 앉았다.

주무가 왕의를 불러 인사시키자, 왕의는 다시 한번 태수가 재물을 탐하여 백성들을 잔혹하게 해치며 양가 부녀자를 강탈하는 짓들을 상세히 이야기했다. 세 사람은 소와 말을 잡아 노지심과 무송을 극진히 대접했다. 노지심이 말했다.

"사진 아우가 여기에 없으니 내가 조금도 못 먹겠네. 하룻밤 쉬고 내일 화주로 가서 당장에 그놈을 때려죽일 테다!"

무송이 말했다.

"형님, 충동대로 하시면 안 됩니다. 저와 함께 밤새 달려 양산박으로 가서 송 공명께 보고하고 대부대를 이끌고 화주를 쳐야 사 대관인을 구할 수 있을 겁니다."

"우리가 산채로 가서 사람들을 불러오는 동안 사가 형제의 목숨이 어떻게 될지 알아!"

노지심이 소리를 버럭 지르자 무송이 말했다.

"태수는 때려죽인다 하더라도 사 대관인은 또 어떻게 구하시겠습니까? 저는 결코 형님께서 가시는 것을 그냥 둘 수 없습니다."

주무도 곁에서 권했다.

"일단 화부터 가라앉히시죠. 무 도두 말씀이 정말 맞습니다."

노지심이 초조해하면서 소리쳤다.

"에라, 이 느려터진 도적놈의 새끼들아! 이렇게 가만히 사진 아우를 보내란 말이냐. 지금 목숨이 그놈 손에 달려 있는데 술이나 처먹으면서 상의만 하고 자빠졌냐!"

그날 밤 여러 사람이 아무리 권해도 술 한잔 입에 대지 않았고 옷을 입은 채 잠자리에 들었다. 아침 일찍 사경에 일어나 선장을 들고 계도를 차고 어디론가 사라져버렸다. 무송이 일어나 노지심이 없어진 것을 보고 말했다.

"사람들 말을 듣지 않고 이렇게 떠났으니 반드시 일이 잘될 리가 없소."

주무가 즉시 꼼꼼한 졸개 두 명을 골라 소식을 알아오게 했다.

노지심은 한걸음에 화주성으로 달려가 길 가는 사람에게 주아州衙가 있는 곳을 묻자 손가락으로 가리키며 일러줬다.

"저 주교州橋를 건너 동쪽으로 가시면 되오."

노지심이 부지런히 걸어 주교에 발을 디딜 때 사람들이 모두 노지심에게 소리쳤다.

"스님, 어서 길을 비키시오. 태수 상공께서 지나가십니다!"

노지심이 보고 속으로 생각했다.

'내가 저놈을 찾고 있는데 마침 내 손에 들어왔구나. 저놈은 이제 죽었다!'

하 태수의 의장 행렬 선두가 앞으로 다가왔다. 태수가 탄 가마는 휘장으로 가려진 가마였다. 가마의 창문 양쪽에 각각 10여 명의 우후가 둘러싸고 있고 각자 손에는 편, 창, 쇠사슬을 들고서 지나가고 있었다. 노지심이 보고서 생각했다.

'저 나쁜 놈을 지금 때려죽이기 좋지 않구나. 만약 때려죽이지 못한다면 도리어 웃음거리만 되겠구나!'

하 태수가 가마 창문을 통해서 노지심이 뛰쳐나오려 하다가 달려들지 못하는 것을 보았다. 다리를 건너 부중에 도착하여 가마에서 내리자마자 두 명의 우후를 불러 분부했다.

"내가 다리 위를 지날 때 거기 계셨던 그 풍풍한 스님에게 공양을 하려 하니 부중으로 모시고 오너라."

우후가 영을 받들고 다리 위로 가서 노지심에게 말했다.

"태수 상공께서 스님에게 공양하시겠다 합니다."

노지심이 생각했다.

'이놈이 내 손에 죽겠구나! 아까 때려죽이려다 아무래도 안 될 것 같아 그냥 가게 됐는데. 내가 찾아가려 했는데 네놈이 도리어 나를 부르

는구나!'

 노지심이 우후들을 따라 부중으로 들어갔다. 그러나 태수는 이미 만반의 준비를 해둔 터였다. 노지심이 대청 앞으로 깊이 들어온 것을 보자 태수는 선장과 계도를 놓게 하고 후당에서 공양하겠다고 했다. 노지심이 처음에 따르려 하지 않자 여러 사람이 말했다.

 "출가하신 스님이라 아무것도 모르시는군요! 후당 안으로 어떻게 칼 같은 무기를 들고 들어가게 하겠소?"

 노지심이 속으로 생각했다.

 '저놈 골통쯤이야 내 주먹 두 방이면 박살나지!'

 복도 아래에 선장과 계도를 놓고 우후를 따라 들어갔다. 하 태수가 후당에 앉아 손으로 노지심을 가리키며 소리질렀다.

 "여봐라, 저 머리 벗겨진 도적놈을 잡아라!"

 양쪽 휘장 안에서 30~40명의 공인이 달려나와 한꺼번에 달려들어 노지심을 붙잡아 꼼짝 못하게 묶었다.

수호전 5
ⓒ 방영학 송도진

초판인쇄	2012년 10월 15일
초판발행	2012년 10월 22일

지은이	시내암
옮긴이	방영학 송도진
펴낸이	강성민
편집	이은혜 박민수 김신식
독자모니터링	황치영
마케팅	최현수
온라인마케팅	김희숙 김상만 이원주

펴낸곳 (주)글항아리 | 출판등록 2009년 1월 19일 제406-2009-000002호

주소	413-756 경기도 파주시 문발동 파주출판도시 513-8
전자우편	bookpot@hanmail.net
전화번호	031-955-8891(마케팅) 031-955-2670(편집부)
팩스	031-955-2557

ISBN	978-89-6735-023-9　04900
	978-89-6735-018-5　(세트)

이 책의 판권은 옮긴이와 글항아리에 있습니다.
이 책 내용의 전부 또는 일부를 재사용하려면 반드시 양측의 서면 동의를 받아야 합니다.

이 도서의 국립중앙도서관 출판시도서목록(CIP)은 e-CIP홈페이지(http://www.nl.go.kr/ecip)와 국가자료공동목록시스템(http://www.nl.go.kr/kolisnet)에서 이용하실 수 있습니다.(CIP제어번호: CIP2012004471)